À PROPOS DE L'AUTRICE

La notoriété de cette passionnée d'histoire médiévale dépasse aujourd'hui largement les frontières américaines. Les romans de Margaret Moore, publiés dans le monde entier, figurent régulièrement parmi les meilleures ventes du prestigieux *USA Today*.

Inconvenant désir

Collection : VICTORIA

Titre original :
KNAVE'S HONOR

Ce roman a déjà été publié en 2018.

HARPERCOLLINS FRANCE
83-85, boulevard Vincent-Auriol, 75646 PARIS CEDEX 13
Service Lectrices — Tél. : 01 45 82 47 47 - www.harlequin.fr
ISBN 978-2-2804-8981-2 — ISSN 2493-013X

Composé et édité par HarperCollins France.
Imprimé en mars 2023 par CPI Black Print (Barcelone)
en utilisant 100% d'électricité renouvelable.
Dépôt légal : avril 2023.

FSC
www.fsc.org
MIXTE
Papier issu de sources responsables
FSC® C159065

Pour limiter l'empreinte environnementale de ses livres, HarperCollins France s'engage à n'utiliser que du papier fabriqué à partir de bois provenant de forêts gérées durablement et de manière responsable.

MARGARET MOORE

Inconvenant désir

Traduit de l'anglais (États-Unis) par
Marie-José Lamorlette

Victoria

HARLEQUIN

Avec de nombreux remerciements à Karen Solem
et Donna Warren pour leur calme soutien
et leurs sages conseils.

Chapitre 1

Les Midlands, 1204

— Je crois bien que je serais devenue folle si j'avais dû rester dans ce chariot un instant de plus !

Dame Elizabeth d'Averette releva les jupes de sa cotte de drap bleu et se fraya délicatement un chemin vers la berge moussue, sans quitter des yeux le débit rapide du cours d'eau.

— Ne pensez-vous pas, ma dame, que nous devrions plutôt rester avec les hommes ? demanda Keldra, sa chambrière, en jetant un regard anxieux en arrière, à l'escorte de soldats en cottes de mailles qui étaient descendus de cheval non loin de là.

Elles pouvaient les entendre qui plaisantaient et juraient entre eux en menant boire leurs chevaux ou en les laissant brouter l'herbe abondante sur le bord de la route. Certains d'entre eux sortaient des morceaux de pain de leurs sacoches ou buvaient de la cervoise.

Le chef du cortège, Iain Mac Kendren, ne faisait quant à lui ni l'un ni l'autre. Il se tenait les pieds écartés et les poings sur les hanches à la manière d'une statue, et seuls les mouvements de sa tête indiquaient qu'il était vivant et montait la garde.

— Hier soir, j'ai entendu l'aubergiste parler d'un voleur qui attaque les voyageurs par ici, reprit Keldra, le souffle court et pleine d'une excitation apeurée. Un homme immense, terrible et farouche!

Lizette, comme l'appelaient ses sœurs et les gens d'Averette dans une respectueuse familiarité, lui décocha un sourire compatissant. Sa jeune chambrière n'avait que quinze ans et n'était pas habituée à voyager. Pas étonnant que toute histoire d'un quelconque voleur, même bizarre ou exagérée, l'effraie!

— D'après une des servantes, déclara-t-elle, c'est un très beau voleur. Elle a dit aussi qu'il renonçait à voler une femme si elle lui donnait un baiser, ce qui m'a fait penser à une ballade de ménestrel. Mais quelle que soit l'apparence de ce voleur, nous avons cinquante hommes pour nous garder, sans compter Iain Mac Kendren… Nous sommes donc totalement en sécurité.

— Je l'espère! chuchota Keldra, comme si elle craignait que le voleur ne l'entende.

Heureuse d'avoir échappé un moment aux confins étouffants du chariot, Lizette ôta son cercle en argent et son voile de soie, puis s'accroupit sur la berge.

— A partir du moment où il prend un baiser au lieu de mes habits et de mes bijoux, je pourrais même apprécier de le rencontrer, ce voleur!

— Oh! Ma dame, sûrement pas! se récria Keldra, scandalisée, ce qui prouvait qu'elle connaissait bien peu sa maîtresse.

Lizette recueillit de l'eau claire et fraîche dans ses mains et la porta à ses lèvres avant de répondre.

— Vous ne seriez pas disposée à embrasser un beau vaurien ?

— Pas s'il est un hors-la-loi !

— Moi, je préférerais de loin embrasser un beau hors-la-loi plutôt qu'un courtisan qui pourrait en conclure que je veux l'épouser, dit Lizette en se relevant.

Elle appréciait les hommes. Elle prenait plaisir à leur compagnie et aux taquineries du badinage. Elle leur enviait leur facile camaraderie, mais pas autant qu'elle enviait leur liberté.

Le mariage, cependant, était une tout autre chose. La plupart des femmes trouvaient peut-être que ces liens étaient un gage de sécurité, mais pas Elizabeth d'Averette, pas après avoir vu la parodie de mariage que constituait l'union de ses parents.

— Je n'ai pas de bijoux, ma dame, fit remarquer Keldra en se baissant à son tour pour boire. Vous croyez qu'il pourrait alors m'obliger à l'embrasser ?

— Etre embrassée contre son gré est assez déplaisant, concéda Lizette, bien placée pour le savoir.

Plus d'un soupirant espérant trouver une épouse fortunée à Averette avait tôt fait d'essayer de séduire la plus jeune fille du seigneur — censée être la plus innocente — pour servir ses desseins.

— Je ne souhaite pas vraiment rencontrer un voleur, bien sûr, reconnut-elle en écoutant les oiseaux qui chantaient comme s'ils n'avaient aucun souci au monde. Ce serait effrayant.

Comme cette fois où lord Smurton, ivre, l'avait coincée dans la chapelle. Il ne l'avait laissée partir, malgré ses gentilles remontrances, que contre sa promesse de le retrouver plus tard, dans un endroit plus retiré. Sa sœur aînée y était allée à sa place et, bien qu'Adelaïde n'ait jamais révélé ce qui s'était passé exactement, leur visiteur indélicat et sa suite avaient quitté le château le lendemain à l'aube sans même prendre congé de leur hôte.

— Oh ! Ma dame !

Lizette leva les yeux et vit sa chambrière qui désignait le milieu de la rivière où son voile neuf s'éloignait sur l'eau.

Avec un juron des plus mal seyants pour une dame de sa qualité, Lizette releva ses jupes et avança sur la berge glissante pour le rattraper. Elle n'osait pas courir parce que les pierres étaient mouillées, mais il fallait qu'elle rattrape son voile. Iain dirait sans doute qu'elle méritait de le perdre si elle était aussi insouciante, et il ne la quitterait probablement plus des yeux pour le reste du voyage jusque chez eux.

Alors que ses yeux fouillaient les alentours à la recherche d'un bâton avec lequel l'attraper, un homme apparut soudain sur la rive opposée, comme surgi du néant.

— Ne craignez rien, ma dame ! cria-t-il tandis qu'elle s'arrêtait, surprise.

Il déboucla son baudrier et le posa sur un rocher.

— Je ne vous veux pas de mal.

S'il ôtait son épée et qu'il était seul, il n'avait probablement pas de mauvaise intention, en effet. Et surtout, il paraissait éduqué et de haut rang — un chevalier, pour le moins, voire un seigneur ou un baron.

Qui qu'il soit, il portait une simple tunique de cuir sans chemise par-dessous, des chausses sombres et des bottes ordinaires. Ainsi debout près de la rivière, avec les bois derrière lui, il évoquait une sorte de dieu de la forêt — ou peut-être cette idée était-elle simplement venue à

Lizette à cause de ses modestes habits et de ses cheveux noirs et ondulés.

Il entra dans l'eau et, quand il atteignit son voile, il le cueillit aussi aisément qu'un autre homme aurait pu cueillir une pâquerette, puis il leva l'étoffe ruisselante comme un vainqueur brandirait un trophée.

— Permettez-moi de me présenter…

Il s'approcha d'elle, l'eau clapotant autour de ses mollets. Sa voix grave et musicale, son élocution lui indiquaient de nouveau qu'il n'était pas un rustre grossier.

— Je suis messire Oliver de Leslille, originaire d'Irlande.

Messire Oliver — un chevalier, donc… Irlandais, ce qui expliquait ce léger et délicieux accent qui donnait l'impression qu'il chantait au lieu de parler.

Elle le regarda hardiment, notant son front haut qui dénotait de l'intelligence, son très beau nez droit et son menton qui était exactement ce que le menton d'un homme devait être, tandis que ses lèvres pleines s'incurvaient en un sourire incroyablement séduisant.

Quelque chose alors, au fond de Lizette, sembla osciller, comme si un léger tremblement de terre faisait bouger le sol sous ses pieds. Ou comme si la qualité de l'air avait subitement changé.

Ou encore, comme si quelque chose qui sommeillait en elle était en train de s'éveiller.

— Je chassais avec quelques amis et j'ai été séparé d'eux, expliqua messire Oliver en atteignant la berge et en s'arrêtant à côté d'elle.

De l'eau coulait de son voile trempé, et elle ne put s'empêcher de remarquer la manière dont les chausses mouillées du gentilhomme collaient à ses cuisses musclées.

— Comme j'avais très soif, ajouta-t-il, je me suis arrêté

ici et c'est alors que j'ai entendu vos… cris de désarroi. Hauts en couleur, je dois dire.

Gente Mère de Dieu, il l'avait entendue jurer ! D'ordinaire elle n'était pas facilement embarrassée, mais là elle l'était au point de souhaiter presque que la rivière monte et l'emporte. Presque…

Elle n'était pas encline à rougir, non plus, mais se sentit rougir néanmoins, tout en se rendant compte qu'elle devait dire quelque chose. Le remercier, au moins. Hélas, les mots ne vinrent pas — une autre étrangeté —, et à la place elle se retrouva fascinée par le regard ferme et brun de ce bel étranger qui avait traversé la rivière vers elle comme s'il faisait ce genre de chose tous les jours, et comme si l'eau n'était pas glacée.

— Vous devez être transi !

— J'ai eu plus froid maintes fois auparavant, ma dame, dit-il en lui tendant le voile trempé. Rendre service à une si charmante personne vaut bien un petit frisson.

— Je… je vous remercie, messire, balbutia-t-elle.

Au nom du ciel, que lui arrivait-il ? Elle ne s'était jamais montrée aussi peu loquace !

Mais le fait était, elle semblait dans l'impossibilité de former des paroles cohérentes ou d'avoir la moindre pensée claire — à part celle de se dire qu'il était le plus bel homme qu'elle avait jamais rencontré.

— Je vous suis très reconnaissante de m'avoir repêché ce voile, messire. Je l'ai payé très cher — trop, dirait ma sœur — et j'aurais été très affligée de le perdre. C'est une chance que vous ayez été là, même si vous êtes très loin de l'Irlande.

Et maintenant elle disait n'importe quoi ! Seigneur…

— Oui, ma dame, j'en suis loin, acquiesça-t-il, une lueur amusée dans ses yeux bruns. Et qui êtes-vous donc?

Sotte!

— Lizette…

Simplette!

— Je veux dire, je suis dame Elizabeth d'Averette.

Il fit un signe de tête, puis jeta un coup d'œil à Keldra.

— Et voici votre chambrière, je présume? Je suppose que vous ne voyagez pas seule avec elle?

— Oui, non, c'est-à-dire… oui, c'est ma chambrière. Et bien sûr, j'ai une escorte. De…

Doux Jésus, de combien?

— De cinquante hommes. Ils sont tout près.

— Je suis content de l'entendre. Car il y a des voleurs tapis par ici, et vous seriez pour eux un morceau très tentant, dit-il avec dans les yeux une expression qui lui assécha la gorge et lui fit taper le cœur comme jamais auparavant.

— C'est ce que j'ai entendu dire. Enfin, qu'il y a des voleurs, pas que je sois… Je ne voudrais pas paraître vaniteuse, ni sous-entendre…

Elle renonça à poursuivre, se traitant une nouvelle fois intérieurement d'idiote.

Messire Oliver rit doucement.

— Modeste autant que belle. Une combinaison puissante.

Mais c'est qu'elle pourrait bien se pâmer comme une écervelée s'il continuait à la regarder ainsi, et dire n'importe quoi!

Si cet homme l'avait coincée dans la chapelle, qui pouvait présumer de ce qu'elle aurait été capable de faire?

— Averette… C'est dans le Kent, n'est-ce pas? demanda-t-il.

— Oui, en effet! Y êtes-vous déjà allé?

Quelle question stupide! S'il était venu en visite à Averette, elle se serait souvenue sans mal de lui.

— Non, je ne suis jamais allé dans le Kent. Mais j'ai rencontré votre sœur à la cour.

Une bouffée de désarroi saisit subitement Lizette. S'il était allé à la cour, et s'il avait rencontré Adelaïde, il devait les comparer — en apparence, au moins —, et personne ne pouvait surpasser Adelaïde en beauté. Les hommes qui avaient recherché la main de Lizette ne l'avaient fait qu'après avoir tenté de séduire Adelaïde, et avoir été refusés par elle.

Le sourire de messire Oliver s'élargit, et elle supposa que c'était à l'évocation de sa sœur.

— En vérité, je lui ai demandé de s'enfuir avec moi, mais elle n'a pas voulu. Il y avait un autre homme qu'elle préférait, voyez-vous…

Toute la colère et l'envie de Lizette disparurent d'un coup. Etre rejeté par Adelaïde devait être, elle n'en doutait pas, très mortifiant pour un homme.

— Comme c'est regrettable pour vous! répondit-elle tandis que son assurance lui revenait, et qu'elle lui décochait un sourire de son cru. Pourquoi ne me le demanderiez-vous pas à moi, maintenant?

C'était une suggestion très hardie, et il allait sûrement rire et faire un commentaire habile, comme les courtisans et les beaux nobles étaient enclins à le faire.

Mais il perdit sa jovialité et demanda d'une voix douce et sourde qui agit sur elle comme une caresse intime :

— Diriez-vous oui si je le faisais?

Il devait plaisanter. Il ne pouvait pas être sérieux.

Pourtant, son cœur s'agita à ces paroles comme s'il voulait s'échapper de sa cage thoracique. Ses poumons semblèrent cesser de fonctionner. Dieu du ciel! Elle avait aspiré toute sa vie à l'excitation et à l'aventure, et elles étaient là, en chair et en os! Une chair belle et séduisante...

— Ma dame!

Elle avait complètement oublié Keldra. Et Iain. Et tout le reste dans le monde à part messire Oliver de Leslille, venu d'Irlande.

Elle jeta un coup d'œil par-dessus son épaule et vit Iain Mac Kendren qui marchait vers eux d'un pas martial, son glaive tiré, une expression hostile sur son visage hâlé. Keldra avait dû aller le chercher, car elle arrivait en trottinant derrière lui.

Iain, qui avait bien quarante-cinq ans, avait passé la plupart du trajet depuis le château de messire Delapont à ignorer ses plaintes. Le roulis du chariot lui donnait en effet mal au cœur. Il avait aussi établi très clairement qu'il n'appréciait pas d'avoir été envoyé pour la ramener à Averette, bien qu'il ne puisse être plus irrité qu'elle ne l'était d'être sommée de rentrer comme si elle était une enfant.

Messire Oliver ne parut toutefois pas troublé le moins du monde, et il la regarda de nouveau avec de l'amusement dans ses yeux sombres.

— Qui est-ce donc? demanda-t-il en haussant un sourcil. Pas un père ou un mari outragé, j'espère?

— Non!

Elle s'éclaircit la gorge et, prenant un ton qui seyait mieux à une dame, elle ajouta :

— C'est le commandant de la garnison d'Averette, le chef de mon escorte.

Elle se tourna vers Iain et s'adressa à lui avec ce qu'elle espérait être de l'autorité.

— Iain, rengainez votre lame. Voici messire Oliver de Leslille, et il ne nous veut pas de mal.

Iain s'arrêta, une main sur la hanche tandis qu'il mesurait du regard le nouveau venu.

Malgré le titre du chevalier, il ne parut pas impressionné — mais après tout, il fallait au moins risquer sa vie dans plusieurs batailles pour espérer impressionner l'Ecossais.

— Bonjour à vous, messire, grommela-t-il avec juste une pointe de courtoisie. Vous voyagez seul ? Un peu dangereux, non ?

— Comme je l'expliquais à votre dame, je chasse avec des amis, répondit messire Oliver, toujours aussi cordial malgré le ton brusque et même insolent d'Iain. J'ai été séparé d'eux. Mais il se fait tard, et je vais repartir à leur recherche, sous peine d'être surpris par la nuit dans les bois et d'être obligé de manger des noisettes pour mon souper.

— Nous serons à l'auberge du Renard et du Chien ce soir, dit Lizette, se rendant seulement compte qu'il était trempé. Peut-être pourriez-vous nous faire dire demain matin comment vous allez. Je n'aimerais pas que vous tombiez malade pour m'avoir rendu service.

Messire Oliver jeta un coup d'œil à Iain qui fronçait les sourcils, méfiant.

— Je suis flatté de votre sollicitude, mais j'ai une robuste nature, ma dame.

— Comme l'a souligné messire, s'empressa d'ajouter Iain, il se fait tard, ma dame, et nous avons traîné assez longtemps ici.

A moins de vouloir rester sur la berge de la rivière et se quereller avec son chef d'escorte, elle devait s'en aller. En outre, il ne pouvait pas être bon pour messire Oliver de rester longtemps dans des chausses et des bottes trempées.

— Adieu donc, messire Oliver, dit-elle avec plus de regret qu'elle n'en avait jamais éprouvé en prenant congé de qui que ce soit auparavant.

Comme elle souhaitait qu'ils se soient rencontrés ailleurs, dans un endroit où ils auraient pu parler, dans une grand-salle durant un festin par exemple! Il aurait sûrement été un compagnon très amusant. Peut-être qu'ils auraient dansé... qu'ils se seraient touchés... qu'ils se seraient éclipsés dans un recoin sombre pour partager un baiser...

Le chevalier s'inclina avec élégance avant de s'adresser à Iain.

— Je vous félicite du soin que vous prenez de votre dame, Mac Kendren, et vous n'aurez pas à craindre que je me faufile dans l'auberge sous le couvert de la nuit. Je ne suis pas ce genre de gentilhomme.

Iain se contenta de grommeler une réponse inaudible.

Une telle chose aurait été en effet très inconvenante; néanmoins, Lizette dut combattre une bouffée de déception. Elle avait peut-être rencontré un homme qui aurait pu la tenter de faire l'amour hors des liens du mariage, et voilà qu'il était plus honorable que beaucoup!

Malgré ses regrets secrets, elle convint à part soi que c'était une insulte de penser que messire Oliver était homme à essayer de se glisser dans la chambre d'une femme sans y être convié.

— Vous devez pardonner au commandant son manque de courtoisie, messire Oliver. Il prend ses devoirs très au sérieux.

— Pour votre bien, ma dame, j'en suis heureux, répondit Oliver avec un nouveau sourire. Les temps sont dangereux, et de mauvais hommes errent dans le pays.

Il recula vers la rivière.

— A présent, je dois vous dire adieu.

Se rendant compte qu'elle n'avait pas le choix, Lizette inclina la tête tandis qu'Iain lui offrait son bras pour la raccompagner au chariot.

— Adieu, messire Oliver, répéta-t-elle en posant la main sur l'avant-bras d'Iain, et en le laissant l'emmener.

A mi-parcours, elle regarda en arrière, mais messire Oliver de Leslille avait déjà disparu comme un esprit de la forêt, ou comme un magicien apparu juste le temps de lui jeter un sortilège.

Adossée aux coussins empilés à l'arrière du chariot qui roulait cahin-caha, Lizette songeait qu'elle aurait de loin préféré faire le trajet à cheval. Toutefois, étant donné la maladie dont elle avait souffert quinze jours plus tôt — une maladie dont elle avait exagéré la gravité quand Iain était arrivé peu après le mariage de Marian, la fille de messire Delapont, et qui avait alors conduit ledit Iain à décider de son retour immédiat à Averette — elle avait acquiescé de mauvais gré à ses ordres, même si, comme elle le lui avait dit, les mouvements du chariot lui donnaient mal au cœur.

Il y avait tout de même certaines compensations à voyager ainsi, se dit-elle tandis qu'elle fermait les yeux et que sa chambrière somnolait en face d'elle. Elle pouvait s'attarder tout à loisir sur cette délicieuse rencontre avec messire Oliver de Leslille.

Récupérer un voile n'était pas un exploit aussi excitant que sauver une jouvencelle d'un dragon souffleur de feu, mais cet événement avait constitué pour elle un répit bienvenu dans cet ennuyeux voyage de retour.

Elle ne doutait pas que messire Oliver serait tout à fait capable de vaincre un dragon, s'il le devait, ou n'importe qui et n'importe quoi d'autre s'opposant à lui. Elle avait rencontré maints chevaliers venus courtiser sa sœur aînée, mais aucun ne possédait des épaules aussi magnifiques, des bras aussi musclés ou des cuisses aussi puissantes.

Peut-être retournerait-il bientôt à la cour, un endroit où elle n'avait jamais voulu aller auparavant parce qu'elle détestait le roi John à cause des impôts qu'il levait afin de payer ses guerres pour regagner ses possessions perdues en France, et aussi parce qu'il était son tuteur, avec le pouvoir de la forcer à se marier s'il le décidait.

Et si messire Oliver était déjà marié ou fiancé ? C'était peut-être pour cela qu'il ne lui avait pas dit chez qui il résidait, ou n'avait pas voulu lui envoyer de message à l'auberge, même si la grossièreté et les soupçons d'Iain pouvaient seuls expliquer ce dernier fait.

S'il n'était pas marié…

Il y avait bien des choses que les jeunes filles et les femmes avaient murmurées au mariage de Marian ! Les plus jeunes avaient parlé de l'excitation d'un baiser, du frôlement d'un bras, de la vue d'un torse nu. Les plus âgées avaient évoqué d'autres choses, en particulier quand elles ne s'apercevaient pas que Lizette était à proximité — des choses plus intimes que les hommes et les femmes faisaient dans le noir, qu'ils soient mariés ou non d'ailleurs.

Des choses qui lui rappelaient les fois où elle était dans les bois, le 1er Mai ou à la Saint-Jean, et où elle entendait des murmures, des gémissements, de doux cris dans l'obscurité. Où elle s'avançait en douce pour voir… et où elle voyait des couples s'étreindre passionnément, faisant beaucoup plus que s'embrasser…

A quoi cela ressemblerait-il d'être dans les bras de messire Oliver ? Après tout, lorsqu'elle avait juré de ne jamais se marier, elle n'avait pas promis de rester chaste !

Cela ne signifiait pas pour autant qu'elle soit disposée à faire l'amour avec n'importe quel bel homme croisant son chemin, bien sûr… Ce serait un trop grand risque, en particulier si elle tombait enceinte. Qui pouvait dire ce que ferait le roi John en ce cas ?

En dépit de ce risque, elle était grandement tentée et curieuse d'en savoir plus sur le beau et chevaleresque messire Oliver. Sans doute devait-il rendre visite à un noble ou à un riche hobereau de ses connaissances ayant un manoir dans la région. Peut-être que Dicken, le conducteur du chariot, qui était déjà venu dans cette partie du pays, le saurait.

Se soulevant des coussins, elle entrouvrit le lourd panneau de toile qui séparait l'intérieur de la litière du siège du cocher. Le corps massif de Dicken occupait le plus gros du banc, mais elle pouvait tout de même voir Iain qui chevauchait à la tête des hommes, le dos droit, le heaume étincelant, comme s'il était le roi en personne.

Il regardait aussi un parchemin qu'il tenait dans sa main droite.

Durant toutes ses années de service à Averette, elle n'avait jamais vu Iain Mac Kendren recevoir la moindre lettre ou le moindre message. En vérité, elle était même surprise de découvrir qu'il savait lire.

C'était peut-être un message qui venait du château, mais s'il avait eu des nouvelles de Gillian, il le lui aurait sûrement dit. La lettre pouvait aussi être d'Adelaïde, supposa-t-elle encore, toutefois cela paraissait improbable.

Ou alors il s'agissait d'une missive à caractère personnel, même s'il était difficile de l'imaginer. Pour autant qu'elle le sache, Iain n'avait pas de famille.

C'était peut-être tout simplement une liste quelconque, d'armes, d'armures ou d'hommes. Rien de très important, car il lui en aurait parlé sinon, pensa-t-elle, écartant son inquiétude.

— Dicken ?

— Ma dame ?

— Savez-vous quels gentilshommes ont des domaines par ici ?

— Euh, non, ma dame, mais Iain, lui, le sait sans doute. Voulez-vous que je l'appelle ?

— Non, c'est inutile. Je le lui demanderai quand nous arriverons à l'auberge, répondit Lizette.

— Ma dame ?

Lizette tourna la tête vers sa chambrière, qui frottait ses yeux ensommeillés.

— Dans combien de temps atteindrons-nous l'auberge, à votre avis ?

— Je l'ignore, répondit Lizette dans un soupir, en se demandant si elle reverrait jamais messire Oliver de Leslille. Dans pas trop longtemps, j'espère.

Elle était sur le point de laisser retomber le rideau, lorsqu'elle vit un groupe d'hommes en armes qui avançait vers eux.

— Qui est-ce ? demanda Dicken, faisant écho à ses propres pensées.

Peut-être s'agissait-il de messire Oliver et de ses amis chasseurs, se dit-elle joyeusement, jusqu'à ce qu'elle reconnaisse l'homme en tête du groupe.

— Mais c'est Lindall !

Le petit et robuste second de la garnison d'Averette aurait dû être au château, pas en train de chevaucher vers eux !

Quelque chose était-il arrivé ?

Keldra la rejoignit à l'avant du chariot, regardant par la fente étroite.

— Que fait-il ici ? demanda-t-elle, aussi inquiète que sa maîtresse.

— Il a probablement été envoyé pour renforcer notre escorte, répondit cette dernière, essayant de tranquilliser la jeune fille tout autant que de calmer ses propres craintes.

Mais sa peur ne s'apaisa pas, car elle ne reconnaissait aucun des hommes qui chevauchaient avec lui. Pire, aucun d'entre eux ne ressemblait aux soldats d'Averette ; dans leurs divers morceaux d'armure et de cuir, ils avaient l'air d'un groupe bigarré de hors-la-loi ou de mercenaires.

— Je n'aime pas ça, marmonna Dicken en posant la main sur la dague qu'il portait à sa ceinture. Il vaut mieux que vous retourniez dans le chariot, ma dame, jusqu'à ce que nous sachions ce qui se passe.

Keldra recula aussitôt à l'intérieur et se terra parmi les coussins.

Lizette s'attarda plus longtemps, poussée par la curiosité. Elle vit Iain arrêter sa monture. Il s'adressa à Lindall, et sa tête casquée tourna comme s'il surveillait lui aussi la troupe d'hommes.

Alors, si rapidement qu'elle put à peine le croire, Lindall tira son épée et l'abattit sur Iain.

Chapitre 2

Pris par surprise, l'Ecossais tomba de son cheval et atterrit sur le sol avec un bruit sourd, effrayant. Du sang jaillit d'une plaie ouverte au niveau de son épaule droite.

Avec un cri de désarroi, Lizette se redressa et sa tête heurta le toit du chariot. Dicken jura et fit durement claquer les rênes sur le dos des chevaux. Ils firent un bond en avant et Lizette tomba à la renverse sur la litière, où elle atterrit sur Keldra qui poussa un glapissement. Autour du chariot, des hommes criaient, des chevaux hennissaient et renâclaient ; bientôt le heurt des épées se fit entendre.

L'attelage recula dans un sursaut, puis avança, tandis que Dicken qui jurait toujours tentait de le contrôler. Se cramponnant au dos de son siège, Lizette batailla pour se mettre à genoux et essaya de voir ce qui se passait par la fente du rabat, au-delà du grand corps qui remuait.

C'était comme s'ils étaient pris dans une mêlée, ou entre deux armées qui s'affrontaient.

Où était Iain ? Lizette ne pouvait pas le voir. Et elle ne pouvait dire quel camp gagnait.

Puis elle aperçut l'Ecossais par terre, qui ne bougeait pas.

Doux Jésus !

Certains des hommes d'Averette étaient tombés,

ensanglantés. Les autres se battaient, brandissant leur épée depuis leur cheval ou attaquant leurs adversaires à terre. Des chevaux sans cavalier fuyaient sur la route, paniqués par le bruit et par l'odeur du sang. Les deux bêtes attelées au chariot se bousculaient l'une l'autre, cherchant à se libérer de leurs entraves.

Lizette écarta Keldra qui sanglotait et attrapa un petit coffre de bois. Elle l'ouvrit pour se saisir de la dague enfouie dans ses dessous.

Le chariot pencha dangereusement sur la gauche comme un bateau sur une mer démontée, puis retomba durement sur ses roues tandis que Dicken basculait en arrière dans la litière, ses grosses mains accrochant le rabat en toile et l'arrachant de ses supports.

Une flèche était logée dans sa poitrine. Du sang jaillissait de la blessure et ses yeux fixaient sans le voir le cadre maintenant nu du chariot.

Keldra se mit à pousser des cris d'effroi. Lizette, elle, tentait de réfléchir, la dague en main. Il fallait qu'elles sortent. Les hommes étaient tous préoccupés par la bataille et par leur propre vie. Keldra et elle avaient donc peut-être une chance de s'échapper.

Mue par cet espoir, elle s'empara du bras de sa chambrière et la tira à l'arrière du chariot.

— Il va falloir courir, Keldra !

Prenant sa dague entre ses dents pour se libérer les mains, elle enjamba l'arrière du chariot. Elle heurta le sol avec un choc qui lui ébranla les os, puis leva les yeux et vit Keldra toujours assise où elle l'avait laissée, se couvrant le visage de ses mains tremblantes.

Lizette ôta la dague de sa bouche.

— Keldra, venez ! Nous devons courir !

— Je ne peux pas ! Je ne peux pas !

— Si, vous pouvez ! Il le faut !

Un homme contourna à ce moment le chariot — Lindall, à pied, souriant comme le diable lui-même.

— Tiens, tiens… On dirait que quelqu'un a donné un petit jouet à ma dame, fit-il en ricanant.

Serrant fort sa lame, Lizette s'écarta de lui à reculons.

— Que faites-vous ici ? Vous êtes censé être à Averette.

— Si j'étais resté là-bas, qu'est-ce que j'aurais ? rétorqua-t-il d'une voix assez forte pour être entendue par-dessus le fracas du combat. De quoi manger, un endroit pour dormir, un peu d'argent pour me distraire de temps en temps.

Il sourit largement, exposant ses dents gâtées, les yeux brillant de haine.

— Je suis un homme riche, maintenant — ou je le serai bientôt. Messire Wimarc m'a promis cent marks si je vous amène à lui.

— Qui est messire Wimarc ? Et que veut-il de moi ?

— Vous le découvrirez bien assez tôt, ma dame, dit Lindall en s'avançant pour la saisir par le bras.

Elle l'esquiva et se retourna, prête à courir — jusqu'à ce qu'elle se souvienne de Keldra sanglotant dans le chariot. Keldra, qui n'avait que quinze ans et qui était terrifiée.

Elle pivota alors et plongea sur Lindall. Mais il leva son bouclier, évitant aisément son coup, lui attrapa le poignet et le tordit jusqu'à ce qu'elle pousse un cri et lâche sa dague. Il envoya l'arme promener de sa botte tachée de sang.

— N'essayez pas de me combattre, gronda-t-il en l'attirant à lui, lui soufflant au visage une haleine puante et chaude. Mes hommes surpassent les vôtres en nombre et ce sont de méchantes brutes, des tueurs entraînés de toute l'Europe. Vos gardes sont perdus et vous êtes à moi, maintenant — du moins jusqu'à ce que je vous remette à Wimarc. Alors ne me causez pas d'ennuis, ou vous le regretterez !

Lizette ne pouvait voir la bataille, dont le gros se déroulait de l'autre côté du chariot ; néanmoins, elle ne voulait pas croire que les hommes de Lindall vaincraient les siens. Ils étaient tous des soldats entraînés par Iain Mac Kendren. Qu'ils soient ou non en nombre inférieur, cela ne ferait pas de différence. Ils gagneraient.

— Vous serez pendu pour ce que vous avez fait ! lança-t-elle. Si vous avez fait du mal à Iain…

— Si je lui ai fait du mal ? répéta Lindall avec un rire rauque. Je l'ai tué !

Non !

— Il ne vous protégera plus, ma dame, et moi, je vais recevoir mon argent…

La rage de Lizette monta, renforcée par son chagrin. Serrant les dents, elle planta fermement ses deux pieds sur le sol. Quoi que Lindall projette de faire, où qu'il veuille l'emmener, il devrait la traîner.

Mais il lui donna un fort coup de pied dans la jambe gauche qui la fit ployer de douleur.

— Je vous ai dit de ne pas me causer de tracas. Je vous casserai la jambe s'il le faut !

Il la tira vers le chariot. Elle se tordit et se débattit, essayant de le frapper.

— Restez là, Keldra ! ordonna-t-elle à sa chambrière lorsqu'ils atteignirent le véhicule.

La jeune fille était roulée à l'intérieur, en une petite boule apeurée et gémissante.

— Quoi qu'il dise ou fasse, ne descendez pas !

Lindall l'attira à lui.

— Taisez-vous, espèce de garce stupide ! Vous avec ce joli petit nez toujours en l'air, riant pendant que le reste d'entre nous doit travailler, marcher et s'entraîner sous les cris de ce maudit Ecossais, mais vous pourriez en rabattre !

Tandis que Lizette continuait à se débattre, une expression différente se peignit soudain sur le visage de Lindall, une expression qui l'emplit d'un autre genre de panique.

— Wimarc n'a jamais dit qu'il vous voulait vierge. Non, il n'a rien dit à ce sujet, alors je vous prendrai et peut-être votre chambrière, aussi. Et peut-être que le reste de mes hommes devrait vous goûter, également, avant que je reçoive mon argent.

Terrifiée, à présent, Lizette lutta encore plus fort, tandis que les plaintes de Keldra s'amplifiaient.

— Ferme-la, toi aussi ! cria Lindall à la pauvre fille, relâchant sans s'en rendre compte imperceptiblement son emprise.

Lizette en profita. Elle posa les mains à plat sur sa cotte de mailles et le poussa en arrière de toutes ses forces. Lindall perdit l'équilibre, heurta le bord du chariot et tomba à genoux.

— Venez ! cria-t-elle à Keldra, et cette fois-ci sa chambrière n'hésita pas.

Elle enjamba le côté du chariot et se mit à courir sur la route sans demander son reste.

Relevant ses jupes pour ne pas trébucher dessus, Lizette courut après elle. Sa mante claquait derrière elle comme une oriflamme dans la brise ; son cercle en argent tomba de sa tête, puis son voile, mais elle ne s'en soucia pas. Hélas, son corselet était lacé trop étroitement pour courir, et bientôt elle put à peine respirer. Elle n'en continua pas moins.

Jusqu'à ce qu'une main attrape sa cape et la force à s'arrêter.

— Oh! Non, pas de ça! vociféra Lindall en la ramenant en arrière. Vous pensez vous échapper alors que messire Wimarc a offert tout cet argent, et que je peux me repaître de vous?

Un sanglot de peur et d'impuissance s'échappa de la gorge de Lizette, tandis que Keldra continuait à courir sans regarder en arrière.

L'abandonnant.

— Lâchez la dame et jetez votre épée, manant, ou je vous passerai par le fer et vous enverrai tout droit en enfer!

Mais elle connaissait cette voix… Dieu du ciel, oui, elle la connaissait! Messire Oliver, arrivé comme un héros pour la sauver!

Laissant échapper un cri de joie qui sonna comme un sanglot, elle se tourna et vit l'Irlandais qui pressait la pointe de son arme dans le dos de Lindall, lequel levait les bras en signe de reddition.

— Courez après votre chambrière, ma dame, dit messire Oliver. Tout de suite, avant que les hommes de ce scélérat ne comprennent que vous vous échappez.

Elle hocha la tête, saisit ses jupes, et demanda :

— Et vous?

Il lui décocha un sourire dénué de gaieté.

— Je vous rejoindrai bientôt.

Soulagée mais loin de se sentir en sécurité, Lizette fit ce qu'il lui disait et partit en courant.

Messire Oliver, ou plus exactement l'homme connu parfois sous le nom de messire Oliver de Leslille, attendit que dame Elizabeth d'Averette soit hors de vue, puis ordonna au vaurien qu'il menaçait de son épée d'aller dans les bois.

Il n'avait pas prévu d'interférer. Il n'avait même pas suivi le cortège de la jeune femme. Mais il était à proximité et avait entendu les bruits du combat, et lorsqu'il avait vu le rude Ecossais gisant mort à terre, il avait su qu'il n'y avait qu'une chose à faire : trouver la dame et sa chambrière et les garder en sécurité.

Dieu merci, il était arrivé à temps... même s'il n'était peut-être pas le héros qu'il voulait croire. Faisant hardiment face à son ennemi, son abondante chevelure en désordre, ses habits froissés et boueux, dame Elizabeth n'avait rien d'une faible femme terrifiée; un courage farouche brillait dans ses yeux et il avait deviné sans mal qu'elle se serait battue jusqu'à la mort pour les protéger, elle et sa chambrière.

— Hâtez-vous, commanda-t-il au lâche qui avait conduit l'attaque, en enfonçant la pointe de son glaive dans le dos recouvert d'un haubert de l'homme pour mieux se faire comprendre.

Alors qu'ils arrivaient sous le couvert des arbres, le gredin se retourna, méfiant mais pas effrayé.

— Vous n'avez pas intérêt à me tuer. Je peux vous obtenir de l'argent — beaucoup d'argent. Messire Wimarc de Werre m'a offert une récompense si j'amène dame Elizabeth, la femme que vous avez laissé s'enfuir, à son château.

Ces hommes appartenaient donc à Wimarc? Ce n'était pas une bande de hors-la-loi et de voleurs, mais les mercenaires de ce seigneur? Et cette attaque avait été lancée sur ses ordres. Mais pourquoi ? Cela pourrait être pour forcer un mariage — sauf que Wimarc avait déjà une épouse.

Un viol ?

Certes, dame Elizabeth était charmante et avait du caractère, et il n'écarterait certainement pas l'idée d'un viol par le pervers Wimarc, mais enlever une pupille du roi — ce qu'elle devait être, puisque sa sœur Adelaïde l'était — était un crime bien différent de celui qui consistait à violer une servante ou une paysanne, ou même la fille ou l'épouse d'un autre noble. Wimarc n'oserait pas faire une chose pareille à moins de penser qu'il pouvait s'en tirer indemne, ou de ne pas se soucier de provoquer le courroux du roi.

— Que veut-il faire d'elle ? demanda-t-il.

— Qui sait ? répondit le coquin tandis que de la sueur coulait sur son visage. Qu'est-ce que des hommes comme nous ont à voir avec des gens comme eux ? Il est bien suffisant de veiller à notre sort, et l'homme est prêt à payer cher si nous la lui amenons.

Remettre dame Elizabeth à Wimarc le ferait certes entrer facilement dans la forteresse du seigneur, songea Oliver, mais y pénétrer n'était pas le problème.

Le problème, c'était de sauver son demi-frère emprisonné et de ressortir.

En outre, jamais il n'utiliserait une femme de cette façon. En particulier une parente d'Adelaïde d'Averette.

— Si elle est si importante à ses yeux, il paiera peut-être plus. Quelle que soit la somme offerte, partagée entre un si grand nombre, la part de chacun ne doit pas être bien intéressante...

— Wimarc n'a offert de récompense qu'à moi. Les autres sont ses mercenaires. Pas moi.

Le vaurien humecta ses lèvres sèches.

— Et je n'essaierais pas de marchander avec lui, à moins de vouloir finir dans ses cachots. Savez-vous ce qui arrive à ses prisonniers ?

— Je l'ai entendu dire.

Ils mouraient lentement de faim. Un peu de nourriture au début, et la ration diminuait progressivement pour n'être plus rien.

Ryder recevait-il encore à manger ? Ou son temps était-il arrivé au bout ?

Le gredin fit un pas en avant, puis s'arrêta brusquement, stoppé par la pointe de l'épée qu'Oliver avait levée à hauteur de ses yeux.

— Un homme doit s'occuper de lui-même, reprit Lindall, avec un peu de désespoir dans la voix et beaucoup de sueur sur son front. Allons, mon ami, il m'a offert cinquante marks ! Partageons... Cela fera vingt-cinq marks pour vous, et tout ce que vous avez à faire est de m'aider à attraper une femme.

— Vous m'avez semblé avoir quelques ennuis avec cette femme.

— C'est parce qu'elle est une véritable furie, mais à nous deux, nous ne devrions pas avoir de mal à la dompter. Et Wimarc ne se soucie pas qu'elle soit vierge. Du moins, il n'a jamais dit qu'elle devrait l'être, alors ajoutez cela à votre paiement. Vingt-cinq marks et une jolie pucelle — cela devrait valoir ma vie.

Oliver abaissa sa lame.

— Je savais que vous étiez intelligent ! dit Lindall avec soulagement. Venez... Elle ne peut pas courir très loin. Et il y a sa servante, aussi. Nous nous amuserons bien ce soir !

Il s'avança pour passer devant Oliver, mais en un clin

d'œil ce dernier lui planta son épée sous le bras, d'un coup si puissant qu'elle traversa sa cotte de mailles.

Les yeux de Lindall s'élargirent sous le choc. Du sang perla à ses lèvres et il essaya vainement de parler.

— Le viol ne me tente pas, dit Oliver.

Il enfonça encore la lame.

— Voilà pour les autres femmes que vous avez violées, les hommes qui sont morts aujourd'hui, et en particulier pour la dame.

Lizette, en nage, rejoignit Keldra qui se cachait — sans succès — derrière un châtaigner.

La jeune chambrière poussa un cri de soulagement en la voyant et courut vers elle.

— Oh! Ma dame, sanglota-t-elle en jetant les bras autour de sa maîtresse. Qu'allons-nous faire?

Lizette se dégagea doucement.

— Nous ne pouvons rester ici, pour commencer. Nous devons nous cacher et attendre messire Oliver.

— Où?

— Dans l'endroit le plus sûr que je pourrai trouver.

— Mais comment nous trouvera-t-il si nous nous cachons? demanda Keldra en trottant derrière Lizette.

— Il sait de quel côté nous sommes parties, et nous le surveillerons.

Tandis qu'elle s'enfonçait dans les fourrés pleins d'ombre, des branches et des ronces s'accrochèrent à sa cape et à ses cheveux. La fatigue et la tension commençaient à avoir raison de ses forces. Elle avait envie de pleurer, de gémir et de déplorer la mort d'Iain — cet homme de qualité qui venait de périr parce qu'elle avait été réticente à rentrer rapidement chez elle.

Elle essuya ses yeux pleins de larmes. Le deuil et les récriminations attendraient. Dans l'immédiat, elles devaient se trouver une cachette sûre mais pas trop loin de la route pour voir arriver messire Oliver.

Elle tomba sur un bosquet de jeunes bouleaux autour de ce qui avait dû être le trou d'un sanglier. Aucune bête ne l'utilisait à présent, sinon le fond boueux et les côtés seraient retournés. Et il sentirait l'animal, aussi. Elles devraient donc y être en sûreté.

Elle se fraya un chemin entre les arbres, tirant Keldra derrière elle, puis s'agenouilla sur le sol couvert de feuilles et regarda à travers les minces branches pour s'assurer qu'elle pouvait voir la route et quiconque arrivant par là.

Keldra s'assit à côté d'elle, couvrit de ses mains son visage strié de larmes et se mit à pleurer convulsivement.

Tandis qu'elles attendaient pendant ce qui lui sembla des heures, Lizette s'efforçait de ne pas laisser le désespoir et le désarroi s'emparer d'elle, même si elle était hantée par la mort d'Iain et bourrelée de culpabilité.

Si elle n'avait pas été aussi agacée d'être rappelée à la maison comme une enfant, si elle n'avait pas traîné sur la route, si elle n'était pas tombée malade et n'avait pas prétendu qu'elle était toujours souffrante, demandant qu'ils aillent lentement, ils seraient tous en sécurité à Averette, à l'heure qu'il était.

Peut-être Iain n'était-il pas mort, mais seulement blessé ? Lindall avait pu mentir, ou se tromper. Peut-être que si elles retournaient en arrière, elle le trouverait grièvement atteint, mais vivant ?

Toutefois elle n'osait pas retourner sur les lieux de

l'attaque, du moins pas encore. Pas avant que messire Oliver n'arrive et ne lui dise que c'était sans danger.

Peut-être saurait-il aussi ce que ce messire Wimarc voulait d'elle. Une rançon, sans aucun doute…

Elle entendit enfin un léger bruit qui la poussa à s'avancer de quelques pouces, écartant les branches. Messire Oliver courait sur la route vers leur cachette, son glaive à la main, scrutant le couvert des arbres.

Il était seul. Où étaient ses amis chasseurs ? Où étaient ses gardes à elle ?

Elle sortit des fourrés, suivie par Keldra qui pleurait toujours.

— Messire Oliver !

Il s'arrêta et leur fit signe de le rejoindre.

— Restez avec moi, lui dit-il, et soyez aussi silencieuses que possible.

— Où est le reste de votre partie de chasse ?

— Je vais vous conduire à eux.

— Et le reste de mes hommes ?

— Hélas, ma dame, ils sont morts ou mourants.

— Cela ne peut être vrai ! protesta-t-elle, saisie d'effroi. Iain est le meilleur soldat d'Angleterre et le meilleur commandant ! Mes hommes constituent la meilleure garnison du pays. Une troupe aussi hétéroclite de hors-la-loi ou de mercenaires n'a certainement pas pu les vaincre tous ?

— Ils étaient à un contre trois, et maintenant les scélérats qui vous ont attaquée vont se lancer à votre poursuite. Nous devons nous éloigner d'ici aussi vite que possible.

Il semblait que son choix était simple, songea Lizette : rester et risquer d'être capturée, ou suivre messire Oliver.

Sans un mot de plus, elle passa un bras autour de Keldra pour la soutenir et accompagna l'Irlandais.

Chapitre 3

— Merci d'être venu à notre aide, messire ! dit Lizette un moment plus tard, alors que Keldra et elle marchaient sur la route avec le chevalier.

Le convoi avait été attaqué dans la matinée. A en juger par la position du soleil, elle estima qu'il était maintenant plus de midi.

— Aucune importance, répondit-il d'une façon étrangement abrupte.

Aucune importance pour lui, peut-être, mais s'il n'était pas arrivé, s'il n'avait pas arrêté Lindall... Lizette essaya de ne pas penser au sort qui aurait été celui de Keldra et le sien, alors.

Messire Oliver s'arrêta subitement et leva une main pour leur faire signe de s'arrêter à leur tour. Presque au même moment, un jouvenceau d'environ seize ans glissa au bas d'un arbre, un arc accroché dans son dos et un carquois pendant à son côté. Comme messire Oliver, il portait une tunique en cuir sans chemise dessous, des chausses de drap et des bottes, et ses cheveux effleuraient de la même façon des épaules qui étaient presque aussi larges que celles du chevalier irlandais.

Il devait faire partie du groupe de chasseurs, probablement

un serviteur, mais Lizette ne comprenait pas pourquoi il avait grimpé dans un arbre.

— Ah, Garreth, te voilà…, dit messire Oliver tandis que le jeune homme s'avançait vers eux, son regard interrogateur balayant les deux femmes avant de s'arrêter sur le chevalier.

— Dame Elizabeth, voici Garreth, dit messire Oliver. Garreth, voici dame Elizabeth et sa chambrière.

— Keldra, précisa Lizette tandis que le garçon les regardait avec les sourcils froncés et des yeux méfiants.

— J'ai été séparé du reste de notre groupe, expliqua l'Irlandais. Je suppose que tu l'as été aussi et que tu es monté dans cet arbre pour me chercher, ou chercher l'un des autres. J'ignore où tous sont passés, mais par bonheur j'ai pu venir en aide à cette dame quand son cortège a été attaqué, bien que je n'aie pas pu faire grand-chose d'autre.

Garreth portant une main à son front, tout en saluant Lizette d'un hochement de tête.

— C'est un plaisir, ma dame, dit-il avec un accent très différent de celui de messire Oliver.

Lizette aurait dit qu'il venait de Londres et non d'Irlande.

— Et comme vous le disiez, messire, je cherchais les autres. Mais aucun signe d'eux, j'en ai peur. Ce veneur va devoir s'expliquer, et le garçon responsable de la meute aussi ! ajouta-t-il avec indignation. Me dire d'aller vers le nord et disparaître avec les chiens ! J'aimerais lui mettre la main dessus, et lui apprendre une chose ou deux sur…

— En temps voulu, le coupa Oliver. Pour l'heure, nous ferions mieux de conduire cette dame et sa servante en sécurité, au couvent.

— Au couvent ? répéta le jeune homme étonné, bien que Lizette soit la plus surprise des deux.

— Votre hôte ne nous abritera pas ? demanda-t-elle.

— Le couvent sera mieux pour vous, répondit messire Oliver d'un ton bref, sans autre explication. Venez, maintenant...

Lizette ne fit cependant pas un geste pour le suivre. Elle était en train de se dire qu'elle avait peut-être été imprudente de se fier à ce noble. Que savait-elle vraiment de lui à part ce qu'il lui avait dit ?

Elle se mit à reculer.

— Où nous emmenez-vous ?

— En sûreté, répondit-il avec impatience.

— Pas chez Wimarc ?

— Wimarc ? s'exclama Garreth comme si sa suggestion était non seulement ridicule, mais blasphématoire.

— Apparemment, il offre une récompense pour cette dame, mais il ne l'aura pas, répondit le chevalier.

« Il ne l'aura pas » ? Voilà qu'il parlait d'elle comme d'un os que deux chiens se disputeraient !

Ce n'était pas très bon. Pas très bon du tout, même.

Saisissant le bras tremblant de Keldra, elle recula encore, prête à courir de nouveau même si elles mourraient d'épuisement.

Messire Olivier comprit son discret manège et fronça les sourcils d'un air offusqué.

— Votre méfiance m'offense, ma dame ! Je ne vais pas vous faire de mal ni vous conduire à Wimarc. Je vous donne ma parole que je ne vous confierai pas à sa garde, ni aucune autre femme d'ailleurs, qu'il y ait une récompense ou non.

Cette promesse n'atténua pas sa réticence.

— Je ne vous connais pas, messire. Je ne vous ai jamais

rencontré auparavant, n'ai jamais entendu votre nom. Comment puis-je être sûre que votre parole a de la valeur?

Les beaux traits de messire Oliver se durcirent en un masque de pierre.

— A moins que vous ne vouliez être prise par les hommes de Wimarc, ma dame, je ne pense pas que vous ayez d'autre choix que celui de vous fier à moi...

Garreth acquiesça en tendant la corde de son arc contre sa poitrine.

— Vous pouvez lui faire confiance, ma dame. Finn ne fait jamais de mal aux femmes!

« Finn »?

— Il ne les vole pas, non plus... Pas si elles lui donnent un baiser.

« Un baiser »? Dieu leur vienne en aide!

— Vous êtes le fameux bandit qui rôde en ces lieux! s'écria-t-elle tandis que Keldra se mettait à gémir doucement.

L'homme fronça les sourcils et, étonnamment, rougit en dardant un coup d'œil irrité sur son jeune associé.

— Comme je vous l'ai dit, je ne fais pas de mal aux femmes... Soyez donc assurée que je ne vous en ferai pas, ni ne vous emmènerai à Wimarc qui, lui, les maltraite. C'est un homme mauvais et pervers, et quoi qu'il veuille de vous, cela ne peut être bon. Il y a un couvent à quelques milles d'ici. Je vais vous y conduire et vous pourrez écrire à vos sœurs pour leur dire ce qui s'est passé.

— Comment connaissez-vous ma famille? demanda-t-elle d'un ton méfiant.

— Il est allé à la cour, répondit vivement Garreth, comme insulté par la question. Il a même rencontré le roi!

Mais cela ne constituait pas pour Lizette un gage de respectabilité. Après tout, elle avait pris sans mal ce bandit pour un noble irlandais, et peut-être avait-il pu duper tout aussi facilement les courtisans, mais cela ne signifiait pas que Keldra et elle étaient sauves.

Pas même lorsqu'une étincelle amusée s'alluma dans ses yeux bruns.

— Votre sœur porte une croix d'or et d'émeraudes qui appartenait à votre mère.

C'était vrai.

— Et parce que je l'ai rencontrée et que c'est une dame d'honneur, je ferai de mon mieux pour vous garder en sécurité.

Il mit la main à sa ceinture et en tira sa dague, qu'il lui présenta, la poignée en avant.

— Tenez. Si je vous voulais du mal, je ne vous rendrais pas ceci, n'est-ce pas ?

Elle saisit l'arme et la serra fortement.

— Cela ne signifie pas grand-chose. Vous êtes plus fort que moi et vous pourriez probablement me l'arracher en un instant.

— Oui, sans doute, admit-il, mais si je voulais vous violer, ma dame, je l'aurais déjà fait, et si je devais vous remettre à Wimarc je n'aurais pas laissé fuir ses mercenaires. A présent, à moins que vous ne vouliez être rattrapée par les hommes de Wimarc qui vous conduiront à lui, je suggère que nous avancions.

Cet homme s'avérait un menteur, un voleur, un hors-la-loi et cependant il s'attendait à ce qu'elle lui fasse confiance ? Il ne manquait pas de culot !

Mais quel autre choix avait-elle, à part essayer de retourner à Averette par ses propres moyens, à pied, avec une Keldra bouleversée et sans un sou ?

Et puis… elle avait sa dague, s'il essayait de la toucher.

— Très bien, dit-elle enfin. Conduisez-nous au couvent, mais je suis pupille du roi, alors si vous songez…

— Je vous assure, ma dame, que vous serez parfaitement en sûreté avec moi. Je préférerais toucher une vipère qu'une pupille du roi. Ou la sœur de dame Adelaïde.

Iain Mac Kendren grogna doucement. La douleur irradiait tout son corps. Sa tête le lançait comme s'il n'avait pas dessoûlé d'une semaine. Son dos était meurtri et sa poitrine lui faisait mal à chaque respiration.

Il était en train de mourir. De mourir ici, dans ce fossé. Dans le noir. Dans le froid. Il avait laissé ce scélérat de Lindall le tuer.

Où était Lizette maintenant ? La joyeuse, la frustrante, l'irritante Lizette ? Etait-elle vivante ou morte ? Etait-elle en vie, mais souffrant quelque part où personne ne pouvait la secourir ?

Lui vivait toujours, au moins pour l'instant, et tant qu'il vivrait, il resterait le commandant de la garnison d'Averette, chargé de garder Lizette en sécurité. Tant qu'il avait un souffle dans le corps, il y avait une chance… un espoir… qu'il puisse faire son devoir.

Il bougea ses doigts, puis ses pieds et ses jambes.

Son dos n'était pas brisé, c'était déjà cela… Il essaya de bouger son bras droit et une douleur aveuglante faillit le faire retomber dans l'inconscience. Il se rappela alors le coup porté par l'épée de Lindall. Le scélérat avait tranché profond. C'était un miracle qu'il n'ait pas saigné à mort.

Un miracle, une merveille… Peut-être Dieu n'était-il pas prêt à le rappeler à lui…

Il s'humecta les lèvres devenues sèches et gercées. Il avait si soif!

Avec un grognement de douleur, il roula sur le côté. Il y avait un filet d'eau boueuse au fond du fossé. Il essaya d'en recueillir de sa main droite, mais la souffrance était trop vive, et son effort fut vain. Il essaya de sa main gauche, y parvint, aspirant avidement l'eau saumâtre qui avait le goût de son gantelet de cuir et du sang.

Il batailla, avec des gestes maladroits, pour se mettre debout et regarda autour de lui. Ses hommes gisaient, morts, certains tués dans la bataille, d'autres, blessés, qui avaient eu la gorge tranchée plus tard. Il pouvait voir aussi des signes de pillage, le vol des lâches.

Son bras droit inutile pendant sur le côté, il porta sa main gauche à sa gorge. Son gorgerin, la pièce d'armure qui la protégeait, était fermé. Soit les mercenaires n'avaient pas pris le temps de l'achever, soit ils l'avaient cru mort.

Un cheval, pensa-t-il tandis que sa vision se brouillait et qu'il se mettait à chanceler. Il lui fallait un cheval.

Mon Dieu, aidez-moi… Donnez-moi un cheval. Je vous en prie, mon Dieu, un cheval!

Ailleurs, dans l'obscurité des bois, deux feux brûlaient à l'abri d'une petite clairière. L'Irlandais et son jeune compagnon étaient assis près de l'un, dame Elizabeth et sa servante étaient allongées près de l'autre, dormant ou essayant de dormir, supposa Finn. Nul doute que la dame n'était pas habituée à dormir par terre.

Son glaive reposait sur ses genoux et sa dague était à portée de main dans sa ceinture. Il était fatigué, mais pas sur le point de dormir, pas avec les mercenaires de

Wimarc à leurs trousses. Et pas avec la vibrante présence de dame Elizabeth pour le distraire.

— Il reste du pain ? demanda Garreth en s'asseyant en tailleur.

C'était pourtant lui qui avait fini la miche de pain bis achetée dans la dernière ville qu'ils avaient traversée.

Finn jeta un autre bout de bois dans le feu avant de répondre. Ils avaient pris soin de n'utiliser que du bois bien sec pour qu'il y ait le moins de fumée possible. Il aurait préféré ne pas faire de feu du tout, mais les deux jeunes femmes auraient eu trop froid, et Garreth aurait probablement passé le plus clair de la nuit à se plaindre.

Hélas, il semblait que les événements de la journée n'avaient pas fatigué le jeune homme, lui donnant au contraire plus d'énergie. Il ne montrait aucun signe de vouloir se coucher et se reposer sous peu, et il était un puits sans fond pour la nourriture. Malheureusement, le reste de leurs maigres provisions avait été donné aux femmes.

— Non, on l'a fini.

Garreth haussa les épaules, se gratta et fit un signe de tête vers l'autre feu.

— Alors, c'est une dame…

— Oui, c'est une dame, répondit Finn en prenant soin de ne pas jeter un seul coup d'œil aux femmes.

Il avait été difficile de les ignorer tandis qu'elles se préparaient à dormir sur les grossières couchettes que Garreth et lui avaient faites de branches et de feuilles, posant chacun leur cape par-dessus. Même dans sa cotte salie et froissée, avec son ourlet couvert de boue et ses cheveux emmêlés qu'elle avait essayé de coiffer avec ses doigts, dame Elisabeth l'avait fasciné par ses mouvements sobres et gracieux, et par le fait qu'elle ne se plaignait jamais.

— Est-ce que toutes les dames de la cour sont comme elle ?

— Elle ne ressemble à aucune dame noble que j'ai rencontrée, répondit sincèrement Finn.

Elle ne ressemblait même pas à sa sœur. Dame Adelaïde était fraîche et digne, lointaine, tel un ange envoyé du ciel pour être admiré par les simples mortels.

Dame Elizabeth était tout à fait différente. Un tempérament fait de fougue et de goût du défi. Dès le début, ses manières troublées et honnêtes, sur la berge de cette rivière, avaient tranché sur l'attitude hautaine des dames de la cour. Plus tard, une piquante étincelle de malice avait brillé dans ses yeux.

Cependant, son expression aurait sans doute été toute autre s'il lui avait dit d'emblée qui il était en réalité et ce qu'il avait vraiment pensé au bord de ce cours d'eau.

Mon nom est Fingal, ma mère était une ribaude, je suis un voleur depuis l'âge de cinq ans et je pense que ce serait sûrement grandiose de vous allonger là dans l'herbe et de vous faire l'amour, ma dame.

Son esprit persistait d'ailleurs à imaginer qu'il prenait ce corps souple et voluptueux dans ses bras et qu'il capturait ces lèvres pleines des siennes, l'embrassant jusqu'à ce qu'elle en perde le souffle, tandis que sa main remontait lentement sur la courbe de sa hanche, sur sa taille, sur ses seins ronds…

Il se secoua mentalement, chassant cette vision.

— Que fait-elle à voyager dans la campagne ? demanda Garreth. Si elle est une pupille du roi, ne devrait-elle pas se trouver à la cour ?

— Je suspecte qu'elle rentrait chez elle dans le Kent

quand ils ont été attaqués. Le roi et la cour sont à Salisbury, dans la direction opposée.

— Peut-être que sa famille nous donnera une récompense pour l'avoir aidée, suggéra Garreth.

— Peut-être, concéda Finn, même s'il n'envisageait pas de le découvrir.

Il ne voulait pas revoir dame Adelaïde ou son époux.

— Nous n'avons pas le temps d'aller dans le Kent pour le savoir. Si nous ne libérons pas bientôt Ryder des cachots de Wimarc, il sera mort.

Lentement affamé, comme tous les prisonniers de ce scélérat.

Garreth jeta à son tour un bout de bois dans le feu, faisant jaillir des étincelles.

— Alors nous les emmenons vraiment à St Mary-de-la-Prairie ?

— Oui.

Finn vit l'expression mécontente de son compagnon.

— Nous ne pouvons pas les laisser y aller seules, ajouta-t-il.

— Sa servante me regarde comme si je sentais mauvais.

— Elle a peur.

— Pourquoi ? Nous les avons aidées, non ? Dame Elizabeth ne nous regarde pas ainsi et elle a eu peur aussi.

— Je gage que oui, répondit Finn, mais elle est plus âgée, et je pense qu'elle a appris à cacher ses sentiments. Keldra n'est qu'une jeune fille et une servante qui plus est… Elle ne peut pas compter sur son rang pour la protéger, comme une dame le peut.

Hélas, d'après ce qu'il savait de Wimarc, son rang ne protégerait pas dame Elizabeth non plus, si elle tombait entre ses mains.

— Pourquoi Wimarc a-t-il envoyé ses hommes après elle, à votre avis ?

— Des histoires de politique. Elle est alliée par sa famille à des hommes qui sont loyaux au roi, et Wimarc ne l'est pas. Il espère probablement l'utiliser contre eux.

Il jeta un coup d'œil à Garreth.

— Parfois, être une dame noble a ses inconvénients.

— Très bien, alors il faut qu'on les emmène au couvent en effet, mais j'espère que cette fille stupide ne continuera pas à pleurnicher demain ! Ça me fait grincer les dents.

— Elle n'est pas stupide, elle est effrayée, lui expliqua de nouveau Finn. Et tu devrais te reposer. Nous avons un long chemin à faire, et plus tôt nous atteindrons le couvent, plus vite nous pourrons nous occuper de délivrer Ryder.

Garreth hocha la tête, puis, après un moment d'hésitation, il demanda doucement :

— Vous pensez donc qu'il est toujours en vie ?

— Je le dois, répondit Finn en prenant un autre bâton pour alimenter le feu.

Ou bien ce serait sa faute si son demi-frère était mort.

Lizette, les mains plaquées au creux de ses reins pour soulager la douleur, suivait Finn silencieux le long d'une sente étroite qui avait probablement été tracée par des daims ou d'autres animaux à travers le bois de hêtres, d'aulnes, de chênes et de châtaigniers. Il avait dans le dos une besace en cuir qui contenait de la nourriture et quelques maigres vêtements, et il semblait avoir le don de trouver de telles pistes.

Garreth était tout aussi silencieux, et Dieu merci, Keldra

ne pleurait plus tandis qu'elles bataillaient toutes les deux pour suivre le pas vif de leur guide.

Les emmenait-il vraiment dans un couvent ? Comment le savoir, au milieu de tous ces arbres et ces petits vallons formés par des ruisseaux ?

Pouvait-elle réellement se fier à cet homme ? Pouvait-elle avoir foi en ce qu'il disait, et être sûre qu'il allait les aider ? Il était un voleur, un hors-la-loi, peut-être même un assassin… Pourtant, il avait été fidèle à sa parole et ne l'avait pas touchée, ni Keldra. Elle avait même pu dormir un peu, somnolant et s'éveillant alternativement en sursaut, mais toujours elle l'avait trouvé assis près du feu, à bonne distance.

La plupart du temps il était immobile, aussi figé qu'une pierre, mais de temps à autre il se penchait en avant pour ajouter du bois ou remuer les cendres. Alors les flammes montaient quelques instants et elle pouvait voir son beau visage tandis qu'il fixait le feu comme s'il essayait d'y lire l'avenir. Ou peut-être essayait-il tout simplement de rester éveillé.

A l'aube, il s'était levé et lui avait dit qu'ils devaient repartir, alors ils s'étaient mis en route, lui en tête de leur petit cortège, et le jeune homme à l'arrière.

A présent, ses pieds lui semblaient aussi lourds que des pierres, et son estomac grognait de faim. Toutes ses impulsions la pressaient de demander à l'Irlandais de s'arrêter, de les laisser se reposer et manger ce qu'il avait dans sa besace. Mais sa fierté était plus forte que sa fatigue et que sa faim, alors elle accéléra le pas jusqu'à être assez près de lui pour lui parler.

Comme elle ne voulait pas l'irriter, elle commença par quelque chose d'assez anodin.

— Garreth est-il votre fils ?

Il ralentit.

— Jésus, non !

Puis il accéléra de nouveau le pas, écartant une branche basse de leur chemin, et lui jeta un coup d'œil outré.

— Je ne suis pas vieux à ce point.

— Je pensais qu'il l'était peut-être parce qu'il vous admire si ouvertement, dit-elle, inquiète de l'avoir offensé.

Elle écarta la branche à son tour, n'étant pas au-dessus d'une petite flatterie si cela pouvait l'encourager à parler.

— S'il m'admire, c'est parce que je le traite correctement. Garreth est né dans le caniveau, ma dame, comme moi, alors être traité avec respect est une chose rare pour lui.

Cet Irlandais qui se faisait passer pour un noble pouvait-il en vérité être de si humble origine ?

— Etes-vous vraiment de basse naissance ? Vous parlez comme un courtisan.

— Parce que j'ai pris le temps et me suis donné la peine d'apprendre.

— Pourquoi ? demanda-t-elle, sa curiosité l'emportant sur son désir d'être subtile.

— Pourquoi d'autre sinon pour rendre les vols plus faciles ? Si vous êtes capable de parler comme un noble, vous pouvez vous faire inviter sans peine dans une grand-salle ou un manoir.

Lizette se rendit compte qu'elle avait espéré jusque-là qu'il ne soit pas vraiment un hors-la-loi — un espoir maintenant brisé.

Il perçut sa déception et se mit à rire.

— J'ai ruiné vos petites fantaisies, n'est-ce pas ? Vous voulez penser que je suis un homme de bien, hardi et courageux, qui traverse simplement une mauvaise passe ?

Eh bien, non. Je vole depuis l'enfance, parce que c'est cela ou mourir de froid ou de faim.

Son expression changea et il prit un air de condescendance très irritant.

— Mais je ne compte pas que vous en sachiez beaucoup sur la souffrance.

— Peut-être pas de la façon que vous voulez dire, rétorqua-t-elle, son tempérament vif s'échauffant, mais il n'a pas toujours été facile de vivre avec un père qui buvait trop, qui vous injuriait d'être née fille et qui se servait parfois de ses poings quand il était en colère, ce qui arrivait souvent.

Les yeux bruns de l'Irlandais se posèrent sur elle avec un air soudain beaucoup moins arrogant.

— Il vous frappait ?

— Non, pas moi. Mais ma pauvre mère oui, et quelquefois Adelaïde quand elle essayait de nous protéger. Mais nous ne pouvions jamais être sûres qu'il ne nous frapperait pas aussi, Gillian et moi. J'avais toujours peur quand mon père était à la maison. J'avoue que j'ai été soulagée lorsqu'il est mort l'an dernier, même si cela signifie que le roi a maintenant le droit de décider de mon sort. Au moins, John ne vit-il pas à Averette.

— J'ai été content quand ma mère est morte, moi aussi, dit-il doucement. Durant ses dernières années, elle a fait de ma vie un enfer.

Surprise par cette révélation, Lizette fit un faux pas et trébucha sur son ourlet boueux. Il tendit immédiatement la main pour la stabiliser. Elle tenta d'ignorer ce contact et la force apparente même dans ce simple geste, s'écartant dès qu'elle fut ferme sur ses pieds.

— Je n'avais d'autre motif que de vous empêcher de

tomber sur le nez, déclara-t-il un peu rudement, alors j'espère que vous ne songez pas à me tuer pour avoir osé vous toucher.

Essayait-il d'être drôle ?

— Pas pour l'instant, répondit-elle d'un ton acerbe. Garreth vous a appelé Finn, hier. Est-ce votre vrai nom ?

Son froncement de sourcils s'accentua tandis qu'il enjambait une pierre qu'elle dut contourner.

— Oui. C'est le diminutif de Fingal.

— Alors vous venez vraiment d'Irlande ?

— Ma mère était irlandaise.

La mère qui avait fait de sa vie un enfer.

— Est-ce elle qui vous a appris à parler comme un courtisan ?

— Grands dieux, non ! Et c'est tout ce que vous avez besoin de savoir sur ma mère ou moi, ma dame.

— Parlez-moi de ce messire Wimarc, alors, dit-elle en commençant à s'essouffler, car le sentier montait. Je n'ai jamais entendu son nom.

Le chemin était boueux et glissant, le sol humide et couvert de feuilles mortes, et elle devait regarder par terre pour ne pas tomber. Derrière elle, elle entendait Keldra qui bataillait pareillement pour rester sur ses pieds.

— Garreth, donne la main à la jeune fille, ordonna Finn au jeune homme en regardant en arrière.

Il commençait à paraître un peu essoufflé, aussi.

— Wimarc est riche. Il a récemment épousé la fille d'un petit comte fortuné, il hait le roi et c'est une brute malfaisante.

— Est-ce tout ?

Finn atteignit le haut de la côte et, se tenant à une branche, lui tendit la main pour l'aider.

— Il est dangereux, et vous n'avez pas intérêt à vous approcher de lui.

— Avez-vous une idée de la raison pour laquelle il voulait m'enlever ? demanda-t-elle en prenant sa main offerte et en le laissant la tirer en avant.

Keldra, soufflant et haletant, arriva au sommet de la colline, soutenue par un Garreth manifestement dégoûté.

Finn lâcha Lizette.

— Cela pourrait bien être à cause du mari de votre sœur aînée, suggéra-t-il en se remettant à marcher.

Lizette poussa une exclamation de surprise, puis lui courut après et lui saisit le bras pour le forcer à s'arrêter.

— Adelaïde n'est pas mariée !

Il la regarda d'un air troublé et croisa les bras sur son large torse.

— Si, elle l'est. Elle vient d'épouser messire Armand de Boisbaston.

Cela ne pouvait pas être vrai ! C'était impossible !

— C'est un mensonge !

Les lèvres bien dessinées de l'Irlandais s'abaissèrent un instant, puis il haussa les épaules et se remit à marcher.

— Si c'est un mensonge, cela m'a été présenté comme la vérité, et ce mariage donnerait à Wimarc une raison de vous vouloir en son pouvoir. Il hait le roi John et la rumeur prétend qu'une conspiration se prépare contre lui. Armand de Boisbaston est le genre de benêt loyal qui protégera John à cause de son serment de fidélité et de sa foi dans le comte de Pembroke, quoi qu'il puisse penser du roi lui-même. Si Wimarc pense qu'Armand peut se dresser en travers de son chemin, comment mieux l'atteindre qu'à travers sa famille ? Si votre sœur est sa femme, vous êtes donc sa parente. Il se pourrait que Wimarc envisage de vous retenir en otage pour forcer de Boisbaston à faire ce qu'il veut.

— Mais ma sœur ne peut pas être mariée à ce messire Armand de Boisbaston ! insista Lizette en se hâtant derrière lui.

Adelaïde aurait sûrement préféré perdre un membre que de rompre sa parole. Certes, elle n'avait pas vu sa sœur depuis des mois, depuis qu'Adelaïde était allée à la cour après la mort de leur père. Pour sa part, elle avait d'abord séjourné dans la famille de messire Merton, ensuite chez messire Delapont. Mais Adelaïde n'avait sûrement pas pu changer à ce point ! Leur promesse solennelle était son idée…

Toutefois, même si l'impossible s'était produit et que c'était vrai…

— Elle me l'aurait dit dans une lettre, ou aurait demandé à Iain de me l'annoncer quand il est venu me chercher pour me ramener à la maison.

— A moins qu'elle n'ait préféré vous le dire en personne, suggéra-t-il, en lui jetant un coup d'œil énigmatique.

Non, elle ne voulait pas le croire. Elle ne le pouvait pas. Adelaïde était trop sûre d'elle, trop catégorique, en affirmant que le mariage n'apportait que douleur et peines de cœur. Cet homme devait mentir ou être mal informé.

Ils arrivèrent au tronc massif d'un chêne tombé.

— Nous allons nous reposer ici un moment, dit-il.

Encore abasourdie par ce qu'elle venait d'apprendre, ne sachant si elle devait ou non le croire, Lizette s'assit lourdement, pendant que Keldra se laissait choir sur le tronc en soupirant de soulagement.

— Si ce que vous dites est vrai, aussi risible que cela paraisse, si Adelaïde est bien mariée et s'il y a une conspiration contre le roi menée par ce Wimarc, mes sœurs aussi pourraient être en grave danger.

— Cela se peut, concéda-t-il. D'après tout ce que j'ai entendu — et j'en ai entendu beaucoup ces quinze derniers jours — Wimarc est un homme très rusé, dangereux et ambitieux. Il ne s'arrêtera à rien pour parvenir à ses fins, et s'il pense que votre famille peut lui être un obstacle…

Prenant soudain la pleine mesure de ce que ces propos impliquaient, Lizette bondit sur ses pieds.

— Alors nous devons prévenir tout de suite Adelaïde à la cour et Gillian à Averette !

— Vous pourrez le faire du couvent, lui répondit-il avec un calme horripilant. Je vais retourner un peu en arrière et m'assurer que nous ne sommes pas suivis. Vos hommes sont peut-être tous morts, mais pas ceux de Wimarc. Garreth, donne-leur ce qui nous reste à manger, et prends quelque chose toi-même.

Sur ces mots, il tourna les talons et repartit le long du sentier.

Chapitre 4

Lizette regarda l'Irlandais disparaître entre les arbres, remâchant ses paroles sans parvenir à y croire. Adelaïde pouvait-elle vraiment être mariée ? D'un autre côté, pourquoi cet homme mentirait-il si elle ne l'était pas ?

Tandis qu'elle essayait de se convaincre que, s'il ne mentait pas, il avait du moins été mal informé, Garreth fouillait dans la besace. Avec le geste fleuri d'un magicien faisant apparaître un sac de pièces d'or, il brandit une pomme toute talée d'avoir été bringuebalée dans le sac.

— Elle n'est pas aussi belle que celles qui vous sont présentées habituellement, j'en suis sûr, ma dame, dit-il en la lui offrant avec un sourire penaud, mais c'est tout ce que nous avons.

— Je suis certaine qu'elle sera délicieuse, répondit gracieusement Lizette en la donnant à Keldra.

— Prenez-la, ma dame, dit la chambrière. Je n'ai pas faim.

— Je vous ordonne de la manger ! déclara Lizette. Vous avez besoin de refaire vos forces.

— C'était la meilleure, marmonna Garreth quand Keldra prit la pomme à contrecœur, et je vous la réservais.

— Je prendrai volontiers la deuxième en qualité.

Manifestement mécontent, le jeune homme plongea de nouveau la main dans le sac et en sortit une pomme plus petite. Il la fit briller sur sa manche, qui ne paraissait pas très propre, avant de la lui tendre avec un haussement d'épaules.

— Merci, Garreth, dit-elle en espérant atténuer par un chaud sourire ce qu'il avait visiblement pris pour un affront.

Puis, ignorant la manche sale, elle mordit dans la pomme.

En effet, ce n'était pas un aussi beau fruit que ceux auxquels elle était habituée ; néanmoins, elle avait très faim et ils avaient tous besoin de garder leurs forces. Il fallait qu'ils arrivent à ce couvent le plus vite possible.

Paraissant adouci, Garreth sortit une troisième pomme un peu plus petite que la sienne. Il ôta son arc de son dos, s'assit par terre aux pieds de Lizette et se mit à manger, avalant le fruit en quelques bouchées, comme s'il n'avait rien mangé depuis des jours.

Peut-être était-ce le cas ou bien ne faisait-il pas beaucoup de bons repas, ce qui était souvent le sort des paysans et des pauvres, elle le savait. Iain et Gillian croyaient qu'elle n'en savait rien ou qu'elle choisissait d'ignorer des faits aussi déplaisants de la vie. Mais si elle mentionnait rarement ce genre de chose, ce n'était ni par ignorance ni parce qu'elle jugeait que c'était sans importance. Elle n'en parlait pas parce que ces choses-là la faisaient toujours se sentir impuissante et coupable.

— Voyagez-vous depuis longtemps avec… messire Oliver… ou Finn ? demanda-t-elle en essayant de ne plus penser à Iain, ou à Averette.

— Depuis le dernier Noël, répondit Garreth.

Cette réponse la déconcerta.

— Je pensais que vous le connaissiez depuis des années!

Mâchant toujours sa pomme, Garreth expliqua alors :

— Il m'a sauvé la vie. Un fabricant de chandelles pensait que je l'avais volé; il est passé derrière moi et m'a frappé avec un de ses moules. Finn l'a vu et lui a attrapé le bras avant qu'il puisse me frapper de nouveau. Je serais plus mort que cet arbre sur lequel vous êtes assise, sans lui. Le fabricant a menacé d'appeler la garde, et Finn lui a dit de le faire, mais qu'il le regretterait. Ce n'était pas vraiment une menace, ma dame, mais le bonhomme m'a lâché assez vite.

Jetant son trognon de pomme, Lizette s'essuya les doigts sur une partie de sa cape qui n'était pas semée de boue ou de feuilles récoltées en passant dans les buissons.

— Pas étonnant que vous l'admiriez.

— Beaucoup de gens l'admirent, même s'il n'est pas aussi bon que moi à l'arc.

Keldra fit entendre un bruyant soupir de dédain.

— Quoi, vous ne pensez pas que je suis bon? demanda Garreth en se levant.

Il empoigna son arc et prit une flèche dans son carquois.

— Choisissez une cible, ma dame.

Lizette ne vit pas de raison de l'empêcher de prouver son adresse.

— Que diriez-vous de cette branche de sorbier, là-bas?

— Trop près et trop facile.

Il avait vraiment confiance en lui!

— Alors cette branche basse sur ce châtaignier, dit-elle en désignant une branche à une vingtaine de yards.

Garreth se mit en position, encocha sa flèche, banda

l'arc, visa et tira. La flèche siffla dans l'air et frappa la branche, les faisant trembler toutes les deux.

Lizette fut impressionnée et le dit, une fois que Garreth eut trottiné jusqu'à l'arbre et retiré la flèche.

Il décocha alors à Keldra un regard satisfait tandis qu'il bandait de nouveau son arc. Mais la jeune fille l'ignora, apparemment plus absorbée par les brins de verdure qu'elle ôtait de sa cotte que par ses démonstrations d'adresse.

— Je pensais que vous étiez peut-être le fils de Finn, dit Lizette quand il se rassit par terre.

— Je donnerais cher pour l'être !

— A-t-il de la famille en vie ? Un père, d'autres parents ?

— Sa mère est morte. Il n'aime pas parler d'elle, et il n'a jamais mentionné de père. Mais il a un demi-frère, Ryder.

Garreth fronça subitement les sourcils, contrarié de son propre bavardage, et secoua la tête.

— Je ne pense pas que je devrais vous parler de Ryder. Finn n'aimerait sûrement pas ça.

L'homme lui-même était un voleur, songea Lizette, alors quelle honte supplémentaire pouvait bien apporter son demi-frère à la famille ? Mais elle ne pensait pas qu'insister sur ce sujet déciderait Garreth à lui en révéler plus — du moins pas pour l'instant.

— Finn est certainement intelligent. Il peut parler comme un courtisan, dit-elle à la place, en notant que Keldra avait trouvé un endroit où s'adosser.

Elle avait les yeux fermés et la bouche entrouverte. Si elle pouvait dormir, cela lui ferait du bien.

— Il a dupé tous les nobles à la cour comme il vous a dupée, répondit Garreth, ne se souciant visiblement pas de réveiller Keldra. Il dit qu'ils sont aussi des voleurs et des mendiants, qu'ils s'habillent juste mieux que nous et demandent plus. Le roi est le pire de tous pour mentir et tricher, à ce qu'il dit.

Lizette ne pouvait qu'être d'accord.

— Et vous, que supposez-vous que messire Wimarc me veut ?

Garreth rougit et détourna les yeux.

— Ben... vous êtes jolie, ma dame, et messire Wimarc aime les jolies femmes.

Si elle n'était pas une dame, elle aurait pu ajouter plus de foi à cette explication. Mais les choses étant ce qu'elles étaient, elle doutait que la séduction soit le but du seigneur et vaille autant d'efforts.

— Je suis aussi une pupille du roi, alors Wimarc n'oserait sûrement pas m'assaillir.

— Si vous le dites, ma dame, fit le jeune homme en haussant les épaules, la mine sceptique. Mais ce n'est pas ce que nous avons entendu dire.

Et cet homme sans scrupule cherchait à la capturer ? Dieu la protège, et ses sœurs aussi !

Trop agitée pour rester assise, se demandant où était Finn et pourquoi il n'était pas revenu, Lizette bondit sur ses pieds.

Le mouvement brusque du tronc réveilla Keldra, qui regarda autour d'elle avec confusion jusqu'à ce que la mémoire lui revienne.

— Vous n'avez pas besoin de vous inquiéter pour Finn, ma dame, la rassura Garreth, ignorant de nouveau Keldra. Les hommes de Wimarc ne l'attraperont pas. Quand on le poursuit, il est comme une anguille dans l'eau. La seule fois où il a failli... Mais je ne devrais pas parler de ça non plus, je suppose.

Pourquoi pas ? Pourquoi ne devrait-elle pas en savoir plus sur l'homme qui prétendait vouloir la mettre en sûreté dans un supposé couvent ?

— Il s'en est sorti, je présume. Tout seul, ou avec votre aide ?

Garreth jeta un regard plein de fierté en direction de Keldra.

— Oui, je l'ai aidé. Je lui ai tiré dessus !

— Vous lui avez tiré dessus ? répéta Lizette, incrédule.

— Je lui ai envoyé une flèche dans le pied pour l'empêcher de courir après les hommes de Wimarc et de se faire prendre avec Ryder.

Il pinça la corde de son arc comme un ménestrel sur le point de jouer un air.

— Ne lui dites pas que je vous ai parlé de ça, hein, ma dame ? Je ne pense pas qu'il apprécierait, et vous n'aimeriez sûrement pas le voir en colère !

Non, elle ne pensait pas qu'elle aimerait, en effet.

— Je ne dirai rien, promit-elle.

Il fusilla Keldra du regard.

— Et vous non plus.

— Je ne veux pas lui parler, et je ne me soucie certainement pas de répéter ce que vous dites ! rétorqua-t-elle.

Voulant apaiser la tension entre les deux jeunes gens, Lizette ramena la conversation sur le jeune homme.

— Et vous, Garreth ? D'où êtes-vous ?

Il haussa les épaules.

— Je ne sais pas exactement où je suis né. A Londres, je suppose. La première chose que je me rappelle, c'est de courir dans les rues avec une miche de pain chaud et d'être poursuivi en étant traité de voleur.

Il serra les mâchoires en la regardant.

— Pas besoin d'avoir pitié de moi, ma dame. Je n'étais pas le seul gamin à mener une vie dure. On était comme une famille, la plupart du temps. Et on a passé de bons moments.

Avec une crânerie juvénile, il entreprit de lui raconter quelques aventures, visiblement fier des fois où il s'en était sorti de peu et des actions illégales qui, Lizette le savait, auraient pu se terminer par sa mort au bout d'une corde. Mais il y avait d'autres histoires, aussi, de camaraderie, d'amitié et de loyauté qui permettaient aisément de comprendre pourquoi Finn l'avait pris sous son aile et le considérait comme un ami et un allié digne de confiance, malgré son jeune âge.

Même le visage de Keldra finit par exprimer de l'admiration quand il en arriva à son sauvetage par Finn.

— Mais ça, je vous l'ai déjà raconté, acheva-t-il.

— J'espère que tu ne casses pas les oreilles de la dame!

Lizette sursauta violemment.

Finn était juste derrière elle. Elle ne l'avait pas entendu approcher. Rougissant, même si elle n'avait rien fait de mal, elle se mit debout et lissa sa cotte pour se donner le temps de se ressaisir.

— Je suppose que vous avez mangé et que vous êtes assez reposés, dit-il en reprenant le sentier. Même si ce n'est pas le cas, nous ne pouvons rester ici plus longtemps. Les hommes de Wimarc ne sont pas vraiment près, mais ils ont des chevaux et nous n'en avons pas.

Garreth attrapa la besace et se précipita derrière lui, laissant suivre les femmes.

— Je ne leur ai rien dit d'important, déclara-t-il.

— Je ne pensais pas que tu l'aies fait, répondit Finn. Mais prends garde aux belles femmes, Garreth. Elles peuvent tisser un sortilège autour d'un homme et lui faire avouer tous ses secrets.

Comme il s'en était rendu compte tout récemment...

Agenouillée dans la petite église, dame Jane de Sheddlesby fixait la plaque funéraire à la mémoire de sa mère. C'était un objet coûteux, finement ciselé, le nom et les dates profondément gravés, comme sa mère l'avait exigé avant sa mort.

— Je veux que ce soit lisible éternellement ! avait décrété cette dernière, comme si cela pouvait assurer qu'elle survive pareillement dans la mémoire des gens.

Elle survivrait, de toute façon, au moins dans celle de sa fille, mais peut-être pas de la manière qu'elle espérait. Dame Ethel de Sheddlesby n'avait pas été source de douceur et de gentillesse pour sa fille ou n'importe qui d'autre, durant sa longue vie.

Malgré tout, sa mort avait laissé un vide dans la vie de dame Jane. Elle avait sa petite maisonnée à superviser, bien sûr, et comme il était peu probable qu'elle se marie un jour, vu son âge et son manque de beauté, il lui fallait y trouver sa joie. Ou devenir nonne, ce qu'elle ne voulait pas.

Non, elle entretiendrait le domaine jusqu'à ce qu'elle meure à son tour et qu'il passe à un parent éloigné, et elle irait à l'église prier pour l'âme de sa mère, même si elle pensait que celle-ci n'était pas au paradis et n'y serait jamais, quel que soit le nombre de prières et de messes dites pour son salut.

L'édifice n'était pas un endroit inconfortable pour y passer du temps, et l'odeur persistante d'encens, de bois humide et de pierre la réconfortait à sa façon.

— Ma dame ! Ma dame !

Jane tourna le regard en direction des doubles portes et vit Hortensa, sa chambrière, qui pointait un doigt tremblant vers le terrain alentour.

— Il y a un… un homme !

En dépit de l'évidente panique de sa servante, Jane ne vit pas la nécessité de s'affoler. Cet homme pouvait être un paysan, un rétameur, un soldat ou même un prêtre qui passait par là. Elle se releva donc calmement, fit le signe de croix, drapa sa mante autour d'elle et se dirigea vers la porte.

— Je pense… je pense qu'il est mort, ma dame ! cria Hortensa avec une joie morbide.

A ces mots, Jane accéléra le pas. Lorsqu'elle atteignit la porte, elle regarda dans le cimetière.

Il y avait bien un homme qui gisait à plat ventre parmi les tombes. Il portait un haubert et un surcot, et ses bras donnaient l'impression qu'il était en train de ramper vers l'église quand il avait perdu connaissance. Il n'avait pas d'épée dans son baudrier, ni de heaume sur la tête, et ses cheveux grisonnants paraissaient humides, sans doute à cause de la rosée. Il avait probablement passé là une partie de la nuit.

Le plus dérangeant de tout était le sang séché sur son surcot. Il avait visiblement été attaqué, mais par qui, et comment était-il arrivé ici ? Etait-il vivant, ou mort ?

Jane ouvrit la porte plus grande, dans l'intention d'aller à lui, mais Hortensa tendit le bras en travers de l'ouverture pour lui barrer le passage.

— S'il est vivant, il pourrait être dangereux !

— S'il est vivant, il est inconscient, répondit Jane,

certaine de cela sinon d'autre chose. Regardez son surcot — ce n'est pas un bandit ou un hors-la-loi.

— Il pourrait être l'un des mercenaires qui chevauchent à travers la campagne ! Ce sont des hommes terribles, qui volent, violent et Dieu sait quoi d'autre !

Il y avait une chance qu'Hortensa ait raison, mais Jane ne le pensait pas.

— J'ai vu le genre de mercenaires commandés par messire Wimarc, dit-elle, et ils ne s'habillent pas ainsi.

— Cet individu a pu voler un chevalier. Je crois ces scélérats que messire Wimarc recrute capables de tout !

La chambrière avait raison sur ce point, et pourtant…

— Je ne peux laisser un homme dans cet état, déclara Jane en écartant le bras grassouillet d'Hortensa. Il pourrait mourir sous nos yeux.

— Et si c'est un assassin qui vole et qui viole ? protesta la servante en suivant sa maîtresse de mauvais gré, trottant pour suivre son pas vif. Que dirait votre pauvre sainte mère ?

Sa mère n'avait jamais été pauvre, et elle ne serait jamais une sainte.

— Probablement ce que vous dites.

Malgré ce qu'Hortensa voulait croire, la censure post-mortem de sa mère n'avait pas le pouvoir d'influencer Jane. Elle avait vécu trop longtemps sous la férule de dame Ethel pour ne pas apprécier sa liberté maintenant que cette dernière était morte.

Elle s'agenouilla à côté de l'homme et écarta avec précaution le surcot de drap noir, déchiré à l'endroit où une lame avait transpercé l'étoffe et le haubert pour pénétrer dans l'épaule ; la cotte de mailles, le tissu et la chair au-dessous étaient couverts de sang séché.

Comment avait-il réussi à survivre malgré cette grave blessure ? Il avait dû perdre quantité de sang.

L'homme grogna.

Surprise, Jane s'accroupit sur ses talons.

— Attention, ma dame ! l'avertit inutilement Hortensa.

Jane leva les yeux vers sa chambrière anxieuse.

— Il est trop sérieusement blessé pour nous faire du mal, dit-elle avant de faire rouler, doucement, l'étranger sur le dos.

Il poussa alors un gémissement pitoyable et ses bras retombèrent comme s'ils n'avaient pas de muscles. Du sang coulait de ses lèvres et mouillait sa barbe et ses cheveux grisonnants. Son nez était busqué comme celui des empereurs romains dont elle avait vu les bustes à Londres, et sa peau était hâlée par des heures passées au soleil. Un soldat, sûrement, peut-être même un chevalier.

— Messire ? risqua-t-elle en cherchant d'autres blessures. Mais elle n'en vit pas.

— Messire ?

Comme il ne répondait pas et n'ouvrait pas les yeux, elle posa une main sur son front.

— Par Dieu, il est brûlant ! Hortensa, courez au manoir et ramenez deux hommes avec un chariot. Il faut le transporter à la maison et l'installer dans un lit. Puis allez chercher le frère Wilbur. Les blessures de cet homme et sa fièvre sont trop graves pour mes capacités.

— Mais, ma dame, nous ne savons rien de lui ! Votre mère ne ferait jamais une chose pareille !

Jane pinça les lèvres. Non, certes, sa mère, égoïste et querelleuse, n'aurait jamais amené un étranger blessé chez elle, mais elle n'était pas sa mère.

— Ma mère est morte, dit-elle fermement, et la

châtelaine de Sheddlesby, c'est moi, maintenant ! Alors si je vous ordonne d'aller chercher mes hommes pour emporter ce pauvre blessé dans ma grand-salle, vous le ferez ! Et sans discuter !

— Oui, ma dame, répondit Hortensa, convenablement tancée par sa maîtresse.

Tandis qu'elle courait vers le manoir, Jane prit la main calleuse de l'inconnu dans les siennes.

— Je prendrai soin de vous, qui que vous soyez, lui promit-elle doucement.

Chapitre 5

En temps ordinaire, Lizette appréciait de se promener dans les bois frais et tranquilles. Maintes fois, à Averette, elle s'était esquivée dans la forêt pour fuir la maison et les conflits : son père tyrannique s'en prenant à sa pauvre mère malade ; Adelaïde faisant de son mieux pour se mettre entre eux et ramener la paix ; plus récemment, les soupirants de sa sœur aînée, qui pouvaient être amusants ou intéressants, mais s'avéraient tout aussi souvent ennuyeusement lascifs ; Gillian qui regardait gravement ce qui se passait ou qui rejoignait dans la cuisine les serviteurs, se faisant aimer d'eux par ses façons calmes et ses compétences.

Seule dans la forêt, elle pouvait alors prétendre vivre les aventures excitantes auxquelles elle aspirait. Quelquefois, elle était un braconnier piégeant un cerf puissant ; parfois, une Tsigane disant la bonne aventure ou dansant pour de l'argent. D'autres fois, elle était un hardi chevalier et attaquait des arbres avec un long bâton tout en guidant son destrier imaginaire. Ou bien encore, elle était simplement Lizette, chantant avec les oiseaux, montrant à eux seuls son unique vrai talent.

Mais cette marche forcée à travers les arbres et les fourrés, sur un sentier à peine visible, pour fuir des hommes qui lui voulaient du mal, sous la conduite d'un hors-la-loi qui prétendait être un chevalier, était très différente des histoires qu'elle aimait se raconter.

Ils arrivèrent à une route et Finn leva brusquement la main pour les arrêter. Keldra s'assit par terre, tout en essayant de reprendre son souffle, tandis que Garreth rejoignait Finn en trottinant.

Après avoir inspecté la route dans les deux sens, Finn jeta un coup d'œil à Keldra, puis il s'adressa à Lizette.

— Je pense que nous pouvons emprunter sans danger la route un moment.

Dieu merci! songea Lizette, mais s'il s'attendait à ce qu'elle le remercie, il allait être déçu! Il s'était montré silencieux, maussade et sombre depuis son retour, bien que ce soit sa faute s'il était agacé qu'elle ait parlé à Garreth. S'il avait été moins mystérieux et plus ouvert, aussi, elle n'aurait pas eu à questionner son ami!

— Cela ne peut plus être très loin, maintenant, dit-elle à Keldra pour l'encourager.

— Je l'espère, ma dame, ou mes jambes vont complètement me lâcher.

— Les miennes ne valent guère mieux, avoua Lizette en aidant sa chambrière à se relever, ce qui n'était pas un mensonge.

S'ils devaient continuer à marcher de ce pas vif longtemps encore, elle serait obligée de demander à Finn de les laisser se reposer de nouveau, or elle ne souhaitait pas le faire.

Alors qu'ils s'engageaient sur la route, Finn ordonna à Garreth d'aider Keldra. Le jeune homme eut l'air de vouloir refuser, puis, après un bref coup d'œil à l'Irlandais, sembla prêt à s'exécuter.

— Ma dame, j'aimerais vous dire un mot, déclara soudain Finn.

C'était un ordre bien plus qu'une requête, ce qui ne fit rien pour atténuer la mauvaise humeur de Lizette.

— Ainsi vous daignez me parler, maintenant ? fit-elle aigrement.

Il lui jeta un regard mauvais, comptant apparemment qu'elle le suive comme si elle était son chien bien dressé. Hélas, comme elle n'avait absolument aucune idée de l'endroit où elle se trouvait, elle n'eut d'autre choix que de le faire.

— Durant le reste du temps que nous avons à partager, si vous avez des questions, posez-les moi, dit-il. Et laissez Garreth tranquille.

— Je ne pense pas l'avoir perturbé, et vos manières cachottières ne m'ont pas laissé le choix. Est-il donc si surprenant que je veuille en savoir plus sur vous ? J'ai mis nos vies entre vos mains, ne l'oubliez pas !

Fronçant les sourcils, Finn enjamba une flaquc sur la route pleine d'ornières.

— Très bien, ma dame… En ce cas, posez-moi les questions que vous voulez et je ferai de mon mieux pour y répondre.

Maintenant qu'il était disposé à l'éclairer, elle n'était pas sûre de ce qu'elle souhaitait savoir. Elle décida de commencer par son demi-frère.

— Qu'a fait votre demi-frère qui soit plus honteux que voler ?

Les mâchoires de Finn se crispèrent et son pas s'allongea un peu, comme s'il souhaitait s'éloigner d'elle. Lizette accéléra alors son allure.

— Vous avez dit que vous répondriez à mes questions, lui rappela-t-elle.

Mais avant qu'il puisse le faire, un faisan s'envola du bord de la route dans de grands battements d'ailes et ils ralentirent tous les deux. L'instant d'après, une flèche toucha l'oiseau qui tomba dans les buissons devant eux.

— Beau tir, Garreth ! s'exclama Finn. Pas besoin de s'inquiéter de notre souper ce soir.

— Oui ! répondit le jeune homme en trottinant vers sa prise, les laissant tous les trois derrière lui.

— Pendant que Garreth récupère l'oiseau, nous allons nous reposer un peu, déclara Finn.

Il désigna une souche.

— Keldra, asseyez-vous là. Il n'en aura pas pour longtemps.

Puis il tourna un regard indéchiffrable vers Lizette.

— Si vous voulez faire quelques pas avec moi, ma dame, je répondrai à vos questions en privé.

Cette façon de s'adresser à elle de manière plus formelle plut à Lizette. Cela dénotait du respect, plus approprié à son avis que son insolence détachée. Après tout, il était un voleur et un hors-la-loi. Et elle, une dame et la pupille du roi.

Il la conduisit un peu plus loin sur la route et indiqua une autre souche pour qu'elle s'asseye, hors de portée d'oreille de Keldra, mais pas hors de vue.

Il fit porter son poids sur une seule jambe, croisa les bras sur son large torse, fixa son ferme regard brun sur elle et dit :

— Ryder et moi avons eu la même mère aigrie et brisée, mais des pères différents. Pendant ces dix dernières années, mon frère a étudié dans un monastère du Nord, pour devenir prêtre. Mais dernièrement, il a décidé de renoncer à cette vocation. La chasteté, apparemment, ne lui convient pas.

Si ce Ryder ressemblait à Finn, pensa Lizette, qu'il restât chaste eut été bien dommage !

Troublée par cette pensée, elle baissa aussitôt la tête pour qu'il ne la voie pas rougir, tandis qu'elle s'efforçait de contrôler son imagination qui s'égarait dans la vision de Finn, souriant dans un lit et attendant… une femme quelconque.

— Ryder a donc quitté le monastère et s'est mis à ma recherche. Il pensait qu'être un hors-la-loi était une vie bien plus excitante. Il a réussi par miracle à me retrouver et a très vite compris son erreur. L'existence d'un hors-la-loi n'est pas aventureuse ni même confortable — dormir à la dure, manger où et quand vous pouvez, vous cacher, être toujours en train de bouger, jamais chez soi, jamais en paix, se demandant chaque jour si votre chance va tourner et si vous allez être pris et pendu.

Même si elle avait toujours aspiré à une vie d'aventure, au moins avait-elle une maison, un endroit où poser sa tête et où elle était sûre de toujours pouvoir manger et avoir droit à un certain respect, sinon au bonheur, reconnut Lizette en son for intérieur.

— Je ne suis pas surprise que vous ayez voulu autre chose pour votre frère. Mais il y avait sûrement d'autres possibilités que la prêtrise ou le vol.

— Oui, et je le lui ai dit, répondit Finn. Mais il est jeune, comme Garreth, et il m'en voulait de mes conseils et de mon refus de le laisser s'essayer à voler. Il s'est mis à chercher du réconfort dans la boisson et dans les rixes pour me prouver qu'il pouvait se défendre, qu'il était aussi dur et digne de respect que son grand frère. Une nuit, il s'est opposé à des hommes de Wimarc — trop nombreux, comme n'importe quel homme sensé aurait pu le lui dire — mais il était ivre et moi, j'étais avec une femme…

A ces mots, Lizette éprouva un léger pincement au cœur avant de se traiter de sotte. Bien sûr, qu'il allait avec des femmes! Beau comme il était et tout auréolé du romanesque d'être un hors-la-loi, il avait certainement l'embarras du choix. Elle ne devait pas avoir une mauvaise opinion de lui pour cela. C'était un homme très viril, après tout, et les hommes avaient leurs besoins…

— Je vous choque? demanda-t-il.

Non. Elle n'était pas choquée… Juste envieuse de ces femmes qui avaient eu la chance de profiter de sa compagnie une ou plusieurs nuits, même si elle ne le dirait pas.

— Il est un peu déconcertant d'entendre un homme admettre qu'il était avec une femme.

— Je ne suis pas un moine, répondit-il.

Son regard sembla devenir encore plus pénétrant, puis il demanda :

— Comment savez-vous que je n'étais pas avec mon épouse?

Son épouse? Elle le fixa, stupéfaite.

— Je ne pensais pas que les hors-la-loi se mariaient.

— Oh! Mais si, ils le font — par la loi commune, comme les paysans.

Il sourit comme s'il appréciait de la sentir mal à l'aise.

— Non pas que je l'aie fait…

— Mais vous avez dit…

— J'ai dit : comment savez-vous que je n'étais pas avec mon épouse? Vous avez supposé que j'étais avec une ribaude, n'est-ce pas?

Il avait raison, et elle ne sentit pas la nécessité de le lui confirmer.

— Je ne suis peut-être pas marié, mais je ne fréquente pas les ribaudes. Je sais ce que cette vie a fait de ma mère…

Une vie qui l'avait visiblement affecté, lui aussi.

— Et pourtant vous faites l'amour avec une femme hors des liens du mariage ?

— Oui, si elle est consentante et si je le suis. Placeriez-vous un paysan plus haut que les nobles de la cour ? Même les courtisans mariés prennent leur plaisir où ils peuvent le trouver.

Elle l'avait entendu dire par Adelaïde en effet. Néanmoins, elle n'avait pas l'intention de commenter la moralité de la cour ni de s'appesantir sur ses conquêtes, alors elle revint à leur premier sujet de discussion.

— Et pendant que vous étiez avec cette femme, votre frère a été capturé par les hommes de Wimarc…

— Oui, dit-il sombrement. Et lorsque j'ai voulu aller l'aider, Garreth m'en a empêché.

Se rappelant qu'elle avait promis au jeune homme de ne pas révéler ce qu'il lui avait dit à ce sujet, elle ne montra pas qu'elle savait comment.

Finn lui décocha un sourire ironique et ajouta :

— Il m'a tiré une flèche dans le pied. Enfin, dans ma botte. Il pensait bien faire, alors je ne lui en veux pas. Mais je me blâme de la capture de Ryder. J'aurais dû prendre plus soin de lui. Par chance, Garreth a fait plus de mal à ma botte qu'à moi-même.

Elle pouvait voir ses remords et sa culpabilité de ne pas avoir sauvé son frère. Mais à qui revenait véritablement la faute ? A lui, pour avoir été avec une femme, ou à Ryder, pour avoir provoqué la bagarre ?

Elle, qui avait traîné en route et laissé son cortège ouvert à l'attaque, le savait — et à son avis ce n'était pas celle du frère aîné.

— Garreth a probablement pensé que vous seriez emprisonné vous aussi, et alors qu'auriez-vous fait ? Tandis que vous êtes toujours libre et à même d'essayer de libérer votre frère, bien que ce ne soit pas tâche facile si tous les hommes de Wimarc sont comme ceux qui ont attaqué mon cortège. Comment pensez-vous procéder ?

— Si j'avais un plan, je serais déjà en train de le mettre à exécution !

— Vous jouez très bien le rôle d'un noble et êtes fort crédible dans ce personnage. Ne pourriez-vous vous en servir à votre avantage ?

— Oui, si pénétrer dans le château de Wimarc était tout ce que j'avais à faire. Hélas, c'est trouver Ryder et sortir ensuite avec lui sans être pris qui est le problème.

Garreth surgit des fourrés comme s'il avait été débusqué de la même façon que le faisan qu'il tenait par les pattes.

— Quelqu'un arrive ! lança-t-il hors d'haleine. Juste après le virage. Des hommes et des chevaux, et j'ai aussi entendu une femme.

Finn se raidit comme s'il avait vu Méduse.

— Dans les arbres, ordonna-t-il.

Garreth obéit tout de suite, tandis que Keldra sautait sur ses pieds, l'air paniqué. Elle était sur le point de suivre le jeune homme quand Lizette lui commanda d'attendre.

— Je ne veux pas que nous soyons séparées, dit-elle en voyant Finn froncer les sourcils, même si ce n'était pas la véritable raison.

— Que mijotez-vous, ma dame ? demanda-t-il.

Il avait apparemment deviné qu'elle ne rejoignait pas

simplement Keldra pour s'assurer qu'elles resteraient ensemble, alors elle décida d'être honnête, au moins en partie. S'il les emmenait vraiment au couvent comme il le disait, il approuverait certainement son plan.

— S'il y a des femmes dans le groupe qui approche, il ne doit pas s'agir des mercenaires de Wimarc, dit-elle en soutenant fermement son regard méfiant. Il doit s'agir plutôt de fermiers, ou de marchands, ou même de nobles. Je vais leur demander de l'aide et ils me l'accorderont sûrement quand ils verront que je suis une dame noble.

Alors elle n'aurait plus à s'inquiéter de faire confiance à un hors-la-loi irlandais, ni à être troublée et attirée par lui — attirance risquée et peu sage, quelle que soit sa beauté. Mais cela, elle ne le dit pas.

La surprise et une autre chose qui ressemblait à du désarroi se peignirent un instant dans les yeux de Finn.

— Vous ignorez qui ces gens peuvent être. Je peux vous dire, ma dame, qu'il y a des bandes de hors-la-loi qui comptent aussi des femmes. Rien ne garantit que les gens qui approchent soient plus susceptibles de vous traiter honorablement que les hommes de Wimarc.

— Je vous sais gré de votre aide et de votre souci de notre sécurité, mais Keldra est harassée et moi aussi. Nous ne pouvons continuer à marcher à cette allure, et il se peut très bien que ces gens nous aident comme les nonnes du couvent que vous n'avez jamais nommé, soit dit en passant…

— St Mary-de-la-Prairie, fit-il. Et je n'ai pas risqué ma vie pour que vous vous remettiez en danger, votre servante et vous !

Elle avait visiblement blessé sa fierté aussi sûrement que

s'il avait été un chevalier du royaume et qu'elle l'eût traité de déshonorable, mais elle n'y pouvait rien.

— Je ne pense pas que ce soit probable, alors à moins de vouloir être vu, vous devriez vous cacher.

— Oh ! Parce que maintenant, c'est vous qui allez me protéger ? Comme c'est généreux, ma dame ! répondit-il en s'inclinant d'un air moqueur.

— Allez-vous vous attarder pour me vexer et vous faire prendre ? demanda-t-elle, plus inquiète de sa sécurité qu'elle n'était touchée par ses sarcasmes. Ce serait une piètre récompense pour vous, si je laissais une telle chose arriver.

Elle ne le reverrait plus ; quel mal y avait-il en ce cas à en dire plus, si cela l'encourageait à partir ?

— En vérité, si vous deviez souffrir je le regretterais beaucoup, parce que vous m'avez aidée.

Il ne répondit pas. Il se contenta de continuer à la regarder de ses intenses yeux bruns.

— Comment votre frère pourrait-il échapper à Wimarc si vous êtes pris ? demanda-t-elle enfin, déterminée à en faire à sa tête et à empêcher sa capture.

Elle avait dit la seule chose propre à le décider, et il tourna les talons.

Elle en fut soulagée. Elle devait l'être.

— Dieu soit avec vous ! lança-t-elle alors qu'il s'enfonçait dans les bois, Garreth sur les talons. Et merci encore !

Mais Finn ne jeta pas le moindre regard en arrière.

Chapitre 6

Lizette se posta donc au bord de la route en compagnie d'une Keldra tremblante, tentant de se convaincre qu'elle avait fait le bon choix.

Car enfin, pouvait-elle réellement être sûre que Finn et Garreth les aidaient ? L'Irlandais aurait pu tout aussi bien la conduire à Wimarc contre la récompense promise à Lindall, ou dans un autre endroit et demander une rançon, puisqu'il savait qui elle était et quelle était sa parentèle. Oui, sans aucun doute, elle avait eu raison de se débarrasser de lui dès que possible…

Repoussant ses cheveux emmêlés de son visage, elle s'avisa qu'elle devait plus avoir l'air d'une paysanne que d'une dame noble, avec sa tignasse en désordre et son visage sale. Il fallait espérer que son élocution et ses manières témoigneraient malgré tout de ses origines.

Elle lissa ses jupes tachées de boue et resserra sa mante autour d'elle pour cacher sa cotte souillée.

Deux soldats apparurent dans le virage — deux vrais soldats, pas des mercenaires dans des armures hétéroclites et volées. Leur heaume étincelait dans la lumière du matin. Il n'y avait pas de rouille sur leur haubert et ils portaient des surcots de drap assortis, rouges et verts.

Il y avait quelque chose de vaguement familier dans ces surcots et les armoiries brodées dessus, ainsi que dans les bannières qui se déployaient sur les piques qu'ils tenaient.

Avant que Lizette puisse se rappeler à qui ces soldats appartenaient, un chevalier en cotte de mailles brillante, assis sur un magnifique destrier, et une femme vêtue d'une cape en damas vert et or bordée de fourrure de renard apparurent à leur tour. L'homme avait rabattu sa coiffe et ne portait pas de heaume, aussi ses cheveux blonds, lisses et coupés au bol à la mode des Normands, brillaient-ils au soleil.

Elle connaissait ces cheveux et ce visage, et à présent elle se rappelait à qui était cet étendard : à messire Gilbert de Fairbourne, qui était venu une fois à Averette dans l'espoir de gagner la main d'Adelaïde. Ou celle de Gillian, si Adelaïde refusait. Ou même la sienne, en désespoir de cause, même si ce n'était pas la façon dont il avait présenté la chose lorsqu'il l'avait coincée dans l'escalier.

Elle avait entendu dire que Gilbert s'était marié depuis avec une dame de Lincoln, la fille d'un comte qui n'avait pas de fils et dont la dot était considérable. Elle se nommait Helewyse, Hele-la-Sage ; Lizette s'en souvenait, car Gillian avait observé qu'elle ne devait pas être une femme très sage pour accepter Gilbert.

L'un des soldats à l'avant du cortège fit un signe de tête à Lizette et Keldra et dit quelque chose à son compagnon, qui sourit largement et fit un geste répugnant.

Peut-être avait-elle mal jugé la situation, finalement, et devraient-elles courir vers les arbres — sauf que les hommes de Gilbert les avaient aperçues et que s'ils les poursuivaient, ils pourraient bien trouver Garreth et Finn. Nul doute que Finn pourrait fournir une explication quelconque, en parlant avec cet accent noble qu'il maniait avec tant d'aisance, mais ces soldats risquaient de supposer plus simplement qu'ils étaient des braconniers ou des hors-la-loi, et les tuer avant qu'il ne puisse dire un mot.

Bien qu'elle n'apprécie guère Gilbert, il était noble. Il devait donc aider une noble dame en détresse, même si elle l'avait giflé.

— Eh, vous, là ! Dégagez la voie ! leur cria l'un des soldats de tête avant de s'adresser à Gilbert par-dessus son épaule. Il y a deux mendiantes sur la route, messire !

— Des mendiantes ? dit la dame, assez fort pour que Lizette et Keldra l'entendent tandis qu'elle s'adressait à son époux. Vous m'avez assuré que les terres de Wimarc seraient dénuées de créatures aussi gênantes !

Les terres de Wimarc ? Gilbert et sa dame se rendaient au domaine de Wimarc ?

Elle avait jugé l'homme arrogant et avide, lors de son séjour à Averette, mais pas mauvais. Peut-être s'était-elle trompée et, s'il était de mèche avec Wimarc, elle préférait de beaucoup courir sa chance avec Finn.

Rabattant la capuche de sa mante sur sa tête, elle recula sur le bord de la route.

— Nous ne pouvons pas aller avec ces gens, finalement, murmura-t-elle à Keldra. Ne dites rien, même si l'un d'eux vous parle.

Keldra avait dû, elle aussi, les entendre parler de Wimarc, car elle fit tout de suite ce qu'on lui disait et s'assit brusquement par terre, tirant sa capuche sur sa tête.

Les premiers soldats n'étaient qu'à une vingtaine de pieds quand Lizette arrondit les épaules, serra sa cape sur sa gorge de sa main gauche et tendit la droite dans un geste suppliant.

— L'aumône, noble seigneur ! lança-t-elle d'une voix rauque, imitant la mère malade de la brasseuse d'Averette. L'aumône pour une pauvre femme et sa fille muette !

— Hors de là, souillonne ! gronda l'un des soldats en levant le pied comme s'il voulait la frapper.

Lizette se mit alors hors de portée et resta sans bouger tandis que le cortège passait.

— Nous devrions arriver au château de Werre avant demain soir, dit Gilbert, en décochant à son épouse un coup d'œil légèrement irrité. Vous n'étiez pas obligée de venir. Je vous ai dit que ce n'était pas une visite de courtoisie.

— Et vous avez dit que vous n'aviez jamais rencontré cet homme...

— Non, en effet, c'est pourquoi j'ai été surpris de son invitation.

— Une invitation qui s'adressait à nous deux, lui rappela sa femme avec une moue boudeuse. Alors bien sûr, je devais venir !

Son époux ne répondit pas, continuant à chevaucher dans un silence maussade.

A la suite des soldats, du chevalier et de son épouse, venait un chariot plein de bagages, contenant sans doute tous les articles que le seigneur et sa dame jugeaient nécessaires à leur confort.

Gardant la tête basse, Lizette attendit que les derniers soldats soient hors de vue pour se redresser, le dos douloureux. Finn sortit alors du couvert des arbres, les sourcils froncés, son baudrier frappant sa cuisse tandis qu'il marchait vers elles.

Elle ne pouvait le blâmer d'être en colère ; elle avait pratiquement reconnu qu'elle ne se fiait pas à lui, et ensuite elle n'avait pas fait ce qu'elle avait dit vouloir faire.

Garreth le dépassa en hâte, arborant quant à lui un sourire ravi.

— Sacrebleu, ma dame, vous êtes bonne comédienne ! s'écria-t-il. Pas aussi bonne que Finn, remarquez, mais vous auriez pu me duper ! On aurait vraiment cru entendre une vieille femme !

Il lança à Keldra un sourire condescendant.

— Et vous, vous faites une bonne simplette.

— C'est vous qui avez l'air d'un simplet ! riposta la chambrière.

Finn les ignora tous les deux.

— Alors, ma dame, puis-je demander ce qui a causé votre changement d'avis ? Il ne vous a pas plu, finalement ?

— Il se trouve que je le connais. C'est messire Gilbert de Fairbourne, qui est venu une fois à Averette courtiser ma sœur. Je suis sûre qu'il nous aurait aidées si j'avais choisi de le lui demander.

Finn haussa un sourcil et attendit la suite.

— Il se rend au château de messire Wimarc.

L'expression de Finn changea subitement du tout au tout.

— Pour quoi faire ?

Mais Lizette était décidée à ne pas lui faciliter les choses et haussa le menton avec hauteur en passant près de lui.

— Je ne le lui ai pas demandé.

Il s'empressa de la suivre tout en se traitant de sot. Il avait été aussi vexé qu'un enfant qui perd un ami quand elle lui avait dit ce qu'elle projetait de faire, l'accusant en silence d'être une ingrate, alors qu'il avait pris le temps et s'était donné la peine de l'aider. Dieu l'en garde, il avait même été tenté de la jeter sur son épaule pour l'emporter dans les bois !

Parce que contrairement à elle, et même si elle avait la

posture, l'élocution et les manières d'une dame noble, il ne pouvait croire que quiconque la prendrait pour dame Elizabeth d'Averette dans l'état où elle se trouvait. On verrait plutôt en elle une paysanne essayant de duper ses interlocuteurs, voire une courtisane déchue. Dans tous les cas, on la traiterait avec dédain et irrespect.

Ou pire… Une fois, lorsqu'il avait dix ans, il avait vu ce que des soldats pouvaient faire à une paysanne seule et sans protection sur la route. Une meute de loups aurait eu plus de pitié.

Alors, même en sachant quelle femme courageuse et déterminée elle était, capable certainement de tenir tête à un noble et d'obtenir le respect et l'aide qu'elle méritait, il s'était caché pour l'observer, prêt à courir la défendre de nouveau s'il le fallait. Il ne pouvait pas se résoudre à l'abandonner à son sort, pas plus qu'il ne pouvait laisser mourir Ryder dans un cachot.

Même si cela faisait de lui un sot.

— Ma dame, vous partez dans la mauvaise direction !

Elle s'arrêta, se retourna brusquement et revint sur ses pas. Puis elle le dépassa sans un mot.

Il se précipita derrière elle, laissant Garreth et Keldra les suivre.

— Ainsi ce Gilbert allait au château de Werre ?

— C'est ce qu'il a dit.

— Quel genre d'homme est-il ?

— Cupide. Arrogant. Grossier. Comme la plupart des hommes.

— Alors il pourrait être allié à Wimarc s'il ne prépare rien de bon…

— Peut-être. C'est un homme ambitieux, aussi.

Elle lui jeta un coup d'œil avant de poursuivre.

— Il est venu à Averette pour courtiser Adelaïde — ou Gillian, si Adelaïde le refusait, ou bien moi, si mon autre sœur ne voulait pas de lui, ce qui fut le cas. Il a eu l'audace de m'embrasser!

Et de toute évidence, songea Finn, elle n'avait pas apprécié. Il était certain que lui, il pourrait l'embrasser d'une façon qui la ferait se souvenir de ce baiser avec un tout autre sentiment que du mépris.

— C'est un sot pompeux et vaniteux, poursuivit-elle. Je crois qu'il pourrait devenir un traître s'il se sentait lésé ou exploité. Peut-être Adelaïde et Gillian avaient-elles raison de s'inquiéter que John soit le genre de roi à forcer des hommes à se rebeller à cause de sa cupidité et de sa luxure.

Finn en avait assez vu et entendu à la cour pour savoir combien la haine de John était forte parmi les nobles.

— De nombreux barons le détestent, dit-il. Il ne les a pas simplement taxés pour ses guerres, ils ont perdu des fils dans sa quête pour reprendre ses terres en France, et il a séduit leurs épouses et leurs filles, aussi.

— Il est peut-être un homme terrible, mais il est le roi, répondit Lizette, et une rébellion ne conduirait qu'à plus de morts et de destruction.

— Je ne vous contredirai pas là-dessus, ma dame. Ce sont toujours les pauvres qui souffrent le plus quand les nobles vont à la guerre.

Lizette s'arrêta brusquement et se tourna vers lui, le feu de la résolution brillant dans ses beaux yeux.

— Je n'irai pas dans ce couvent. Je vais vous aider à entrer dans le château de messire Wimarc.

Elle ne pouvait être sérieuse! Ou alors elle ne mesurait pas le danger…

— Non, vous n'en ferez rien, répondit-il avec une

égale conviction, tandis que Keldra devenait aussi blanche qu'un linge et que Garreth en restait la bouche ouverte. Je ne vous laisserai pas…

— Je ne demande pas votre permission ! Pour protéger ma famille et empêcher la guerre, je dois découvrir ce que Wimarc prépare. J'aurai besoin de preuves concernant ses plans aussi. Il doit avoir des alliés puissants s'il pense pouvoir renverser le roi, alors ma parole ne suffira pas pour l'accuser ou le faire arrêter.

Elle fixa Finn de son regard résolu.

— Et vous, vous avez besoin d'entrer dans son château pour sauver votre frère. Ensemble, nous pouvons faire les deux.

Finn éprouva durant une seconde une folle bouffée d'espoir, avant que le sens de la réalité ne reprenne le dessus.

— Juste comme cela, ma dame ? Nous marchons jusqu'aux portes du château et nous demandons d'être autorisés à entrer ? Puis vous exigerez de savoir ce que Wimarc mijote, tandis que moi, j'irai aux cachots en ordonnant que mon frère soit libéré ? Ensuite, nous sortirons tous ensemble, aussi aisément que vous l'imaginez…

Elle se redressa, pas le moins du monde dissuadée par sa raillerie.

— Nous ne marcherons pas jusqu'aux portes. Nous arriverons à cheval si toutefois vous pouvez voler des montures. Je ne pense pas que messire Gilbert et son épouse arriveraient à pied.

Comme Finn la dévisageait fixement sans comprendre, elle continua, de plus en plus emballée par son idée.

— L'épouse de messire Gilbert a dit qu'ils n'ont jamais rencontré Wimarc, ce qui signifie que ce dernier ignore à quoi ils ressemblent. J'en sais assez sur Gilbert et Helewyse pour que nous puissions le duper.

— C'est stupide et bien trop dangereux ! Même si nous pouvions duper Wimarc, qu'en serait-il de l'escorte de Gilbert ? Ses hommes noteraient à coup sûr la différence.

— Oui, admit Garreth à contrecœur. Mais si c'était juste Finn et vous…

— Oh ! Non, ma dame ! Vous ne devez pas faire une chose pareille ! se lamenta Keldra. Vous allez être tuée !

— Est-ce que vous avez un meilleur plan ? demanda Lizette, ignorant les deux jeunes gens. Quant à leur escorte…

Elle se tut et tandis qu'elle réfléchissait à ce problème, Finn songeait qu'elle allait revenir sur sa décision, jusqu'à ce que ses yeux s'illuminent comme une torche s'allumant dans le noir.

— Garreth et vous pouvez prétendre être une nouvelle escorte envoyée par Wimarc. Dites à Gilbert que Wimarc n'aime pas avoir d'autres soldats que les siens sur son domaine et qu'il doit renvoyer ses hommes chez eux.

— Comme si Gilbert allait croire cela !

— S'il est sur les terres de Wimarc, pourquoi aurait-il besoin de ses propres soldats ? Nous pourrions arguer que Wimarc est un homme soupçonneux qui n'apprécie pas d'avoir des soldats inconnus dans sa forteresse. Ce serait sensé, non ?

Finn battit des cils, stupéfait de la rapidité avec laquelle son cerveau fonctionnait et de la façon dont elle répondait à ses objections rationnelles… Après tout, son plan pourrait bien marcher…

Un noble et son épouse. Sans escorte… Ils pourraient dire qu'ils avaient été attaqués par des voleurs et que leurs gardes, ces butors, s'étaient enfuis, et qu'il s'occuperait d'eux lorsqu'il rentrerait chez lui.

— Si vous n'êtes pas disposé à courir cette chance, dit-elle en interrompant ses ruminations, l'expression farouchement déterminée, je trouverai quand même un moyen d'entrer dans ce château par moi-même. Nul doute que Wimarc accueillerait bien une jolie servante.

— Oui, il l'accueillerait bien, répondit Finn, horrifié par cette suggestion. Et quand il en aura fini avec vous, il vous passera à ses hommes !

Le regard de Lizette flancha un instant, mais un instant seulement.

— Avec ou sans votre aide, je dois faire ce que je peux pour rassembler des preuves de la traîtrise de Wimarc. La sécurité de ma famille et le salut de tout le royaume pourraient en dépendre. Laisseriez-vous votre frère mourir dans les cachots de cet homme alors que je vous offre un moyen de l'empêcher ?

— Ma dame, implora de nouveau Keldra serrant les mains d'un geste suppliant, vous ne devez pas tenter quelque chose d'aussi risqué ! C'est trop dangereux ! Vous pourriez être tuée ! Et que diraient vos sœurs si cela arrivait ?

— J'espère qu'elles seraient fières de moi, répondit Lizette sans hésiter, avec une trace de nostalgie qui suggérait qu'à son avis sa famille n'avait guère de motifs d'être fière d'elle pour le moment.

Finn comprenait combien la fierté blessée pouvait être douloureuse ; sa propre fierté avait été blessée maintes fois par les piques des enfants du village quand il était petit. Il savait aussi à quel point une personne pouvait souhaiter guérir ces blessures en faisant ses preuves. Il l'avait fait chaque fois qu'il s'était fait passer pour un noble, surtout à la cour du roi.

Pour quelle autre raison Ryder s'était-il jeté dans ces rixes, sinon pour apaiser sa fierté blessée ?

Lizette voulait prouver sa valeur en dévoilant Wimarc comme un traître malfaisant. Ce besoin allait la mettre en danger… mais son rang lui offrirait une certaine protection, alors que lui, s'il était pris…

— Finn, nous pouvons le faire ! insista-t-elle. Je sais que vous pouvez passer aisément pour un noble. Je vous ai vu à l'œuvre, et je peux vous dire des choses sur Gilbert pour détourner les soupçons. Quant à jouer son épouse, ce ne sera pas très difficile. Je suis une dame et ce mariage est récent, alors toute lacune ou gêne entre nous pourra facilement être expliquée. Et surtout, Wimarc ne les a jamais rencontrés.

— Ce n'est pas le seul problème, répondit Finn, hésitant encore. Découvrir où Ryder est retenu prisonnier et trouver des preuves de la traîtrise de Wimarc pourront prendre du temps. Ce qui signifie que nous devrons garder messire Gilbert et sa femme prisonniers durant ce temps, ce qui serait risqué — à moins de les tuer, conclut-il, répugnant à un crime.

Il était un voleur, pas un tueur de sang-froid.

— Je sais où nous pourrions les garder, dit alors Garreth avec entrain. Dans cette hutte de charbonnier abandonnée où nous sommes restés il y a quelques jours. Elle est dans un endroit isolé et personne ne risque de s'en approcher.

— Oui, nous pouvons les retenir prisonniers jusqu'à ce que nous réussissions, approuva Lizette avec un soulagement évident, sans mesurer les risques supplémentaires que cela entraînerait.

— Et s'ils s'échappent ?

— Ils devront être surveillés.

Le regard de Finn se posa sur Garreth, qui fronça les sourcils et secoua sa tête décoiffée.

— Pas moi ! Vous avez besoin de moi, Finn. Comment pourrez-vous sauver Ryder et vous évader sans moi ?

— Nous ne pourrons jamais sortir en nous battant, de toute façon, répondit Finn.

Ce qui était vrai. C'était l'une des raisons pour lesquelles il n'avait pas encore pu mettre au point un plan de sauvetage.

— Et à qui d'autre puis-je confier une telle responsabilité ? reprit-il. Tout sera perdu si Gilbert ou sa dame s'échappent et dévoilent notre imposture à Wimarc. C'est toi de le faire ou personne, Garreth.

Le jeune homme acquiesça avec réticence.

— Keldra pourra l'aider, suggéra Lizette.

Finn ne s'y opposa pas. S'ils tentaient cette aventure, mieux vaudrait tenir la jeune fille loin de Wimarc, et pas seulement à cause de la réputation du seigneur de Werre. Il était malheureusement sûr que Keldra vendrait la mèche par maladresse, excès d'inquiétude ou en parlant trop.

— Je n'ai pas besoin de l'aide d'une pleurnicheuse ! protesta Garreth, mettant une montagne de mépris dans ce mot.

Keldra l'ignora et regarda Lizette d'un air implorant.

— Vous aurez besoin de moi, ma dame. Une dame a toujours une chambrière. Qui vous coiffera ? Qui vous aidera à vous habiller ?

— Je gage que Wimarc aura une servante à mettre à ma disposition, répondit Lizette. En outre, Garreth ne peut surveiller messire Gilbert et son épouse tout seul.

Il devra dormir de temps à autre. Et puis, il y a dame Helewyse. Elle souffrira sans chambrière pour l'aider.

Lizette mit les mains sur les épaules de la jeune fille et la regarda avec confiance et respect, comme si elles étaient des égales.

— Keldra, j'ai besoin que vous fassiez cela pour moi, ainsi que pour Adelaïde et Gillian.

Les épaules de Keldra s'affaissèrent, mais elle finit par acquiescer.

— D'accord, ma dame, pour votre bien et celui de vos sœurs, je ferai ce que vous demandez, et je supporterai même ce garçon stupide.

— Ce garçon ? Je suis un homme, pas un jeune garçon, espèce de… fillette ! Finn, dites-lui que c'est moi qui commanderai !

Il semblait que le plan ait été accepté, songea Finn. Mais quel autre stratagème avait-il trouvé depuis que Ryder avait été capturé qui comportât moins de risques, ou plus de chances de succès ?

Aucun…

C'était ceci… ou… Ou quoi ?

Il s'approcha de Keldra et lui décocha un sourire aimable. Il était troublant de penser que leur sort serait entre les mains de ces deux jeunes querelleurs, mais s'ils devaient avoir une chance de réussir, ils n'avaient pas le choix.

— Keldra, dit-il, cela me soulagera si vous restez avec Garreth. Comme le dit dame Elizabeth, il ne peut monter la garde tout le temps. Il devra dormir. Toutefois, dans toute bataille, il doit y avoir un général, et dans ce cas ce doit être Garreth. Il a déjà été confronté à des situations épineuses, alors si des ennuis surviennent, je vous demande d'en référer à lui.

La jeune fille devint écarlate.

— Bon, si vous pensez que je dois…

— Je le pense.

Il se tourna vers un Garreth triomphant, qui avait encore beaucoup à apprendre sur les femmes.

— Je compte que tu traites Keldra avec respect.

L'expression satisfaite du jeune homme disparut aussitôt, et il fronça les sourcils.

— J'essaierai.

Chapitre 7

Tôt le lendemain matin, Lizette tira des habits de la besace en cuir de Finn et les tendit à Keldra qui les détailla avec l'air de craindre qu'ils ne tombent en morceaux.

— Oh ! Ma dame, je n'aime pas ça ! dit la jeune chambrière en jetant un coup d'œil aux buissons qui les abritaient de Garreth, pensant visiblement qu'il écoutait.

— C'est nécessaire pour notre plan, répondit Lizette, espérant que Keldra n'allait pas rendre les choses difficiles et que Garreth et elle pourraient coopérer suffisamment pour monter bonne garde et empêcher les prisonniers de s'évader.

— Comment quiconque pourrait-il croire que nous sommes des hommes, même si nous nous habillons comme eux ?

— D'après Finn, les gens ne regardent pas plus loin que les habits d'un miséreux, répondit Lizette en quittant sa cotte salie. Les hommes de Wimarc ne portent pas de vrais hauberts, de toute façon. Et puis, ce n'est pas comme si nous aurons à nous battre. Nous devons juste avoir l'air d'une petite escorte.

Durant la soirée précédente, alors qu'ils étaient réunis autour d'un feu, Lizette avait raconté à Finn tout ce qu'elle avait entendu dire ou se rappelait à propos de Gilbert et de sa femme, puis ils avaient discuté de leurs plans, essayant de tout envisager, même le pire. Finn avait suggéré qu'ils fassent comme s'il y avait quatre hommes et non deux. Lizette et Keldra porteraient des habits de Finn et de Garreth et se tiendraient à cheval à quelque distance derrière lui.

Voyant le mérite de cette addition à leur plan, Lizette avait acquiescé avec entrain, et lui avait demandé où il comptait se procurer les chevaux.

— Mieux vaut ne pas demander, mieux vaut ne pas savoir, avait-il répondu.

— J'espère que vous ne serez pas pris, avait-elle simplement dit, consciente du danger qu'il avait à affronter avant même qu'ils n'arrivent au château de Wimarc.

— Je l'ai déjà fait maintes fois, vous savez…

Puis son sourire s'était estompé à la lumière vacillante du petit feu, et une autre sorte d'éclat avait brillé dans ses yeux, un éclat qui avait emballé le cœur de Lizette, accéléré sa respiration et conduit son regard à se poser sur ses lèvres pleines, ses larges épaules, ses bras musclés, ses mains fortes et déliées.

Sachant que c'était du désir charnel et qu'elle devait se méfier, elle s'était levée en hâte, trébuchant presque sur l'ourlet de sa cotte. Il s'était à moitié relevé pour l'aider, lui saisissant le bras.

Le contact de sa main sur elle fut pareil à du feu ; une chaleur excitante et stimulante s'insinua le long de son bras, puis dans son cœur et toutes les parties de son corps. Elle savait ce qu'était le désir ; elle en avait éprouvé quelques fois quand certains des soupirants les plus séduisants d'Adelaïde l'avaient regardée d'un air intéressé. Elle avait imaginé leurs baisers et s'était même demandé ce que ce serait d'être dans leurs bras, mais elle n'avait jamais rien ressenti d'aussi puissant qu'en présence de Finn.

Il l'avait rapidement lâchée et s'était rassis par terre. Quand elle lui avait souhaité bonne nuit, il n'avait pas répondu. Il avait simplement hoché la tête en fixant les flammes.

Essayant de ne pas se rappeler ces sensations, Lizette enfila la seule autre paire de chausses que Finn possédait. Elles lui faisaient un drôle d'effet sur les jambes tandis qu'elle nouait le lacet à la taille. Elles étaient beaucoup plus larges sur elle que sur les membres musclés de Finn.

Elle ne pouvait ignorer non plus qu'elles avaient couvert son corps et sa nudité.

Elle fit quelques pas.

— Je crois que je pourrais m'habituer facilement à porter des chausses, dit-elle souriant à Keldra, avant d'ôter rapidement sa chemise et d'enfiler une tunique ample, douce à force d'avoir été lavée et raccommodée.

Les manches dépassaient le bout de ses doigts de six pouces et l'ouverture du col descendait presque jusqu'à son nombril. Elle serra les lacets, mais l'encolure bâillait quand même.

« Je ne me pencherai pas, c'est tout », se dit-elle en passant un justaucorps mangé par les mites sur la tunique et en le bouclant. Puis elle s'assit par terre et renfila ses bottes, heureuse de les avoir portées dans le chariot au lieu de fines poulaines.

Elle se releva et tourna lentement sur elle-même.

— De quoi ai-je l'air ?

— D'un comédien, et pas d'un bon, répondit Finn.

Réprimant une exclamation, elle se tourna et le vit

debout dans une brèche des buissons, tenant les brides de quatre chevaux.

— Depuis combien de temps êtes-vous là ?

— Hélas, je viens d'arriver, répondit-il, une lueur espiègle dans ses yeux bruns.

Elle haussa le menton et lui décocha un sourire impertinent en marchant vers lui, frappée de nouveau par la différence entre la liberté de ses jupes et le frottement de ses chausses entre ses jambes.

— Cachez vos cheveux là-dessous, dit Finn en lui jetant un bonnet en cuir qui, lorsqu'elle le coiffa, lui descendit sur les yeux.

Elle le repoussa et elle se rendit alors compte qu'il s'efforçait de ne pas rire.

— Très amusant, j'en suis sûre ! Mais je ne serai pas d'une grande aide si je n'y vois pas.

— Il sera plus haut sur votre tête avec votre chevelure ramassée dessous.

Elle releva ses cheveux et constata qu'il avait raison.

Keldra sortit à son tour de derrière les buissons, la tête basse et reniflant comme si elle allait à son exécution. Elle portait des chausses reprisées et une lourde tunique de laine trop large pour sa mince carrure.

Garreth éclata de rire et s'appuya au tronc d'un chêne pour se soutenir.

— Vous avez l'air d'un épouvantail !

— J'aimerais bien voir quelle allure vous auriez dans mes habits ! riposta-t-elle en s'essuyant le nez d'un revers de main.

Lizette se hâta de lui prendre la besace et d'essayer de ramener la paix.

— C'est nécessaire, Keldra, et quand nous serons à la maison, je vous ferai faire quelques cottes neuves.

La jeune fille esquissa un petit sourire et s'essuya de nouveau le nez. Réprimant un soupir et espérant que leur plan allait marcher, Lizette se dirigea vers les chevaux.

Finn se posta devant elle, soutenant fermement son regard.

— Quand nous atteindrons le cortège, vous ferez exactement ce que nous avons décidé, n'est-ce pas, ma dame ? Il n'y aura pas de changements imprévus ?

Elle lui adressa un sourire affecté.

— Oui, messire, mon futur époux. Je ferai exactement ce qu'on me dit, comme une épouse obéissante le doit.

La seule réponse de Finn fut un grognement sceptique.

Les soldats de tête s'étaient arrêtés. Messire Gilbert s'approcha pour en connaître la raison.

Un homme à cheval attendait au milieu de la route, leur barrant le passage. Pas très loin derrière lui, trois autres cavaliers étaient rangés en travers du chemin.

S'il s'agissait de voleurs, pensa Gilbert, ils étaient incroyablement stupides, car il avait avec lui trente soldats... A moins que ce ne soit qu'une partie d'une bande de hors-la-loi.

— Qu'y a-t-il, Gilbert ? demanda anxieusement Helewyse derrière lui.

— Probablement rien, répondit-il tout en portant la main à son épée.

L'individu planté au milieu de la route leva les bras en un geste pacifique.

— Je ne vous veux pas de mal, messire, cria-t-il avec un accent irlandais.

On disait que Wimarc recrutait ses mercenaires partout et n'importe où, à partir du moment où ils savaient bien se battre. Cet homme avait certainement l'air de pouvoir manier une épée.

— Vous êtes bien messire Gilbert, n'est-ce pas ? s'enquit l'Irlandais. Messire Wimarc nous a envoyés à votre rencontre. Nous devons vous escorter, vous et votre charmante épouse, sur le reste du chemin jusqu'à son château.

— J'ai ma propre escorte, comme vous pouvez le voir, répondit Gilbert tandis que sa femme se rapprochait de lui.

— Certes, mais messire Wimarc est nerveux à l'idée d'avoir des soldats qu'il n'a pas recrutés lui-même dans son château. C'est un homme soupçonneux, voyez-vous. Bien sûr, il se fie à vous et à votre épouse — ce qui est un grand honneur —, mais il ne veut pas prendre de risques avec vos hommes. Alors avant que vous n'entriez au château de Werre, il demande que vous congédiiez vos gardes et les renvoyiez chez vous. A la fin de votre visite, mes hommes et moi vous raccompagnerons à Fairbourne.

Voilà qui était vraiment inhabituel.

— Il n'a envoyé que vous quatre ?

— Pour vous accompagner au château, oui. Vous êtes sur ses terres, à présent, alors il n'est pas besoin de plus. Les paysans et les vauriens rôdant par ici savent qu'ils n'ont pas intérêt à ennuyer les nobles circulant sur son domaine. Messire Wimarc se montre féroce dans ses châtiments. Vous aurez plus d'hommes pour vous reconduire à Fairbourne, bien sûr.

— C'est très surprenant, dit Gilbert.

De fait, cela ressemblait beaucoup à un piège.

— Oui, cela peut paraître étrange, répondit l'Irlandais d'un ton enjoué, mais ce sont les façons de messire Wimarc. Et si vous n'acceptez pas, messire, vous ne serez pas admis au château de Werre, ce qui serait dommage après avoir fait ce long chemin.

— Comment pouvons-nous être sûrs que vous êtes envoyés par messire Wimarc ? Je ne suis pas enclin à accepter la parole d'un… d'un…

— D'un simple Irlandais ? Bien sûr que non, c'est pourquoi j'ai une missive de Sa Seigneurie…

Finn glissa la main dans sa ceinture et en tira le message que Lizette avait écrit sur une feuille de parchemin arrachée à l'un des précieux livres de Ryder qu'il avait dans sa sacoche. Ils s'étaient également servis de son encre, tout aussi précieuse, et d'une plume de canard.

Son frère serait furieux qu'ils aient ainsi utilisé ses affaires, mais cela n'inquiétait pas du tout Finn, à partir du moment où ils feraient sortir Ryder vivant du château de Wimarc. Il se félicitait en silence que Lizette ait pensé à ce détail la veille au soir, sinon qu'aurait-il fait maintenant ?

En dépit de son statut de hors-la-loi, elle semblait le respecter et — le plus réjouissant de tout — il était sûr qu'elle avait envie de lui.

Il avait assez souvent vu le désir dans les yeux des femmes pour le reconnaître. En vérité, aucun homme de son âge doté d'un visage avenant et d'une robuste constitution ne pouvait passer inaperçu auprès des femmes, y compris celles de la cour. Pourtant si les nobles dames qui l'avaient gratifié de tendres attentions avaient eu connaissance de la vérité, sûr que leur passion aurait viré au dégoût !

Mais pas dame Elizabeth. Pour une fois, une femme

noble connaissait la vérité et le convoitait malgré tout, peut-être même autant qu'il la convoitait lui-même.

Une prise de conscience pour le moins renversante et tout ce qu'il avait pu songer à faire, la veille lorsqu'il l'avait rattrapée par le bras, avait été de prétendre qu'elle n'était pas là, sous peine de la serrer contre lui et de faire ce qu'il brûlait tellement de faire.

Et ce qu'il pensait qu'elle voulait qu'il fasse, aussi…

— Descendez de cheval et apportez-moi ce document! fit Gilbert, le sortant de ses rêveries.

Finn lui décocha alors, ainsi qu'à sa femme, un autre sourire cordial avant d'obéir, et passa devant les gardes en tête du cortège avec toute l'apparence du calme. En réalité, la sueur coulait dans son dos et il était prêt à tirer son épée à tout instant. Le chevalier portait l'un des hauberts les plus beaux et les mieux maillés qu'il avait jamais vus. Son surcot était coupé dans du drap bien tissé et son heaume brillait comme le soleil en été.

Quant à son épouse, c'était une femme assez jolie, à la manière pâle des Normandes, avec des cheveux sombres et des lèvres roses. Ses yeux noisette trahissaient un certain tempérament, mais rien à voir avec la vitalité et la résolution qui étincelaient dans ceux de dame Elizabeth d'Averette.

— Voici, messire, dit-il en tendant le parchemin.

Gilbert prit le rouleau et le parcourut rapidement. L'écriture était belle, nette, ordonnée et masculine.

La missive commençait par « Salutations, messire Gilbert », dans la langue cultivée de la noblesse, et continuait sur le même registre. Aucun hors-la-loi irlandais sans éducation n'aurait pu rédiger une telle lettre.

Gilbert examina aussi la signature, à la fin. Le document était signé au nom de Wimarc par son intendant.

Un bandit ignorant des usages aurait sans nul doute essayé d'imiter la signature du seigneur.

Satisfait, il roula le parchemin.

— Ceci me paraît en ordre…

Il congédia ses hommes, les renvoyant à Fairbourne. Ils ne parurent pas contents ; néanmoins, ils tournèrent les talons et repartirent par où ils étaient venus.

— Garreth ! appela l'Irlandais en retournant à son cheval. Donnez votre monture au cocher et prenez les rênes.

— Quoi ? Même le cocher doit rentrer ? demanda Gilbert avec surprise.

— Oui, même le cocher, répondit l'Irlandais. Ordres de messire Wimarc.

— Mais, Gilbert…, commença à protester Helewyse.

— Tout va bien, lui assura-t-il. Messire Wimarc est sage de se montrer prudent en cette époque troublée.

— Gilbert, cela peut-il être le bon chemin ? demanda Helewyse lorsqu'ils eurent quitté la route pour prendre une piste plus étroite.

La voie était à peine assez large pour laisser passer deux chevaux de front, ou même le chariot. Elle était si ombragée par les chênes, les ormes et les pins qui la surplombaient qu'il restait encore des flaques de pluie, bien que l'averse remontât à trois nuits.

En avant, l'Irlandais montrait le chemin en sifflotant, tandis que le chariot conduit par un tout jeune homme et les deux autres cavaliers silencieux suivaient derrière. L'un avait un bonnet qui descendait bas sur son visage, l'autre portait une capuche.

— C'est peut-être un raccourci, répondit Gilbert,

tout en commençant à se demander s'il n'aurait pas dû insister pour que ses hommes les accompagnent au moins jusqu'aux portes du château de Werre.

Mais ils devraient à présent apercevoir bientôt le château. Et sûrement, si ces hommes étaient des voleurs ou des assassins, ils auraient déjà agi, à cette heure… Toutefois, si ce chemin devenait encore plus étroit, il tirerait son épée et se préparerait à se battre.

Il était si occupé à se rassurer et à penser à ce qu'il ferait s'ils étaient attaqués, qu'il ne remarqua pas immédiatement que l'un des deux cavaliers s'était rapproché de lui par-derrière.

— Eh bien, Gilbert, cela remonte à combien ? Deux ans ? Trois ?

Il étouffa une exclamation et se retourna, se trouvant en train de fixer un visage familier — un visage de femme. Pas aussi ravissant que celui d'Adelaïde d'Averette, mais tout aussi mémorable, pour une raison différente.

— Lizette ?

L'impertinente lui sourit largement.

— En chair et en os, messire !

— Au nom du ciel, que faites-vous avec ces hommes ? demanda-t-il en promenant sur elle un regard choqué tandis qu'elle rangeait son cheval à côté du sien.

Elle portait de vieilles chausses trop larges et une tunique dont les manches lui couvraient les mains, recouverte d'un justaucorps usé. Son épaisse chevelure blonde et bouclée devait être ramassée sous ce bonnet ridicule.

— Je m'occupe des affaires du roi, répondit-elle, tout aussi impertinente qu'elle l'avait été à Averette.

— Les affaires du roi… Je ne peux le croire ! Est-ce une farce de votre part, une plaisanterie ?

— Aucunement, répondit-elle, et de fait ni son visage ni sa voix ne contenaient trace du moindre amusement. Je prévois aussi de rendre visite à messire Wimarc.

— Habillée ainsi ?

Ses yeux bleus étincelèrent. Il se rappela son expression, une expression qui annonçait de l'irritation, et il ressentit de nouveau la brûlure de son soufflet sur sa joue.

— Qui est cette femme, Gilbert ? s'enquit Helewyse.

Ses yeux allèrent du bonnet de Lizette à ses pieds bottés.

— Comment connaissez-vous mon époux, mâtine ?

— Votre galant époux m'a jadis courtisée pour m'épouser, répondit Lizette. Pour être honnête, c'était ma sœur aînée qu'il voulait en réalité ou du moins son héritage. Cependant, je crois qu'il a dit à mon père qu'il prendrait aussi bien Gillian ou moi-même si Adelaïde le refusait. Pas vraiment le genre de cour propre à remporter le cœur d'une jouvencelle, n'est-ce pas, ma dame ? Nul doute qu'il vous a courtisée avec plus de grâce.

— En effet ! s'exclama Helewyse avec véhémence.

Les sourcils bien dessinés de Lizette se haussèrent avec scepticisme.

— Vraiment ? Peut-être a-t-il appris une chose ou deux sur la façon de ne pas courtiser une dame à Averette, même si — à son crédit — je crois me rappeler que ses baisers n'étaient pas complètement sans mérite.

— Ses baisers ?

Le regard furieux d'Helewyse passa de Lizette à son époux et vice versa.

— Un ou deux dans l'escalier quand il pensait s'en tirer sans mal. N'est-ce pas vrai, Gilbert ?

Par Dieu, que ne pouvait-il étrangler cette harpie ! Il était aussi quelque peu déconcerté de découvrir que son épouse possédait un tel tempérament. Elle n'avait jamais montré tant de fougue auparavant.

— Je devais être ivre.

— Etiez-vous ivre, aussi, quand vous avez accepté l'invitation de messire Wimarc ?

— Je vois que le temps ne vous a pas rendue moins insolente, Lizette. Pourquoi ne devrais-je pas rendre visite à qui je veux ?

— Parce que le roi n'approuverait peut-être pas.

Les lèvres de Gilbert se plissèrent avec dégoût.

— A partir du moment où je paie mes impôts et lui envoie les hommes qu'il demande, en quoi cela le regarde-t-il ?

— Cela pourrait être très important, si ce que je suspecte est vrai.

— Qui est cette… cette créature, pour vous parler de la sorte ? demanda Helewyse à son époux.

— Dame Elizabeth d'Averette, se présenta Lizette tandis que l'Irlandais faisait volter sa monture pour leur faire face.

Il glissa de sa selle et alla vers eux, la main sur le pommeau de son épée.

— Maintenant, messire, veuillez me donner votre lame et les autres armes que vous pouvez avoir sur vous.

— Quoi ? s'exclama Gilbert, faisant un geste pour saisir son glaive.

Avant qu'il ne puisse le tirer, une flèche siffla près de son visage et l'Irlandais avait posé la pointe de son épée non sur la poitrine de Gilbert, mais sur celle d'Helewyse, qui semblait sur le point de se pâmer. Un coup d'œil rapide lui indiqua que c'était le conducteur du chariot qui avait tiré.

Et Lizette ? Elle paraissait presque aussi surprise que lui.

— Ce n'est pas la peine de paniquer, messire et ma dame, déclara alors l'Irlandais d'un ton cordial. Nous voulons juste vous emprunter tous les deux pour un petit moment. Quand nous aurons fini, vous serez libres de retourner chez vous ou d'aller chez Wimarc, si vous préférez.

— Nous emprunter ? répéta Gilbert tandis que son épouse serrait la bride de sa monture avec des mains tremblantes, pâle comme un linge.

— Voici l'histoire, messire… Nous avons besoin de pénétrer dans le château de Wimarc, mais nous n'avons pas d'invitation. Tandis que votre charmante épouse et vous-même en avez une…

Gilbert commençait lentement à comprendre.

— Vous voulez vous faire passer pour mon épouse et moi ?

— Oui, dit Lizette entre ses lèvres crispées, qui avaient perdu leur couleur rose. C'est nécessaire, Gilbert.

— Oui, fort nécessaire, alors si vous êtes intelligent, messire, vous ferez ce que l'on vous dit et ne nous poserez pas de problème, l'avertit l'Irlandais. Sinon… eh bien, je suis un individu terriblement méchant, messire, et vous devez penser à votre épouse.

Helewyse poussa un cri de désarroi, tandis que Lizette sentit un vague malaise la gagner. Finn ne lui avait jamais dit qu'il essaierait d'obtenir la coopération de Gilbert en menaçant sa femme, et elle avait presque crié lorsqu'il avait levé son épée sur elle.

Peut-être avait-elle commis une terrible erreur, finalement. Peut-être n'avait-elle pas entièrement mesuré ce que Finn était prêt à faire pour retrouver son frère. Et maintenant, il était trop tard.

— Votre épée, je vous prie, messire, reprit Finn. Otez-la et jetez-la par terre. Garreth, tu la mettras dans le chariot.

Tandis que Garreth descendait et faisait ce qu'on lui commandait, Finn prit la bride de la délicate jument de dame Helewyse qui renâcla et piétina nerveusement le sol.

— Nous avons trouvé un bon abri pour vous, messire. Ce n'est certes pas ce à quoi vous êtes habitué, mais c'est mieux que maints endroits où j'ai dû poser ma tête.

Chapitre 8

— Vous comptez que nous restions dans ce… ce taudis ? demanda messire Gilbert en s'arrêtant sur le seuil de la petite hutte.

La cabane était cachée par des arbres, ce qui la rendait extrêmement difficile à voir si l'on ignorait qu'elle se trouvait là. Elle était très petite et pleine de toiles d'araignées. A côté, un ruisseau clair courait sur des pierres, son gargouillis étant le seul bruit à rompre le silence avec leurs voix et le tintement des harnais.

Une fois que Lizette et Keldra s'y furent changées, Finn ordonna au noble et à son épouse de descendre de cheval et d'entrer dans la hutte. Il avait gardé son épée au clair, et Garreth tenait son arc prêt. Keldra paraissait perturbée par la vue de ces armes, tout comme Lizette qui souhaitait presque à présent ne jamais avoir proposé ce plan — sauf qu'elle devait être fixée sur les intentions de Wimarc d'une manière ou d'une autre. Et elle pouvait toujours espérer que Finn n'allait pas vraiment faire de mal à leurs prisonniers à moins d'être provoqué.

Mais qui pouvait dire ce qui pourrait le provoquer ?

Une légère poussée de la pointe de son épée fit avancer Gilbert et son épouse en pleurs.

— Oui, messire, je compte que vous dormiez ici... Admettez que c'est mieux qu'une tombe.

— Nous ne voulons pas vous tuer, se hâta de les rassurer Lizette en les suivant à l'intérieur.

Elle ne se rappelait que trop bien la terreur qu'elle avait éprouvée quand Lindall l'avait menacée, et elle était déterminée à faire en sorte que Finn et les deux nobles comprennent qu'elle ne voulait pas que du mal leur soit fait.

— Vous devez juste rester ici quelque temps... Garreth vous apportera ce que vous voudrez ou ce dont vous aurez besoin parmi vos bagages. Vous serez aussi bien installés que possible.

Dame Helewyse s'essuya les yeux et jeta un regard noir à Lizette.

— Bien installés ? Emprisonnés ici ? Quelle sorte de femme cruelle et monstrueuse êtes-vous ?

Lizette savait que pour nombre d'hommes et de femmes, elle n'était pas normale. C'était la seule explication qu'ils voyaient à sa réticence à se lier par les vœux du mariage. Mais ce n'était pas ce que voulait dire Helewyse.

— La sorte de femme qui fera ce qu'elle doit pour protéger sa famille.

Finn alla à la porte et lui fit signe de sortir avec lui.

— Venez, ma dame. Nous ferions bien de partir, ou il fera trop noir pour voir la route.

Tandis que Lizette le suivait, Helewyse se jeta dans les bras de son époux et fondit en larmes.

Une fois qu'ils furent dehors, Finn referma la porte et plaça une grosse branche contre elle, enfonçant profondément sa base dans le sol.

— Vous n'alliez pas vraiment lui faire du mal, n'est-ce pas ? demanda Lizette alors qu'ils allaient vers le feu, où Keldra remuait quelque chose dans une marmite que Garreth avait extirpée du chariot.

— Je ne fais jamais de mal aux femmes, je crois vous l'avoir déjà dit… J'essayais juste d'encourager l'homme à coopérer. Les larmes des femmes ont tendance à obtenir ce genre de chose. Bien sûr, il existe des femmes courageuses et hardies que l'on a du mal à faire pleurer…

Il lui jeta un coup d'œil éloquent, et elle se demanda s'il la prenait pour une telle femme. Elle l'espérait, bien que personne n'ait jamais souligné sa bravoure auparavant. Elle avait toujours été Lizette l'insouciante, Lizette la gaie boute-en-train. Lizette, la fille qui fuyait les conflits, le chagrin et les problèmes.

Jusqu'à maintenant.

Garreth était en train de fabriquer un auvent avec des branches et des feuilles mortes. Il dormirait là; Keldra aurait la litière du chariot.

Pour l'heure, la jeune chambrière lui offrait des conseils non sollicités sur la façon de construire son abri, et le jeune homme maugréait à propos des filles autoritaires qui feraient mieux de fermer leur bouche.

Les voyant se disputer comme de jeunes enfants, Lizette posa la main sur l'avant-bras de Finn pour le retenir, s'efforçant de ne pas remarquer qu'il était aussi dur que les pierres d'Averette.

— C'est peut-être une erreur de laisser Garreth et…

Il regarda sa main, qu'elle enleva aussitôt.

— Ne sous-estimez pas ce garçon, ma dame. De certaines façons, il est plus mûr que des hommes de deux fois son âge et il sait combien cette tâche est importante.

Elle espéra qu'il avait raison tandis qu'ils continuaient à avancer vers les chevaux attachés. Ils avaient décidé qu'ils en partageraient un pour cette partie de leur voyage, afin de rendre plus crédible leur histoire d'attaque de leur cortège.

— Ce butor vous a-t-il vraiment embrassée ?

La question abrupte de Finn la prit de court.

— Oui. Deux fois. Je l'ai giflé.

Les lèvres de l'Irlandais se relevèrent en un large sourire. Se rappelant l'expression de Gilbert ce soir-là, elle sourit aussi et se détendit un peu, jusqu'à ce qu'ils atteignent les chevaux et qu'elle se souvienne de ce qu'ils étaient sur le point d'entreprendre.

Finn monta le premier et lui tendit la main pour l'aider à se hisser derrière lui. Elle la saisit et très vite elle se retrouva assise sur la croupe du hongre, les bras autour de la taille de Finn.

Keldra leva les yeux de la marmite. Se rendant compte qu'ils allaient partir, elle courut à eux. Garreth sortit de son abri en bondissant comme un jeune cerf, une petite hache à la main.

— Alors ça y est, vous partez…, dit-il. Bonne chance, Finn — pas que vous en ayez besoin. Je vous reverrai bientôt avec Ryder, j'en suis sûr.

— Dieu vous garde, ma dame ! s'écria Keldra avec ferveur. Je serai morte d'inquiétude jusqu'à ce que vous reveniez.

— Nous ferons aussi vite que nous pourrons, lui promit Lizette.

— Vous devriez tuer ce Wimarc si vous en avez l'occasion, suggéra Garreth à Finn.

— Je garderai cela à l'esprit, répondit ce dernier en ébouriffant les cheveux du jeune homme et en lui souriant. A présent, fais bien attention, Garreth. Cet homme pourrait être un diable de roublard, et ne sous-estime pas sa femme non plus. Surveillez-les bien — tous les deux.

— Je le ferai ! jura Garreth.

— Moi aussi ! renchérit Keldra.

Finn se tourna alors pour regarder Lizette par-dessus sa large épaule.

— Y allons-nous, ma dame ?

Elle n'allait pas changer d'avis maintenant.

— Oui !

Tandis que leur hongre galopait dans le crépuscule qui tombait, Lizette se tenait à Finn de toutes ses forces, terrifiée à l'idée que le cheval puisse trébucher. Certes, il y avait encore assez de lumière pour y voir et Finn était solide et rassurant, mais elle n'était pas une cavalière intrépide.

Elle craignait aussi de ne pas avoir complètement mesuré le risque qu'ils prenaient et ce fut avec une vague d'appréhension qu'elle vit la silhouette massive du château de Werre se dresser devant eux.

Tous les châteaux, bien sûr, étaient effrayants à la tombée de la nuit, avec leurs murailles imposantes, leurs fortifications et les torches qui flambaient dans leurs supports tels des signes avant-coureurs de l'enfer. Mais vu ce qu'elle avait appris de Wimarc, la comparaison avec l'enfer paraissait cette fois plus adéquate encore.

Même lorsqu'ils approchèrent et qu'elle s'aperçut que le château de Werre était plus petit que beaucoup, le sentiment d'avancer vers un endroit maudit ne cessa de l'étreindre aussi fortement qu'elle étreignait Finn.

— Vous me coupez le souffle ! lui dit-il.

— Je n'aime pas l'aspect de cet endroit…

— Moi non plus.

Il s'arrêta alors qu'ils étaient encore à quelque distance de la barbacane, dans l'ombre d'un bosquet. Contrairement à la plupart des châteaux, il n'y avait pas de village blotti au pied de la forteresse. La zone qui s'étendait entre les remparts et la profonde douve asséchée était nue et recouverte d'herbe. Ils pouvaient voir les sentinelles qui arpentaient le chemin de ronde, illuminé par le soleil couchant.

Il y en avait beaucoup.

Leur cheval bougea nerveusement, comme s'il sentait leur anxiété, mais Finn réussit à le contrôler.

— Vous n'êtes pas obligée de venir, ma dame, dit-il doucement. Je peux y aller seul. Je dirai à Wimarc que mon épouse a été tuée dans l'attaque.

En regardant cette forteresse sinistre et menaçante, Lizette était cruellement tentée de fuir, mais il n'y avait qu'une réponse à donner.

— Non. Vous aurez besoin de moi si nous devons à la fois libérer votre frère et trouver des preuves de la traîtrise de Wimarc.

— Hardie et brave, commenta Finn, et elle perçut du respect et de l'admiration dans sa voix.

Ravie d'entendre ses compliments, elle puisa aussi dans ses paroles la conviction qu'ils réussiraient. Elle avait besoin de cette certitude. C'était son plan, et s'il échouait…

Mais ils ne devaient pas échouer.

Finn lui tapota le bras de la façon dont il aurait consolé une enfant, mais quelle que soit son intention, les sensations qu'il suscita par ce geste n'étaient certainement pas enfantines. La chaleur et le besoin, l'aspiration et le désir se répandirent sur la peau de Lizette comme une coulée de lave.

Sa réaction lui rappela une partie de son plan dont elle n'avait pas parlé à Finn et qu'elle devait à présent mettre en œuvre. De quelques coups secs, elle arracha la manche droite de son corselet. Puis elle défit le nœud des lacets dans son dos, de telle sorte que le vêtement bâille légèrement.

— Que faites-vous ? demanda Finn en se tournant, son regard tombant sur son corselet.

Sa voix était basse et rauque, et lui donna soudain envie de se couvrir.

— Doux Jésus ! Tous les hommes de la place vont essayer de voir vos seins !

A partir du moment où messire Wimarc en serait...

— C'est bien ce que j'espère. Ils seront ainsi trop distraits pour poser une foule de questions.

— Oh ! Ils seront distraits, sans nul doute !

— Je veux aussi donner l'impression que nous avons vraiment été attaqués.

— Je devrais peut-être me donner un coup sur la tête.

— Si vous pensez que cela conforterait la ruse...

Elle avait eu raison de penser qu'il n'approuverait pas cette partie de son plan, alors elle fut heureuse de l'avoir gardée pour elle.

Il ne répondit pas et, avec un soupir exaspéré, mit le cheval au trot.

Lorsqu'ils pénétrèrent dans la zone herbeuse qui s'étendait devant la barbacane du château, deux sentinelles sortirent en chargeant. Il faisait encore assez clair pour que les hommes n'aient pas besoin de torches pour y voir, et l'un d'eux tira son épée pendant que l'autre pointait sa lance sur eux en guise d'avertissement.

Ils n'étaient pas habillés comme la plupart des soldats de garnison. On aurait dit qu'ils avaient revêtu des morceaux d'armure et de cuir trouvés ou volés. Tous deux étaient des hommes costauds et leurs visages étaient marqués de cicatrices, l'un au-dessus de l'œil, l'autre à la mâchoire.

— Ne bougez pas ! cria le plus grand des deux. Qui êtes-vous et que voulez-vous ?

Finn répondit, prenant l'air d'un noble en détresse.

— Je suis messire Gilbert de Fairbourne. Nous avons été attaqués. Mon épouse et moi avons de justesse eu la vie sauve !

Deux autres soldats sortirent au trot des ombres de la herse massive, pointant leur lance. Alors qu'ils approchaient, Lizette se mit à se lamenter.

— Laissez-nous entrer, par pitié ! Laissez-nous entrer !

— Laissez-nous passer, ordonna Finn. Ne voyez-vous pas que dame Helewyse est bouleversée ?

Les soldats échangèrent des regards méfiants.

— Sots ! Si j'avais l'intention de vous attaquer, viendrais-je seul avec une femme ? Pour l'amour du ciel, laissez-nous entrer ! Nous sommes des invités de messire Wimarc !

Un homme de belle apparence, vêtu d'une longue tunique noire brodée d'argent au col et à l'ourlet, sortit alors à grands pas, ses vêtements, son visage et son attitude offrant un vif contraste avec les soldats. Il portait un baudrier autour de sa taille mince et ses épaules étaient presque aussi larges que celles de Finn, mais il n'y avait rien de belliqueux dans son attitude. Il arborait la grâce lisse d'un courtisan et son visage était tout aussi lisse. Des cheveux noirs bouclaient autour de ses oreilles, et Lizette pensa qu'il sentait le parfum — pas une senteur féminine, mais une odeur meilleure que celle de la sueur et du cuir.

Les sentinelles reculèrent devant lui, et elle comprit alors qui il était.

Elle s'en trouva estomaquée. Elle s'attendait à ce que Wimarc soit un homme d'âge moyen, aux cheveux gris et à l'air aussi rusé qu'un vieux miséreux, pas cet homme bien plus jeune et presque aussi beau que Finn.

— Messire Gilbert ? Dame Helewyse ? s'écria l'homme en pressant le pas. Par Dieu, bien sûr que vous pouvez entrer ! Qu'est-il arrivé ?

— Messire Wimarc ? demanda Finn.

— Lui-même, répondit l'homme en s'inclinant. J'étais sur le chemin de ronde, en train de donner aux gardes le mot de passe pour la nuit, quand je vous ai vus approcher. Je suis grandement désolé de ce qui s'est passé, et sur mes terres, en outre. Vous êtes les très bienvenus dans mon château.

Wimarc paraissait sincèrement affligé, mais cela pouvait être feint, bien sûr. Il était peut-être aussi doué que Finn pour jouer la comédie.

Il prit la bride de leur cheval et le conduisit lui-même dans le château.

— Je parlerai à mes patrouilles et ferai arrêter les brigands qui ont osé vous attaquer.

Bien que Lizette soit heureuse que leur plan ait réussi jusque-là, elle ne put réprimer un frisson tandis qu'ils passaient sous la herse, puis sous la meurtrière. C'était par ce trou que les défenseurs jetteraient des pierres, de l'eau bouillante ou même de la poix brûlante pour empêcher les ennemis d'entrer dans le château.

Elle avait vu une fois une personne brûlée par de la poix, quand un serviteur avait laissé tomber une torche allumée sur sa jambe. Elle n'oublierait jamais ce spectacle sinistre, les cris de l'homme et l'odeur de chair brûlée.

Ils traversèrent les portes massives pour pénétrer dans la cour extérieure, qui n'était pas aussi grande qu'elle s'y attendait. Peut-être que ce Wimarc n'était pas aussi riche ou aussi puissant que les gens le disaient, ou que Finn le croyait, finalement.

Le seigneur les conduisit ensuite à travers une autre porte, tout aussi bien gardée, qui s'ouvrait dans une courtine de trois pieds d'épaisseur et donnait sur la cour intérieure. Cette partie pavée, que fermaient plusieurs bâtiments, était plus grande qu'elle le pensait et bien éclairée par des torches et des réchauds.

Elle devina que le long et haut bâtiment en face des portes, avec un escalier conduisant à l'intérieur, était la grand-salle. Un autre bâtiment en pierre s'adossait perpendiculairement à lui, avec de grandes croisées arrondies au premier étage et des ouvertures plus petites en bas. Les appartements et les chambres de la famille, songea-t-elle. De l'autre côté, reliées à la grand-salle par un passage couvert, devaient se trouver les cuisines, à en juger par la fumée qui montait de deux ouvertures dans le toit en ardoise.

Il y avait une quatrième construction, rattachée à la grand-salle, haute et étroite, ne présentant que des meurtrières pour ouvertures. Elle avait l'air plus ancienne que le reste et Lizette se dit que ce devait être le donjon d'origine. Peut-être que l'entrée des cachots se trouvait là ; ils y étaient traditionnellement, même si le donjon paraissait trop petit pour abriter autant de prisonniers que Finn le pensait.

En addition à ces bâtiments de pierre, il y avait des

écuries et d'autres dépendances en colombage, ainsi que quelques édifices en torchis — probablement des resserres ou des baraquements pour les nombreux soldats qui grouillaient dans la cour.

Chacun d'eux paraissait grand, coriace et aguerri. Lizette doutait qu'il y en ait un seul de moins de vingt ans. Beaucoup avaient de terribles cicatrices, des bouts de nez ou d'oreilles en moins. Si leur ruse était découverte par de tels hommes…

Elle aimait mieux ne pas y penser. Elle étudierait les murailles, les portes, la position des sentinelles, essayant de trouver pour eux un moyen de s'échapper sans être vus une fois qu'elle aurait rassemblé les preuves qu'elle était venue chercher et qu'ils auraient libéré le frère de Finn.

Finn posa sa main sur la sienne. Un contact inattendu en cet instant mais indéniablement bienvenu, et elle sentit son courage lui revenir. Elle n'était pas seule, et si cet homme avait fait croire au roi et à toute sa cour qu'il était un noble, il pourrait sûrement en convaincre Wimarc également.

— Tout va bien, mon aimée, dit-il doucement. Nous sommes en sûreté, maintenant…

Il ne faisait que jouer un rôle. Elle le savait, pourtant ses paroles s'insinuèrent en elle comme une douce coulée de chaleur.

Un peu moins anxieuse, à présent, elle s'aperçut que les gens qui évoluaient dans la cour n'étaient pas tous des soldats ou des mercenaires. Plusieurs étaient des serviteurs, des hommes et des femmes sortis voir ce qui se passait.

Wimarc s'arrêta et Finn descendit de cheval, puis il leva les bras pour aider Lizette à descendre, ses mains fortes et fermes sur sa taille. Alors qu'elle glissait du cheval, son corselet bâilla et tomba de son épaule.

Le regard de Finn se posa sur sa peau nue, et il la prit aussitôt dans ses bras avant de remettre le vêtement en place.

— Oh! Ma pauvre chérie! s'écria-t-il.

Puis il l'embrassa avec une passion débridée.

Chapitre 9

Sur le moment, Lizette fut trop stupéfaite pour réagir et se laissa embrasser. D'autant qu'elle n'avait aucune idée qu'un baiser pouvait être si… la rendre tellement… enfin, lui faire souhaiter que Finn ne s'arrête jamais, qu'il la soulève dans ses bras et l'emmène quelque part, n'importe où, où ils pourraient être seuls.

Submergée par un brusque désir, elle fit remonter ses mains le long du dos de Finn et pressa son corps contre le sien. Des images défilaient dans sa tête : Finn, assis près du feu, affichant cette expression sombre et lointaine, comme s'il était le dernier homme sur la Terre, hanté par les souvenirs ; Finn la sauvant de Lindall et des autres ; Finn aimable avec Keldra et Garreth, et son air merveilleux quand…

Quelqu'un se racla la gorge à côté d'eux, lui rappelant où elle était, et pourquoi.

Elle avait un rôle à jouer, tout comme Finn, et ce baiser ne devait pas être plus qu'une partie de leur ruse.

Sa rougeur embarrassée fut assez réelle cependant, lorsqu'elle s'écarta, et quand elle vit la satisfaction dans les yeux de Finn, son agacement le fut aussi.

— Messire mon époux, de grâce ! C'est très inconvenant !

— Je suis sûr que messire Wimarc me pardonnera, dit-il d'un ton léger en décochant un grand sourire à leur hôte.

En dépit de sa légèreté feinte, Lizette avait vu beaucoup plus dans ses yeux — de la surprise, un choc, de l'excitation — devinant ainsi qu'il n'était pas aussi imperméable à ce baiser qu'il le prétendait.

Elle essaya malgré tout de ne pas accorder d'importance à sa réaction.

Messire Wimarc rit sans bruit, d'une façon étrange.

— Oui, je vous pardonne. Il est délicieux de voir une telle passion entre des époux. C'est si rare!

Il se tourna vers Lizette, gardant son regard sur son visage et non sur son corselet déchiré.

— Je vais dire à l'une de mes servantes de vous conduire à une chambre où vous pourrez vous rafraîchir, lui dit-il avant de s'adresser de nouveau à Finn. Si cela ne vous ennuie pas, messire, j'aimerais que nous parlions de cette attaque pendant que votre souvenir en est encore frais.

— Bien sûr, répondit Finn en inclinant la tête comme un gentilhomme.

Comme Lizette était censée être une épouse obéissante, elle décocha à Wimarc l'un de ses plus beaux sourires et s'inclina légèrement, lui offrant un aperçu de la vallée entre ses seins.

— Messire, je vous remercie de votre généreuse hospitalité et de votre aimable sollicitude.

Le regard de Wimarc se posa enfin où elle voulait. Elle savait qu'elle entamait un jeu bien dangereux, mais il n'était pas plus risqué que celui qu'elle jouait déjà, et si cela aidait leur cause de jouer les coquettes, elle le ferait.

— Je vous en prie, ma dame, c'est très volontiers,

répondit Wimarc. Et je vous invite à vous servir dans la garde-robe de mon épouse. Elle est en visite chez des amis non loin d'ici, et je suis sûr qu'elle n'y verra pas d'inconvénient, compte tenu des circonstances. Vous, messire Gilbert, vous servirez dans la mienne.

— Merci, messire, je le ferai.

Wimarc se tourna vers le bâtiment qui avait l'air d'être la grand-salle.

— Greseld ! appela-t-il, et une vieille femme ratatinée en sortit à petits pas. Messire Gilbert et son épouse auront la chambre nord. Faites en sorte qu'elle soit préparée et que dame Helewyse ait tout ce qu'elle désire, y compris les cottes de mon épouse qu'elle trouvera à son goût. Faites apporter du vin, du pain et du fromage dans la grand-salle pour messire Gilbert et moi.

La vieille femme opina, puis pointa le doigt sur une servante plus jeune qui s'attardait non loin. Elle était jolie, avec des cheveux châtains, un menton pointu, un nez fin, et Lizette supposa qu'elle le savait, à en juger par la courbure légèrement insolente de sa lèvre supérieure.

— Ellie, conduis la dame à sa chambre, lui ordonna Greseld avant de faire un geste vers deux autres femmes qui se trouvaient aussi dans la cour, toutes deux jeunes et habillées d'une façon assez négligée. De l'eau et des linges, leur lança-t-elle d'un ton sec avant de pivoter et de retourner dans la grand-salle.

— Greseld était ma nourrice quand j'étais petit et c'est elle qui dirige ma maisonnée quand mon épouse est absente, leur expliqua messire Wimarc pendant qu'Ellie marchait vers eux en balançant les hanches.

Lizette se contraignit à ne pas chercher à savoir si

Finn observait la jeune femme dont la forte poitrine tendait le surcot.

— Si vous voulez venir avec moi, ma dame, dit doucement Ellie en lançant un coup d'œil à Wimarc, puis à Finn — une œillade coquette et charmeuse qui indiqua à Lizette que si Greseld prenait en son absence la place de l'épouse de messire Wimarc pour diriger la maison, Ellie prenait sans aucun doute sa place dans le lit du seigneur.

Et il était tout aussi probable qu'elle partagerait volontiers la couche de Finn, si elle en avait l'occasion.

Avant que Lizette ne suive la jeune servante, Finn reprit son épouse supposée dans ses bras.

— Je vous verrai bientôt, ma mie.

Il jouait son rôle un peu trop bien. Comme Wimarc l'avait laissé entendre, les mariages nobles n'étaient pas fondés sur l'amour, mais sur la politique et l'intérêt. Si Finn se comportait trop en amant épris, cela pourrait éveiller les soupçons — et Wimarc pourrait garder ses distances avec elle, ce qui risquerait de desservir ses plans, si elle devait découvrir ses secrets.

Alors elle s'écarta de lui et décocha un autre sourire à leur hôte.

— Je suis impatiente de parler de nouveau avec vous quand je serai plus présentable, messire…

Il s'inclina profondément.

— Vous êtes si charmante que vous êtes toujours présentable, ma dame.

— Quelle délicieuse flatterie, dit-elle en gloussant avant de se tourner pour suivre la servante vers le bâtiment de deux étages qui jouxtait la grand-salle. Vous devriez essayer d'enseigner cet art à mon époux !

— Vous êtes un homme fortuné, fit observer Wimarc en suivant des yeux Lizette qui disparaissait dans le bâtiment.

— La chance a peu à voir avec mon mariage. Son père voulait un courtisan pour sa fille et était prêt à payer cher pour cela, répondit Finn, se coulant de nouveau dans le rôle d'un noble, tout en s'efforçant de se ressaisir.

Ils se dirigèrent alors vers la grand-salle, ce qui permit à Finn d'observer discrètement autour de lui. Ils s'étaient visiblement introduits dans un guêpier. Il devait y avoir une sentinelle tous les dix pieds ou moins sur le chemin de ronde, et ces hommes étaient clairement les mercenaires aguerris qu'on lui avait décrits. Il y avait également un essaim de serviteurs, et à part la vieille nourrice ils étaient tous jeunes, les hommes comme les femmes. Les servantes étaient sans doute une autre forme de « paiement » pour les mercenaires, supposa Finn, probablement utilisées aussi pour satisfaire les appétits charnels du seigneur, du moins quand son épouse était absente.

Il avait envisagé ces dangers et s'y était préparé. Ce qu'il n'avait pas prévu, c'était ce qu'il éprouverait en embrassant dame Elizabeth. Il n'avait songé sur l'instant qu'à rendre leur ruse plus crédible, même si, au fond de lui, il savait pertinemment qu'il avait envie de l'embrasser depuis qu'il l'avait vue près de la rivière.

Mais dès que ses lèvres avaient touché les siennes, le désir, la passion qu'il avait pu ressentir auparavant avaient été relégués au rang d'ombres des vrais sentiments. Il n'avait jamais éprouvé un tel désir pour une femme. C'était une faim si forte qu'il en avait oublié sur le moment où il était et pourquoi. Il ne s'était pas attendu non plus à ce qu'elle lui rende son baiser avec une telle ardeur.

— Vous avez bien fait de la prendre pour épouse,

dit encore Wimarc en poussant la double porte de sa grand-salle.

Bien sûr, Finn avait remarqué la façon dont ce dernier avait regardé Lizette et son corselet déchiré. Ce baiser avait aussi eu pour but d'indiquer à Wimarc qu'elle était à lui, même si elle ne l'était pas en réalité et ne le serait jamais. Une dame et un hors-la-loi n'étaient pas faits pour vivre ensemble, et lorsqu'ils auraient réussi leur mission — s'ils réussissaient — ils se sépareraient et iraient chacun son chemin, retrouvant sa vie.

Mais il ne voulait pas laisser penser à Wimarc qu'il était comme trop d'hommes à la cour, disposé à échanger sa femme contre de l'amitié ou des faveurs.

Néanmoins, il se devait d'être poli, alors il plaqua un sourire aimable sur son visage tandis qu'il contemplait le haut plafond à poutres, les encorbellements sculptés en forme de têtes d'animaux. Le sol, fait de pierre et non de terre battue, était couvert de jonchées et l'odeur agréable de romarin et d'autres herbes aromatiques accompagnait leur traversée. Les meubles, des bancs étroits et des tables sur tréteaux rangées contre le mur, luisaient, fraîchement cirés. Trois grands candélabres ronds étaient suspendus au plafond par d'épaisses chaînes permettant de les abaisser ou de les remonter, et chacun devait contenir au moins cinquante chandelles. Pour l'heure, seul celui accroché au-dessus de l'estrade était éclairé ; l'autre source de lumière de la grand-salle provenait de torches glissées dans des anneaux sur les murs et les piliers.

Finn estima que si toutes les bougies et les torches étaient allumées, la pièce serait lumineuse presque comme en plein jour, même la nuit.

Deux immenses cheminées au manteau sculpté avaient

été construites dans les murs, l'une dans la partie principale, l'autre pour réchauffer l'estrade. C'était quelque chose que seules les grand-salles les plus modernes possédaient, et qui témoignait d'un souci de confort prévalant sur le coût. Une tapisserie immense et finement tissée, qui décrivait une cour royale, était accrochée sur le mur extérieur pour protéger les occupants des courants d'air.

Un choix intéressant comme sujet de tapisserie, pensa Finn, tout en se disant que la grand-salle aurait été bien plus agréable si elle n'avait pas abrité plusieurs des mercenaires de Wimarc.

Feindre d'être un noble à la cour du roi lui paraissait en comparaison un jeu d'enfant!

En atteignant l'estrade, Wimarc fit signe à Finn de s'asseoir dans un fauteuil de bois garni d'un coussin de soie bleue. Finn obéit, acceptant la timbale de vin en argent que Wimarc lui tendit parmi les deux posées sur une petite table ornée près du feu, à côté d'une carafe en argent contenant plus de vin. On y avait également placé un plateau en argent garni de fromage, de pain et de douceurs.

Comme Finn avait faim, et que manger retarderait le moment de parler, il se servit avidement de la nourriture, se demandant si Lizette avait aussi quelque chose pour se restaurer. Wimarc, assis à côté de lui, souriait et faisait tourner une bague ornée d'un rubis à son doigt fin en observant son hôte.

Le seigneur des lieux était aussi lisse et policé que les nobles que Finn avait rencontrés à la cour. Il était beau, également, d'une manière onctueuse, et très bien habillé — le genre de noble qui le faisait se sentir complètement le paysan et fils de ribaude qu'il était.

Hélas, la nourriture ne dura pas indéfiniment et quand Finn se fut rassasié, Wimarc demanda :

— De quelle importance était la bande de hors-la-loi qui vous a attaqués ?

Prenant une autre gorgée de l'excellent vin, Finn s'adossa à son siège.

— Ils étaient au moins cinquante.

— Où cela s'est-il passé ?

Finn décrivit un lieu à quelques milles de l'endroit où ils avaient effectivement rencontré messire Gilbert et sa femme, puis déclara que les bandits s'étaient enfuis en s'éloignant du château de Wimarc, et parla de la hutte dans les bois.

— Il s'agissait peut-être de soldats qui ne sont plus employés, suggéra-t-il. Depuis que John s'est mis à avoir tant de mercenaires à son service, l'Angleterre est submergée par ces brutes.

Malgré sa référence au roi, supposée appeler un commentaire de la part de son hôte, Finn constata que l'attention de ce dernier était accaparée par autre chose que la discussion. Il suivit son regard et comprit pourquoi.

Lizette se tenait sur le seuil de la grand-salle, au pied d'un escalier tournant qui menait au bâtiment adjacent. Sa chevelure avait été peignée, nattée et enroulée autour de sa tête telle une couronne brillante. Elle portait une cotte d'une riche couleur bourgogne mêlée de fils d'or qui luisaient à la lumière des bougies, et ses longues manches étaient doublées de soie dorée. Le corselet à la taille haute et à l'encolure carrée était également décoré de broderies dorées et la jupe s'évasait sur ses hanches minces.

Mais ce n'était pas ce qui assécha subitement la bouche de Finn, ni ce qui poussait Wimarc à la fixer si hardiment.

La cotte était légèrement trop petite et du coup un peu trop serrée sur la poitrine — pas assez pour la rendre impossible à porter, mais suffisamment pour comprimer ses seins et les faire remonter, si bien qu'ils semblaient sur le point de déborder du vêtement.

— Un homme fortuné, vraiment, murmura Wimarc en se levant. Je vous envie, messire.

Finn se leva à son tour, s'intimant de se rappeler que tout ceci n'était qu'une ruse. Lizette n'était pas son épouse, ni sa maîtresse, ni son amante. Elle ne le serait jamais. Ne pourrait jamais l'être, étant donné leur différence de rang et ce qu'il avait fait pour survivre. Sans parler du mensonge qu'il avait dit à sa sœur et à Armand de Boisbaston.

— Vous êtes un spectacle enchanteur pour les yeux d'un homme, ma dame, la complimenta Wimarc en lui donnant la main pour qu'elle s'asseye dans le fauteuil qu'il venait de quitter. J'espère que vous avez trouvé la chambre à votre goût ?

— Oui. Elle est si grande et confortable…

Elle lui coula un regard de coquette.

— J'ai été surprise d'apprendre que votre épouse ne partage pas votre chambre, messire.

— Elle préfère dormir seule, répondit Wimarc avec aisance.

Il leur décocha un sourire cordial.

— Il paraît que je donne des coups de pied.

Lizette gloussa à cette explication.

— Gilbert ronfle, dit-elle.

Il protesta qu'il ne ronflait pas. Elle lui adressa alors un sourire satisfait.

— Oh ! Mais si !

— Je suis heureux d'entendre que je ne suis pas le

seul homme à qui son épouse trouve des défauts la nuit, déclara Wimarc en remplissant sa timbale de vin et en la tendant à Lizette, mettant fin à leur dispute. Vous devez vous assurer de me dire si vous avez besoin de quelque chose d'autre.

Elle but une gorgée avant de répondre.

— Je le ferai, messire. Vous êtes très aimable.

Elle but encore.

— Et votre vin est très bon.

— Avez-vous eu quelque chose à manger ? s'enquit Finn, craignant que le vin ne lui monte à la tête si elle était à jeun.

— Oui, merci. Cette fille — Ellie, n'est-ce pas ? — m'a apporté du pain et du fromage. Très bons aussi. Il faut que je parle à votre fromager, messire Wimarc, car je n'en ai jamais goûté de meilleur.

Elle reposa sa timbale et Wimarc — maudit soit-il — fut prompt à la remplir de nouveau, tout en jetant un coup d'œil furtif à son corselet. Coup d'œil qui n'échappa ni à Finn ni à Lizette.

La jeune femme gloussa de nouveau, et il était clair que le vin produisait son effet.

— Ce vin est vraiment délicieux. Vient-il de France ?

— De Bourgogne, précisa Wimarc, en posant la carafe sur la table.

— Vous devez vous asseoir messire ! déclara-t-elle en lui décochant un sourire trouble. Gilbert, allez chercher ce fauteuil pour notre hôte…

Finn eut un instant d'indignation. Il était peut-être un hors-la-loi, mais il était censé être un noble, pas un serviteur ! Par bonheur, Wimarc demanda à l'un de ses hommes d'apporter le siège, et lorsqu'il s'assit, il leur dédia à tous les deux un sourire magnanime.

— Je gage que le début de votre voyage a été meilleur que la fin ?

— Nous…, commença Finn.

— Eh bien, pour être honnête, messire, cela a été un cauchemar ! le coupa Lizette en se penchant si loin en avant que Finn craignit que ses seins ne sortent de sa cotte. Les routes étaient terribles, le temps encore pire, et messire mon époux ne voulait pas se reposer. J'ai dû pratiquement le supplier de s'arrêter pour la nuit, tant il était impatient d'arriver ici.

Elle tendit la main pour tapoter le bras de Wimarc.

— Bien sûr, maintenant que je suis là, je comprends sa hâte. Un si beau château et une si belle grand-salle, messire ! Si j'étais votre épouse, je ne les quitterais jamais.

— Je suis enchanté qu'ils aient votre approbation, ma dame, répondit Wimarc. Je suis sûr que Roslynn sera très affligée de vous avoir manquée.

Il reprit la carafe.

— Encore du vin ?

La dernière chose dont Lizette avait besoin, pensa Finn, était de boire davantage. Si elle devenait carrément ivre, qui sait ce qu'elle pourrait dire ? Ou faire !

S'il avait douté d'avoir raison de s'inquiéter, elle dissipa ces doutes en déclarant, avec un autre gloussement :

— Je crois bien que notre hôte essaie de m'enivrer, Gilbert !

Finn se leva.

— Vous ne semblez pas avoir besoin que l'on vous aide, ma dame, dit-il. Je suggère que vous vous retiriez. Il est temps.

— Me retirer ? Sottise ! rétorqua-t-elle en tendant sa timbale comme si elle ne l'avait pas déjà vidée deux fois.

Elle était comme certaines femmes qu'il avait vues à la cour quand elles avaient trop bu. Elle se comportait d'une manière aussi sotte que coquette, battant des cils à l'intention de Wimarc et l'ignorant, lui, sauf pour dire des choses désagréables.

— Il semble que vous ayez décidé de vous ridiculiser devant notre hôte…

Il lui saisit la main pour la tirer de son fauteuil.

— Si vous voulez nous excuser, messire.

Wimarc se leva, et se retint sagement de les presser de rester.

— Bien sûr. Bonne nuit, ma dame. Messire…

— Je ne veux pas partir ! protesta Lizette en libérant son bras et en tombant presque sous cet effort. Je veux rester ici et parler à notre bel hôte ! Il doit connaître tout le monde à la cour, et je veux tout savoir au sujet de la reine et de…

— Pas ce soir, dit Finn d'un ton coupant. Il est tard et nous avons eu une journée très éprouvante — ou bien avez-vous déjà oublié comment nous avons été attaqués ?

— Non, je ne l'ai pas oublié, ni que vous n'avez pas levé un doigt pour me sauver ! Vous êtes parti derrière l'un de ces hors-la-loi et m'avez laissée me défendre toute seule !

— C'est faux ! riposta-t-il, se demandant ce qui pourrait encore sortir de sa bouche avant qu'il ne l'emmène de là. Vous aviez de nombreux gardes.

— Qui sont tous partis en courant, comme vous !

— Je suis revenu.

Il jeta un coup d'œil au reste de la grand-salle et vit

que tous les hommes et les serviteurs les observaient et les écoutaient.

— Ma dame, je vous en prie, vous vous donnez en spectacle !

Elle lui décocha un regard aigre.

— Si vous n'êtes pas content, vous pouvez vous retirer — seul !

Elle fit un pas vers Wimarc et lui tomba pratiquement dans les bras. Lui tapotant le torse et levant les yeux vers lui, son corps pressé contre le sien, elle dit :

— Il pense qu'il est irrétisti… irritis… irrésistible pour les dames, voyez-vous. Ha ! Mais moi, je pourrais lui résister — je lui résiste bel et bien ! Mon père m'a forcée à l'épouser. Il m'a enfermée dans ma chambre et a menacé de m'affamer si je ne l'épousais pas !

Avec un regard méfiant à Finn, Wimarc posa les mains sur ses bras et la poussa vers son époux supposé.

— Gilbert est un homme bien.

— Vous n'avez pas à faire l'amour avec lui.

— Il suffit ! déclara Finn.

Il la prit par le bras, la fit pivoter, la souleva et la jeta sur son épaule comme si elle était un sac de grain.

Elle poussa un glapissement de protestation, qu'il ignora. Si elle en disait plus, que Dieu lui vienne en aide, il fesserait son joli postérieur !

— J'espère que vous pardonnerez cette conduite choquante, messire, dit-il à leur hôte pendant que Lizette luttait en vain. Je vous l'assure, cela ne se reproduira pas !

Portant Lizette comme un sac de blé, il marcha vers l'escalier et monta à leur chambre.

Chapitre 10

— Quelle chambre est la nôtre ? demanda Finn lorsqu'ils atteignirent le haut de l'escalier.

— La… la dernière. Re… reposez-moi immédiatement !

L'ignorant, Finn ouvrit la porte d'un coup de pied et entra à grands pas dans la pièce éclairée par une seule bougie posée sur une table près du grand lit.

Puis il s'arrêta, inspectant le beau mobilier, très différent de la plupart des endroits où il avait dormi, même lorsqu'il se faisait passer pour un courtisan. Il y avait une table de toilette avec quantité de linges, une cuvette et une aiguière en bronze. Un coffre se dressait dans un coin, peint des mêmes couleurs vives que la table à côté du lit. Une tapisserie figurant des femmes dans un jardin couvrait le mur en face du lit, derrière deux fauteuils gravés de plantes grimpantes et de fleurs, encadrant une autre petite table.

Il y avait un trou dans la tapisserie — chose totalement inhabituelle dans une chambre aussi bien entretenue.

— Quelle était exactement la raison de cette performance, ma dame ? demanda-t-il en laissant choir Lizette sur l'énorme lit ceint de tentures.

Elle lutta pour s'asseoir sans déchirer la cotte lacée si

serrée qu'elle pouvait à peine respirer, tandis qu'il croisait les bras sur son torse et la regardait avec mépris.

— Je ne faisais que…

— Ce que vous faites toujours, persifla-t-il. Aguicher tous les hommes que vous rencontrez !

— Comment osez-vous prendre ce ton avec moi ? dit-elle dans un souffle, en se levant.

Il n'avait pas besoin de jouer à l'époux ici.

— J'étais simplement…

— Vous êtes mon épouse, par Dieu, alors vous allez vous conduire avec honneur ou je vous renverrai à votre famille en disgrâce !

C'était ridicule ! Il n'y avait pas à jouer la comédie lorsqu'ils étaient seuls.

— Dois-je vous rappeler…

Il la saisit par les épaules, l'attira dans une étreinte à l'écraser et ses lèvres s'emparèrent des siennes avec autant de force que de ferveur.

Doux Jésus ! Etait-il devenu fou ? Avait-elle eu tort de lui faire confiance ? C'était un hors-la-loi, après tout, et il l'avait à sa merci tout autant ici que s'ils étaient dans les bois — davantage, même, puisqu'il était censé être son époux. Il pourrait la violer, la battre, l'insulter et l'humilier, personne n'essaierait de l'arrêter, parce qu'une épouse était le bien de son époux de par la loi.

— Cessez de me combattre ! commanda-t-il en la soulevant dans ses bras pour la porter sur le lit.

Une véritable panique s'empara alors d'elle. Elle le frappa et le gifla, jura et l'injuria avec tous les épithètes abominables qu'elle put trouver tandis qu'il la jetait sur le lit.

— Vous êtes habillée comme une ribaude et vous jurez

comme telle ! cria-t-il. Dot ou non, je n'aurais jamais dû vous épouser !

Elle vit une chance de s'échapper et la saisit, mais il plongea sur le lit, l'attrapa par le bras et la ramena en arrière. Puis il fut sur elle, ses mains tenant ses poignets, le reste de son corps couvrant le sien. Elle agita vainement les bras et les jambes, désespérée, tandis qu'il se penchait pour l'embrasser.

— Cessez de lutter ! souffla-t-il en faisant glisser sa bouche vers son oreille. C'est pour les apparences. On nous observe…

Il dut répéter avant qu'elle comprenne ce qu'il lui disait. Le soulagement l'envahit alors ; elle cessa de se débattre et resta immobile.

Il l'embrassa encore et cette fois son baiser fut doux, presque tendre, comme s'il voulait juste la calmer et la réconforter, pas l'exciter.

Sauf qu'il le fit. Qu'il en ait l'intention ou non, il l'excita.

— Voilà qui est mieux, dit-il à haute voix. N'oubliez jamais que vous êtes mon épouse, Helewyse. Si vous l'oubliez, vous le regretterez.

Elle hocha la tête tandis qu'il se relevait du lit.

Ne sachant pas ce qu'il comptait faire ensuite, se demandant où un espion pouvait bien être caché et espérant sincèrement qu'il n'était pas sous le lit, elle resta sans bouger et attendit.

— Cette cotte est une honte, dit-il en allant à la table de toilette et en aspergeant son visage d'eau fraîche. Vous exposiez vos seins comme une ribaude bon marché !

— Je n'y peux rien si l'épouse de messire Wimarc est plus petite que moi, dit-elle en s'asseyant. Aucune des robes de ce coffre n'est plus grande. C'était en choisir une ou descendre dans ma cotte souillée. Et je ne pensais pas pouvoir porter ma chemise dessous, non plus.

Il se tourna lentement pour la regarder, le linge qu'il tenait oublié dans sa main.

— Vous n'avez pas de chemise ? demanda-t-il, la voix un peu tendue.

— Bien sûr que si ! répondit-elle, se demandant soudain ce qu'il ferait si elle n'en portait pas. J'en ai emprunté une à dame Roslynn. Heureusement, elle allait mieux. Néanmoins, j'espère que je ne l'ai pas déchirée en la mettant, car la toile est très fine.

Sans un mot, il versa plus d'eau froide dans la cuvette et s'aspergea de nouveau le visage.

Elle se leva du lit et, voulant respirer normalement, décida de délacer sa cotte pendant qu'il était occupé autrement, ce qu'elle fit rapidement, heureuse que le nœud ne soit pas trop serré.

Si quelqu'un les observait, Finn ne pourrait pas dormir par terre comme ils l'avaient prévu. Il n'essaierait pas de se mettre au lit avec elle, tout de même ! Si ? Non, il ne le ferait pas. Il ne devait pas la toucher.

Mais que ferait-elle s'il le faisait quand même ? Ou s'il essayait de…

Elle l'arrêterait. Evidemment. Tout ceci n'était qu'une ruse. Il était un hors-la-loi et elle était dame Elizabeth d'Everette.

Il lui parut cependant difficile de s'en souvenir, ou de croire que c'était important, lorsqu'il ôta sa tunique et s'assit au bout du lit pour quitter ses bottes, exposant les muscles de son dos nu qui bougeaient avec une grâce fluide et virile.

Elle profita de ce moment où il avait le dos tourné. Se

demandant une fois encore où l'espion pouvait se cacher, elle ôta prestement sa cotte et grimpa dans le lit, vêtue seulement de sa fine chemise.

Elle trouva encore plus difficile de se rappeler qu'ils n'étaient pas amants lorsqu'il se leva et se tourna vers elle, son torse nu luisant à la faible lumière de la chandelle, ses chausses moulant ses hanches, ses yeux indéchiffrables dans l'ombre tandis qu'il se tenait au pied du lit. Puis il ferma les rideaux.

Tel un spectre, il apparut alors sur le côté gauche du lit et tira aussi les tentures. Et puis, alors que Lizette avait l'impression qu'elle allait se pâmer d'attente et d'incertitude, il passa du côté droit, s'agenouilla sur le lit et ferma les rideaux de l'intérieur, les plongeant dans l'obscurité.

Seuls.

Ensemble.

Elle sentit bouger le lit et sut qu'il était près d'elle. Elle retint son souffle jusqu'à ce qu'il parle doucement, mais d'un ton totalement pratique.

— Je pense que nous devrions pouvoir parler librement maintenant, à partir du moment où nous gardons la voix basse.

— Pourquoi pensez-vous que quelqu'un nous observe ? demanda-t-elle dans un murmure.

— Quand nous sommes entrés dans la chambre, j'ai vu un trou dans la tapisserie du mur du fond. Etant donné l'état de la grand-salle et de cette chambre, pourquoi une tapisserie avec un tel défaut serait-elle accrochée là à moins que ce trou ne serve un dessein — et quel dessein plus probable que d'épier les occupants de la chambre ? Il se peut simplement que Wimarc ne se fie pas à son épouse, mais je ne veux pas prendre de risques. Pour l'instant, nous devons donc nous conduire comme si nous étions observés, alors nous devons agir comme si nous étions réellement mariés. Mais dites-moi… qu'essayiez-vous exactement de faire en bas ?

— Je me montrais aimable avec notre hôte, comme une invitée doit l'être, répondit-elle avec une pointe de défi pour cacher la honte qu'elle avait éprouvée à jouer la sotte.

— Pourquoi avez-vous feint d'être ivre ?

— Je veux laisser croire à Wimarc qu'il pourra me séduire sans beaucoup d'efforts.

Elle put aisément imaginer le regard noir qui allait avec l'exclamation étouffée de Finn.

— Etes-vous folle ? Je vous l'ai dit, c'est un homme dangereux !

Elle était déjà en danger ; quel risque supplémentaire prendrait-elle si elle pouvait jouer sur la vanité de Wimarc ?

— S'il pense qu'il peut me séduire, il va sûrement essayer de m'impressionner et, ce faisant, me dire des choses qu'il ne devrait pas dire, comme qui sont ses amis et alliés, ou qui est venu ici en visite récemment.

— C'est ce que vous espérez ? demanda Finn d'un ton sarcastique en s'allongeant.

— Oui. Vous n'avez tout de même pas pensé que j'aguichais un possible traître juste pour l'excitation ?

— Manifestement, j'ignorais ce que vous faisiez, puisque vous n'avez pas daigné me parler de ce plan avant maintenant ! Je ne lis pas dans les esprits, ma dame, et vous êtes censée être mon épouse.

— Est-ce pour cela que vous m'avez embrassée ?

— Naturellement.

— Ce n'était pas une tentative bien masculine d'assurer

votre autorité et votre possession de moi, une façon de dire à Wimarc que je vous appartiens ?

Comme il ne répondit pas, elle sut qu'elle avait vu juste.

— Par chance, votre jalousie joue en notre faveur.

— Je joue un rôle, ma dame, lui rappela-t-il, agacé.

— Comme moi. A présent, Wimarc croira qu'il y a des problèmes entre nous et qu'il sera donc plus facile de me séduire.

— Et s'il s'arrange pour vous trouver seule ? Que ferez-vous, alors ?

Elle répondit sans hésitation.

— Je le repousserai jusqu'à ce que nous trouvions ce que nous avons besoin de savoir.

— Et s'il se lasse de vos taquineries ? Messire Wimarc est un homme égoïste et avide, ma dame. Vous jouez avec le feu.

— Je ne suis pas une enfant, Finn. Nous avons besoin tous les deux de gagner sa confiance et nous le ferons chacun à sa façon. Vous devez lui faire croire que vous êtes mûr pour la trahison, et je dois lui faire croire que je suis mûre pour autre chose.

— Je ne veux pas que vous vous trouviez seule avec lui.

— Je ne veux pas que vous le soyez non plus. Vous n'avez pas été élevé comme un noble, alors vous pourriez commettre une erreur et le faire douter de notre histoire.

— Si vous avez de tels doutes, vous n'auriez pas dû venir ici.

— Trop tard maintenant, messire. Nous sommes ici et nous sommes mariés.

— Oui, répondit-il d'une voix sourde et douce. Et nous partageons un lit…

— Sauf que ce n'est pas pour de bon, rétorqua-t-elle en se glissant tout au bord du lit.

— Si nous avons un public ce soir, nous devons lui faire croire que nous le sommes bel et bien, dit-il en se mettant à sauter comme un enfant en train de jouer, ce qui fit grincer les cordes soutenant la paillasse. Gémissez comme si nous faisions l'amour, ordonna-t-il. Il faut espérer que si nous sommes surveillés, l'espion se rendra compte qu'il — ou elle — n'apprendra rien d'important cette nuit et s'en ira.

Priant qu'il ait raison, et se sentant ridicule, elle fit ce qu'il suggérait.

— Pas comme cela ! On dirait que vous allez être malade. Gémissez comme une femme qui fait l'amour.

— Je ne vois pas comment je le saurais ! répliqua-t-elle dans un murmure tendu.

Il y eut un moment de silence, puis les sauts cessèrent jusqu'à ce que Finn grogne doucement et se remette à sauter.

— Alors lâchez une plainte. Vous savez faire ?

Elle essaya.

— Pas mal…

— Ce n'est pas parce que je suis vierge que je suis complètement ignorante. Je n'ai pas été élevée dans un couvent. Et je revenais d'une noce quand nous avons été attaqués. A votre avis, de quoi parlent les femmes dans ce genre de fête ? Elles ne se contentent pas d'évoquer la dot, la robe ou le festin, je vous l'assure. Et j'ai vu…

— Quoi, vous avez regardé des gens faisant l'amour ?

Elle regretta d'avoir dit cela, mais il y avait une explication qu'elle se hâta de fournir.

— C'était par accident.

— Alors faites certains des bruits que vous avez

certainement entendus, et quand je vous taperai sur le bras, criez comme si je vous avais pincée.

Elle pouvait deviner ce que c'était censé indiquer, et si c'était ce qu'il fallait…

Il la frappa légèrement ; elle cria docilement, et lui fit entendre un grognement comme si elle lui avait donné un coup de poing dans l'estomac.

Un homme faisait-il vraiment ce bruit-là lorsqu'il… lorsqu'il… ?

Elle n'allait pas le demander et Dieu merci, il s'arrêta de sauter. Elle commençait à se sentir nauséeuse comme dans le chariot.

Il rit doucement dans le noir.

— C'était parfait, ma dame. Si je n'étais pas informé, je jurerais que votre époux vient de vous transporter au sommet de l'extase.

Le sommet de l'extase ? Voilà qui paraissait… fascinant. Et cependant…

— Je suppose que ce genre d'activité suffira pour cette nuit.

— Oh ! Oui, cela suffit. Encore un peu et je finirai par me blesser. Je vais rester où je suis, au bord du lit et sur les couvertures, en espérant que je ne tomberai pas.

Il pouvait penser que c'était amusant, mais pas elle.

— Vous le promettez ?

— Oui, vous avez ma parole.

Sa voix ressemblait au doux frôlement d'une fourrure sur sa peau.

— Et vous, ma dame ? Allez-vous promettre de ne pas me toucher ? J'ai besoin de dormir si je veux être d'aplomb demain matin.

— Evidemment ! répondit-elle d'un ton pincé, en se

mettant sur le côté pour lui tourner le dos. C'est vous qui m'embrassez toujours, pas moi!

— Et c'est vous qui me rendez toujours mes baisers.

— Sûrement pas!

Les cordes craquèrent de nouveau quand il bougea. Se rapprochait-il?

— Ah bon? Est-ce à dire que quand je vous embrasse, quelqu'un d'autre se glisse entre nous au dernier moment et prend votre place, puis disparaît avant que je n'ouvre les yeux? demanda-t-il, sa voix basse dans son oreille, son souffle chaud sur sa joue, comme s'il n'était qu'à quelques pouces.

— Je n'apprécie pas vos étreintes ou vos baisers.

— Non?

L'instant d'après, elle fut sur le dos et lui au-dessus d'elle, l'embrassant passionnément, avec toute l'ardeur qu'il lui avait montrée auparavant et même plus. Prise de court, elle se tortilla et gigota sous lui pour se dégager, mais il continua à l'embrasser, sa bouche l'amadouant, l'apaisant, jusqu'à ce qu'elle abandonne la lutte et se laisse aller au plaisir de ses lèvres, puis de sa langue souple.

Elle gémit doucement et ses bras l'enlacèrent. Elle savourait la sensation de son corps puissant contre le sien, transportée par son baiser qui la faisait se sentir tellement chérie et désirée.

Elle faillit lâcher une plainte de désarroi quand il s'écarta d'elle, puis retourna de l'autre côté du lit.

— C'est le genre de gémissement dont je voulais parler, déclara-t-il comme s'il discutait de l'état de sa selle. Bonne nuit, ma dame. Dormez bien et ne mentez jamais à un homme qui ment pour vivre.

Elle essaya de penser à une repartie intelligente et

piquante, quelque chose qui le ferait se sentir honteux ou embarrassé. Hélas, rien ne lui vint, alors elle serra les couvertures autour d'elle, roula sur le côté et se commanda de dormir.

Après avoir ôté ses habits et enfilé sa chemise de nuit, Wimarc vida son gobelet de vin, encore excité par ce qu'il venait de voir et d'entendre, caché dans le petit corridor.

Il avait fait faire ce judas d'espion pour s'assurer que son épouse ne prenne jamais un amant ; l'installation s'avérait avoir d'autres avantages maintenant, et tandis que ses sens continuaient à s'échauffer, il réfléchissait à la façon dont il pourrait utiliser ces deux invités, et leur hostilité apparente, à ses propres fins. Non pas qu'ils soient complètement aigris l'un contre l'autre. Pas à en juger par les bruits qui venaient de ce lit fermé.

Néanmoins, la femme était visiblement mûre pour l'adultère. Son époux l'irritait et elle n'était pas très appréciée de lui apparemment. Lui, en revanche, l'apprécierait certainement — au moins pour une nuit dans son lit. Et ensuite, craignant ce qui pourrait arriver si son époux l'apprenait, elle serait en son pouvoir.

Ce serait plaisant, à sa façon… Car les femmes désespérées étaient enclines à faire presque n'importe quoi, au lit ou en dehors.

En entendant frapper à la porte de sa chambre, il se leva et alla ouvrir, prenant son épée et sa dague. Ellie se tenait sur le seuil, balançant ses hanches séduisantes, une expression aguicheuse sur son joli visage.

Pensait-elle donc qu'il était un jeune garçon énamouré pour se soucier de tels jeux ? Cela aurait pu être amusant, cela dit, s'il n'était pas aussi impatient de satisfaire ses besoins charnels.

Il l'attrapa par le bras et la tira dans la pièce, fermant la porte derrière elle. Avant qu'elle ne puisse parler, il l'attira à lui et prit sa bouche avec un désir rapide et brutal. Son excitation atteignant un degré fiévreux, il la traîna au lit et la poussa dessus. Puis il releva ses jupes, et pénétra en elle, la prenant avec une force primitive, sans égard pour elle.

Comme toujours quand il prenait son plaisir, le seul visage qu'il voyait était celui d'Ephegenia, la femme qui avait méprisé ses avances juvéniles et s'était moquée de son affection. Le monde était égoïste, avait-elle dit, et il n'avait pas assez à donner.

Alors il lui avait donné quelque chose de son cru, afin qu'elle se souvienne de lui. Comme toujours, le souvenir de ses cris et de ses plaintes l'amena à l'orgasme.

Satisfait, il se retira. Sans un mot, ignorant la servante, il alla à la table sur laquelle se trouvaient une carafe de vin en argent et une timbale.

Pendant ce temps, Ellie rabattit ses jupes, arrangea son corselet et s'assit. S'il y avait des larmes dans ses yeux, elle les chassa d'un battement de cils, et dit avec cette même voix aguicheuse :

— Quelque chose vous a donné la fièvre, messire.

Il se versa un autre gobelet de vin et le but. Puis il marcha jusqu'au petit coffre sculpté à côté du lit et en tira une petite bourse. Il prit une seule pièce en argent et la jeta sur le lit à côté d'elle.

— Partez.

Elle prit la pièce et la glissa dans son corselet. Comme toujours, ses yeux brillaient de cupidité, mais cette fois il y avait autre chose, aussi : de la spéculation, et peut-être une pointe d'appréhension.

— Si j'étais jalouse, je penserais que c'est dame Helewyse et que vous espérez la séduire.

Il alla à grands pas au lit et la saisit à la gorge, fixant durement ses yeux effrayés.

— Ne présumez jamais de deviner mes plans !

Il la lâcha et elle retomba en arrière, haletante, une main sur son cou.

— Oui, mes… messire. Je ne le ferai plus. Plus jamais.

— Bien.

Il la jaugea d'un regard frais, l'étudiant comme il le ferait de n'importe quelle autre possession pouvant lui être utile, et pensant à un emploi possible.

— Messire Gilbert est un bel homme, n'est-ce pas ?

Ellie sourit, les lèvres tremblantes, essayant de l'apaiser — comme s'il se souciait d'elle le moins du monde —, puis elle glissa à bas du lit et vint à lui.

— Pas aussi beau que vous, messire, murmura-t-elle en se pressant contre lui, s'efforçant de regagner ce qu'elle croyait avoir perdu.

Pathétique créature ! Mais il ferait son jeu, si cela devait la rendre avide de lui obéir.

Alors il lui sourit et lui caressa la joue.

— Je suis navré si j'ai été un peu rude avec vous, Ellie. Nous vivons une époque dangereuse, et un homme doit être prudent avec ses plans.

— Vous pouvez vous fier à moi, messire, dit-elle en s'appuyant contre lui et en glissant une main dans sa robe de chambre pour caresser son torse.

Sa concupiscence était apaisée pour le moment, aussi cela ne le troubla pas. Quant à se fier à elle, il préférerait se fier à sa faible et stupide ribaude de mère. Ellie vendrait des informations pour tout ce qu'elle pourrait obtenir, à moins de penser qu'elle serait mieux récompensée si elle gardait le silence.

— J'aimerais que vous fassiez une chose pour moi, Ellie, une chose pour laquelle vous serez bien payée…

A ces mots, l'éclat de la cupidité s'alluma dans ses yeux bruns.

— Tout ce que vous voudrez, messire.

Il écarta ses doigts fureteurs.

— Pas cela — du moins pas avec moi. Je veux que vous séduisiez messire Gilbert.

Chapitre 11

— C'était autrefois le donjon, expliqua le lendemain Wimarc à Finn tandis qu'il ouvrait la porte donnant sur le niveau inférieur du bâtiment relié au nord à la grand-salle. Cet étage servait à entreposer des marchandises et à garder les prisonniers. Mais il ne comportait qu'une cellule, qui est maintenant la salle de garde.

Wimarc salua d'un signe de tête les deux hommes qui se trouvaient dans la petite pièce sombre, sans croisée, d'où l'on ne pouvait savoir s'il faisait jour ou nuit dehors.

C'étaient deux des hommes les plus laids que Finn avait jamais vus.

Mais ils n'étaient que deux.

La pièce sentait la sueur, l'urine et le sang, et des chaînes pendaient au mur du fond. Il y avait aussi une table de bois abîmée et un banc, et la lumière provenait d'une lampe à huile puante suspendue par une chaîne au plafond, ainsi que d'une torche fixée au mur à côté d'une autre porte.

— Uldun, nous descendons, dit Wimarc en prenant la torche dans son support.

Le plus grand et le plus laid des hommes, prenant l'anneau de lourdes clés en fer à sa ceinture, vint leur ouvrir.

Finn en profita pour étudier discrètement les clés, puis

la serrure dans laquelle Uldun en enfila une. Une grosse serrure, mais simple et facile à crocheter par quelqu'un qui savait s'y prendre.

La porte s'ouvrit et Wimarc passa devant Uldun pour ouvrir le chemin sur les marches humides et glissantes éclairées par d'autres torches à la poix qui crachotaient et sentaient mauvais.

L'enfer lui-même pouvait à peine être pire, pensa Finn consterné tandis qu'il suivait. Dire que Ryder était quelque part là en bas!

— C'est moi qui ai fait creuser ce niveau inférieur, dit Wimarc, visiblement fier de son idée. Je peux avoir jusqu'à cinquante prisonniers ici, plus s'ils se tiennent debout.

Comprimés dans des cellules comme du bétail attendant d'être abattu...

— Hélas, trop de brigands et de hors-la-loi écument les routes et les chemins ces temps-ci, comme votre charmante épouse et vous-même l'avez malheureusement découvert. Je fais de mon mieux pour garder mes terres sûres, mais par Dieu, ce n'est pas facile.

— Oui, il y a des vilains partout, agréa Finn en serrant les mains pour calmer leur tremblement de colère. Je suis surpris, messire, que vous ne pendiez pas simplement ces scélérats pour vous en débarrasser.

— Mais alors ils ne souffriraient pas, répondit Wimarc avec un calme qui retourna l'estomac de Finn.

Il avait vu pendre des hommes, et il n'y avait rien de miséricordieux dans cette mort atroce, surtout si le bourreau était un homme stupide qui calculait mal la longueur de la corde.

Ils atteignirent le niveau inférieur. De l'eau ruisselait

sur les murs en pierre et le froid sembla pénétrer Finn jusqu'à la moelle.

— Impressionnant..., mentit-il alors qu'un rat détalait le long du mur.

Wimarc vit l'animal et rit sans bruit.

— Quelquefois, les prisonniers essaient d'attraper les rats, mais ils réussissent rarement. J'imagine que les rats crus n'attirent que les plus désespérés.

— Oui, je suppose qu'il faut vraiment mourir de faim, répondit Finn en haussant la voix, espérant qu'elle porterait tout au bout du corridor bordé de portes afin que Ryder l'entende, s'il était encore en vie.

Levant une autre torche, il précéda Wimarc et passa lentement devant les cellules.

— Une belle réussite, dit-il en examinant le plafond. Vous avez dû avoir un maître maçon.

— Oui. Il n'était pas bon marché, mais cela en valait la peine.

— Il faut que vous me donniez son nom. J'ai besoin de faire certaines réparations à Fairbourne et je pense que je pourrais avoir l'usage de plus grands cachots, moi aussi.

— Gally ? Doux Jésus, c'est toi ?

La voix lui parvint faiblement à travers une épaisse porte sur sa droite. Seul Ryder l'avait jamais appelé « Gally ».

Son frère était vivant... Le ciel, les saints et les anges soient loués, Ryder était vivant !

Il eut envie de l'appeler. De le rassurer. Il aurait voulu prendre les clés sur-le-champ et le libérer. Tuer Wimarc et quiconque essaierait de l'arrêter... sauf qu'ils ne sortiraient jamais vivants de ce château s'il le faisait. Et il ne pouvait risquer la vie de Lizette, non plus.

A la place, il tourna les talons et rejoignit Wimarc.

— Très impressionnant, vraiment, mais j'avoue que la puanteur est assez insupportable.

— Oui, acquiesça Wimarc en remontant l'escalier. Malheureusement, il n'y a rien à faire contre cela.

Tandis que le seigneur de Werre continuait à monter, Finn s'arrêta sur la marche inférieure et regarda par-dessus son épaule. Il n'osait faire davantage, mais il n'était pas facile pour lui de laisser Ryder dans un pareil endroit.

« Bientôt », lui promit-il en silence. « Bientôt, je te ferai sortir d'ici. »

Dans sa cellule fétide, Ryder pressait son oreille contre la porte. Avait-il vraiment entendu la voix de Fingal, ou son esprit lui jouait-il des tours ?

On aurait tellement dit Fingal…

— Gally ? appela-t-il encore, guettant intensément cette voix familière, qui parlait avec l'accent de la noblesse.

Mais seul le silence lui répondit, un silence que seuls le ruissellement de l'eau sur les murs et les grattements des rats à proximité rompaient.

— Oh ! Mon Dieu, est-ce que je deviens fou ? chuchota-t-il en se laissant glisser à terre et en couvrant son visage sale de ses mains encore plus sales. Dieu me vienne en aide, je crois que je deviens fou !

— Ainsi, messire Wimarc n'a pas souvent d'invités ? demanda Lizette à Ellie tandis que la servante enfilait une aiguille.

Bien qu'elle n'aimât pas coudre, elle n'avait guère le choix — à moins de vouloir porter des cottes si serrées qu'elle avait du mal à respirer, et qui exposaient tant de sa personne que tous les hommes de la grand-salle la fixaient.

Elle avait certes besoin d'attirer l'attention de Wimarc, ne pouvait rien faire contre Finn, mais elle n'appréciait pas d'être en plus l'objet de la lubricité des mercenaires du seigneur de Werre.

— Pas souvent, non, ma dame. Votre invitation a été un grand honneur. Il doit vous tenir en haute estime, votre époux et vous.

— Comment, puisqu'il ne nous avait jamais rencontrés ?

— Il entend dire des choses, ma dame, et il a beaucoup d'amis. Des messagers vont et viennent tout le temps.

— Ah oui ? fit Lizette, mais l'attention d'Ellie était ailleurs.

— Voici votre époux, dit-elle en faisant un signe de tête vers l'entrée de la grand-salle. Et mon seigneur le suit…

Lizette mit sa couture de côté, pendant qu'Ellie lissait quasiment ses plumes à l'approche de Finn.

Finn lui avait à peine dit un mot tandis qu'ils s'habillaient, plus tôt dans le matin. Ne sachant pas trop quoi dire, ni si elle devait révéler combien elle était fatiguée après une nuit sans sommeil, ou presque, elle ne lui avait pas parlé non plus.

Feindre d'être son épouse et devoir partager son lit se révélait bien plus difficile qu'elle ne l'avait imaginé. Elle avait à peine fermé l'œil, bien trop consciente de son corps si près du sien légèrement vêtu, et plus encore de son propre désir qui devait être réprimé et le serait.

Wimarc s'approcha d'elle, fronçant les sourcils d'un air concerné voyant à quoi elle était occupée, ce qui écarta son attention de Finn et des souvenirs de la nuit précédente.

— Ma dame, je pensais que vous en auriez fini avec

cette tâche à cette heure, sinon j'aurais demandé à Ellie de vous épargner cette corvée!

— C'est ma faute, répondit-elle en lui souriant. Je ne suis pas une couturière zélée.

— Vous paraissez bien reposée, en tout cas, contrairement à votre époux. Je crains que la visite de mon château ne l'ait fatigué.

— Il a l'air las, en effet.

Avait-il passé une nuit blanche, comme elle?

— Peut-être que pendant que les serviteurs préparent la grand-salle et que votre époux se repose en haut, vous accepteriez de faire un petit tour du jardin de mon épouse avec moi?

Finn ouvrit la bouche pour parler, mais Lizette se leva et répondit avant qu'il ne puisse le faire à sa place.

— J'en serais enchantée...

Elle posa une main sur le bras de Wimarc.

— Faites donc une sieste jusqu'au souper, Gilbert...

Et sur cette recommandation, elle laissa Wimarc l'escorter hors de la grand-salle. Elle ne regarda pas en arrière, sinon elle aurait vu Ellie parler à Finn, ramasser sa couture et le suivre dans l'escalier.

Lizette se retrouva bientôt dans un jardin charmant, s'il n'était pas grand. Comme on était en septembre, il n'était plus très fleuri, mais des roses décoraient encore les murs et les treillis et quelques autres fleurs tardives coloraient les massifs qui bordaient une allée dallée de pierre. Un banc de bois se trouvait au centre, abrité par une tonnelle couverte de roses.

— C'est ravissant. Est-ce votre épouse qui a conçu cet

endroit ? s'enquit-elle sincèrement impressionnée, tout en se demandant si le jardin avait une autre sortie ou s'il y aurait un moyen pour eux de s'échapper sans être vu.

Peut-être pourraient-ils escalader le mur et atterrir… où donc ? Un coup d'œil rapide lui apprit que n'importe qui grimpant au mur serait aisément repéré par les gardes du chemin de ronde, en tout cas pendant la journée.

Mais de nuit, ce serait possible. Les treillis paraissaient trop fragiles pour servir d'échelle, mais le banc, peut-être…

— Non, ma dame, c'est moi qui l'ai conçu, répondit Wimarc. Roslynn s'intéresse peu à ce genre de chose. De fait, elle s'intéresse peu à tous les devoirs d'une épouse.

Il avait parlé sans déplaisir manifeste ou sous-entendu, mais Lizette ne put s'empêcher de se demander pourquoi il disait cela à moins de vouloir insinuer qu'il n'était pas heureux en ménage, et gagner ainsi sa sympathie comme un début de séduction.

— Mon époux pourrait dire la même chose de moi, dit-elle. Je trouve les devoirs domestiques ennuyeux.

Ce n'était pas complètement un mensonge. Elle trouvait bel et bien les tâches domestiques très fastidieuses, contrairement à Gillian qui semblait s'y épanouir. Elle préférait être seule, inventant des histoires pour passer le temps — des récits excitants de contrées exotiques, qui se terminaient toujours par son triomphe — victorieuse d'ennemis qui essayaient de l'emprisonner ou de lui faire du mal.

Maintenant, elle savait que ces fantaisies étaient bien plus plaisantes que la réalité, beaucoup plus dangereuse.

— Lorsqu'on est un lis des champs, on ne devrait pas avoir à se préoccuper de tâches rebutantes, concéda Wimarc, la voix soudain plus basse et plus profonde.

Il n'était pas très près d'elle. Il ne la touchait pas, mais elle éprouvait néanmoins un picotement d'inconfort dans le dos. Cela dit, elle n'allait pas fuir et gaspiller cette chance.

— Je suis surprise que vous ne soyez pas à la cour, dit-elle.

— Je doute que j'y serais le bienvenu !

— Oh ! Je suis sûre au contraire qu'un homme tel que vous serait très bien accueilli, par les dames, du moins.

— Il semble que je ne sois pas le seul capable de flatterie, observa Wimarc avec ironie tandis qu'il l'aidait à s'asseoir sur le banc.

Ce fut seulement lorsqu'elle fut assise et qu'il prit place à côté d'elle qu'elle constata comme ils étaient bien protégés par la tonnelle.

— Je préfère ne pas passer de temps avec notre auguste souverain, admit Wimarc.

— Je le comprends parfaitement.

— Vous n'aimez pas notre roi ?

— Est-ce que quelqu'un l'aime, à part ceux qu'il favorise si clairement et si injustement ?

Wimarc agita le doigt en guise d'avertissement.

— Prenez garde, ma dame, à qui vous dites ce genre de chose. Cela pourrait passer pour de la trahison.

Elle ouvrit de grands yeux qu'elle espérait effrayés.

— Vous ne le répéterez à personne, n'est-ce pas ? Je… je n'ai même pas dit ces choses-là à mon époux.

Elle passa une main sur son front.

— Je ne sais pas ce qui m'a pris !

Wimarc lui prit la main et la regarda dans les yeux.

— Peut-être craignez-vous qu'il ne partage pas vos sentiments ?

— Non, ce n'est pas cela ! Il déteste…

Elle se tut brusquement, comme si elle était affectée et en proie à la confusion, tandis qu'elle lui retirait sa main.

— C'est-à-dire… je ne pense pas qu'il me tancerait trop durement de critiquer le roi… mais…

Elle lui décocha un regard implorant.

— Il semble tellement plus facile de se confier à vous.

— Maintenant, je suis vraiment flatté, ma dame.

Elle se détendit un peu, ou du moins voulut-elle en donner l'impression.

— Je pense que si je vous posais des questions, vous me répondriez. Gilbert, lui, me traite comme une enfant et ne veut pas m'en dire beaucoup sur le roi ou les autres courtisans. Voyez-vous, juste avant notre départ pour venir chez vous, un marchand ambulant m'a dit que dame Adelaïde d'Averette s'était récemment mariée. J'ai questionné Gilbert à ce sujet, et il m'a répondu qu'il ne s'intéressait pas à qui épousait qui.

Wimarc rit doucement et se rapprocha un peu.

— Je puis satisfaire votre curiosité sur ce point. Dame Adelaïde s'est effectivement mariée il y a peu. Son époux est messire Armand de Boisbaston, un homme complètement loyal au roi.

Lizette joignit les mains et s'efforça de rester calme. Adelaïde était mariée. Vraiment mariée. A un homme loyal au roi. Un homme que ni Gillian ni elle n'avaient jamais rencontré, et cela après tout ce qu'elle avait dit sur l'honneur, le devoir, et le fait de tenir parole ! Adelaïde avait toujours paru croire que Lizette romprait leur promesse, mais en dépit de toutes ses admonestations, c'était elle qui l'avait fait.

— Peut-être que votre époux ne souhaitait pas parler de dame Adelaïde parce qu'il a lui-même voulu l'épouser, suggéra Wimarc en se rapprochant encore. Nul doute qu'il ne regrette plus cette perte à présent, même si je crains qu'il n'apprécie pas vraiment votre valeur. Une femme si belle, si désirable…

Elle se leva abruptement, comme si elle était affectée.

— Excusez-moi, messire. Je dois aller voir si Ellie en a fini avec cette cotte.

— A plus tard, alors, répondit Wimarc d'un ton lisse, en se levant et en s'inclinant tandis que dame Helewyse détalait devant lui comme un lapin apeuré.

Il suffisait de lui donner quelques jours, pensa-t-il avec satisfaction, et elle reviendrait en courant. Droit dans ses bras.

Lizette traversa le sol couvert de jonchées de la grand-salle, ignorant les quelques hommes qui attendaient déjà le souper et leurs regards curieux et lascifs.

Quelques chiens se dressèrent sur leurs pattes tandis qu'elle passait ; une fois qu'elle fut loin, ils retournèrent à leur place près de l'âtre. C'étaient quelques-uns des plus gros chiens qu'elle avait jamais vus, et plus d'un portait un collier clouté.

Prenant ses jupes à deux mains, un peu essoufflée à cause de son corselet trop serré, elle se hâta de gravir les marches et atteignit la porte de sa chambre, puis hésita en posant la main sur le loquet. Peut-être que Finn dormait.

Ce serait un soulagement. Elle n'avait pas envie de lui parler. Elle voulait être seule. Cesser de prétendre, ne fût-ce qu'un moment.

Elle ouvrit doucement la porte et vit que le lit était vide.

Peut-être était-il allé ailleurs, cherchant à en savoir

plus sur le château, y compris sur les façons d'en sortir, se dit-elle en ouvrant la porte plus grande et en pénétrant à l'intérieur.

Non, il était là, près de la fenêtre.

En train d'embrasser Ellie ! L'embrassant passionnément, la jeune femme pressée étroitement contre son corps puissant.

Comme il l'avait embrassée, elle, dans la cour !

La rage et la douleur bouillirent en elle. Quelle sotte stupide elle avait été ! Et quel gredin égoïste il était !

Elle fondit sur eux et tira brutalement Ellie en arrière.

— Sortez ! cria-t-elle à la servante médusée. Sortez tout de suite !

— Ma chère, commença Finn en écartant les mains d'un geste apaisant, avec une expression de candeur surprise sur le visage.

— Vous aussi, sortez ! Espèce de butor trompeur et adultère ! Espèce de chien en rut !

Seuls les yeux de Finn bougèrent tandis qu'il l'observait avec méfiance, comme si elle pouvait exploser ou passer par la fenêtre.

Elle devait avoir l'air — et la voix — d'une poissonnière jalouse, songea Lizette. Mais elle n'était pas jalouse. Elle ne pouvait pas l'être. Pas d'un voleur et d'une servante !

Après tout, il n'était pas véritablement son époux. S'il voulait embrasser une autre femme, s'il ne se souciait pas d'elle autant qu'elle le pensait, s'il ne l'avait embrassée dans la cour et dans cette chambre que pour mieux étayer leur ruse, elle n'avait pas à en être affectée.

Embarrassée et honteuse de son éclat, elle détourna les yeux. Son regard tomba alors sur la tapisserie et cela l'irrita de penser que quelqu'un pouvait les espionner en ce moment même.

Soudain, elle vit une solution pour mettre fin à cet espionnage éventuel, et aussi pour expliquer sa fureur, en sauvant sa fierté.

Avec un grondement de lionne, elle marcha vers le mur, attrapa la tapisserie, l'arracha et la jeta sur Finn avec une feinte rage de femme furieuse. De la poussière en vola. L'attrapant au passage, Finn éternua, puis jeta un coup d'œil au trou qu'elle avait ainsi exposé.

— Que regardez-vous ? demanda-t-elle.

Il parut confondu.

— Rien.

— Vous avez raison, ce n'est rien. Juste un peu de mortier qui manque. Mais vous le fixez plutôt que moi parce que vous avez trop honte pour regarder votre femme dans les yeux comme vous le devriez ! Eh bien, je vais vous faire me regarder !

Elle attrapa un linge sur la table de toilette et l'enfonça dans le trou, le bouchant. Mais elle n'avait pas encore fini. Elle alla d'un pas raide à la porte et l'ouvrit brusquement, pour voir l'ourlet de la jupe d'Ellie disparaître dans l'escalier. Ainsi, la servante avait écouté.

Lizette claqua la porte. Puis elle se tourna face à Finn, les mains sur les hanches, le visage triomphant comme si elle avait joué la comédie depuis son entrée dans la chambre.

— Maintenant, nous sommes seuls, dit-elle.

Chapitre 12

Finn se mit à rire doucement et jeta la tapisserie sur le fauteuil.

— Bien joué, ma dame!

— C'est ce que je pense aussi, répondit-elle en se forçant à paraître bien plus calme qu'elle ne l'était en réalité, de crainte qu'il ne mesure combien elle avait été perturbée en le voyant embrasser Ellie.

Elle s'assit à la table de toilette et se mit à défaire ses cheveux. Il n'y avait pas de miroir — l'épouse de Wimarc avait dû emporter avec elle un bien aussi coûteux — mais elle voulait avoir un prétexte pour ne pas lui faire face, tandis qu'ils parlaient.

— Je présume que vous espérez séduire Ellie afin qu'elle nous aide à nous échapper? Votre nouvelle dulcinée viendra-t-elle avec nous?

Il croisa les bras et s'appuya nonchalamment au montant du lit.

— Je fais juste ce que vous faites avec Wimarc. Si vous pouvez utiliser vos talents féminins pour obtenir des informations de lui, pourquoi ne puis-je embrasser une servante si je pense qu'elle me dira des choses utiles?

Elle se le représenta de nouveau embrassant la jeune fille.

— Nul doute qu'elle le fera avec beaucoup de flatteries.

Finn vint se placer à côté de la table, la mâchoire crispée par la tension.

— Prenez-vous plaisir à badiner avec Wimarc ?

— C'est une nécessité.

— J'ai jugé moi aussi que c'était une nécessité d'embrasser Ellie, même si je ne l'ai pas particulièrement apprécié. Il est évident qu'elle veut quelque chose de moi, de l'argent ou un autre genre de cadeau, peut-être. Il y avait plus de calcul que de passion dans son baiser.

Lizette refusa d'éprouver la moindre satisfaction en entendant cette réponse. Pas question !

Mais ses mains tremblaient lorsqu'elle reposa le peigne. Elle les noua alors sur ses genoux.

— Si vous voulez être avec elle, faites-le. Je ne m'en soucie pas — à partir du moment où cela n'interfère pas dans nos plans.

— Pensez-vous que je risquerais la vie de mon frère juste pour trousser une servante ? demanda-t-il, incrédule.

— J'ignore de quoi vous êtes capable ! riposta-t-elle, aussitôt honteuse de son accusation, mais trop fière pour la retirer. Et peu m'importe avec qui vous faites l'amour, tant que cela ne complique pas nos plans !

— Je garderai cela à l'esprit si jamais je décide que j'ai besoin de votre permission, répondit-il d'un ton sarcastique. Il se trouve que j'ai appris maintes choses importantes aujourd'hui. Ellie m'a dit qu'il y a plus de deux cents mercenaires dans ce château. Que Wimarc paye bien, avec de la nourriture et du vin autant qu'avec de l'argent. Et avec des femmes aussi, je suppose, car Ellie semblait tout à fait sûre que je serais ravi de ses attentions, bien que je sois marié. Et surtout, Ryder est vivant.

Lizette fut si soulagée de l'apprendre qu'elle en oublia instantanément sa colère et son désarroi. Elle se tourna sur le tabouret pour lui sourire.

— Oh ! J'en suis contente !

L'expression sévère de Finn s'adoucit un peu.

— Je serais plus heureux s'il y avait plus d'une entrée dans ces cachots, dit-il sombrement avant de se laisser choir dans un fauteuil et de passer une main dans ses cheveux. Par Dieu, c'est un endroit horrible ! Comme l'enfer lui-même. Et penser que Ryder est seul et affamé là-dedans…

Elle se leva et fit quelques pas lui, voulant le consoler, toucher son épaule ou lui caresser la joue pour lui montrer qu'il n'était pas seul dans son inquiétude, mais elle n'osa pas après ce qu'elle venait de lui dire et avec le lit si proche. Son cœur s'emballa et sa peau s'échauffa au souvenir de Finn pesant sur elle, et la tentant.

Il leva les yeux vers elle, et Dieu merci elle ne vit pas de colère dedans, seulement de la curiosité.

— Avez-vous de votre côté appris quelque chose d'utile de Wimarc pendant votre tête-à-tête dans le jardin ?

— Il a confirmé qu'Adelaïde a bien épousé messire Armand de Boisbaston. Il est clair aussi qu'il pense qu'Armand est complètement loyal à John. Vos suspicions concernant ses mobiles pour m'enlever étaient sans doute exactes.

Finn haussa légèrement son sourcil droit et un petit sourire joua sur ses lèvres.

— Ma dame se serait-elle trompée ? Le vil hors-la-loi savait peut-être quelque chose d'important, finalement ?

Bien sûr, qu'elle avait fait des erreurs ; elle n'était pas

parfaite, et il y avait eu assez de gens pour le lui dire toute sa vie sans qu'elle ait besoin qu'il s'y mette, lui aussi !

Elle retourna à la table de toilette, s'assit et reprit le peigne. Il se leva et s'approcha, mais elle continua à se coiffer à coups secs, détestant ses boucles, souhaitant avoir des cheveux raides comme Gillian. Souhaitant être aussi calme et détachée qu'Adelaïde. Souhaitant être chez elle.

— Qu'avez-vous appris d'autre, ma dame ?

— Juste qu'il n'y a aucun moyen de sortir du jardin sauf par la grand-salle, alors il ne nous servira pas. Même si nous pouvions escalader le mur, nous serions vus par les sentinelles.

— Et elles sont nombreuses, dit-il, la voix plus basse.

Elle essaya de l'ignorer, tout comme la chaleur qui se répandait dans son corps, le désir qui montait, le besoin de lui qui s'imposait.

Il lui prit le peigne des mains.

— Laissez-moi faire, vous allez le briser, dit-il, avant qu'elle ne puisse protester. Je sais que le mariage de votre sœur vous perturbe, mais je peux vous dire qu'elle aurait pu trouver plus mal qu'Armand de Boisbaston. La pire chose que je peux dire de lui, c'est qu'il est absolument loyal et prend son honneur trop au sérieux.

Elle devait le forcer à s'arrêter… Elle devait lui reprendre le peigne des mains, ou se lever, ou faire quelque chose d'autre que de rester assise, les yeux fermés, bercée et réconfortée par la sensation du peigne passant dans ses cheveux. Adelaïde avait l'habitude de la peigner quand elle était petite et de lui dire que tout irait bien.

— Tous les nobles ne sont pas chevaleresques, malgré les serments qu'ils prêtent, continua Finn. Mais Armand, lui, l'est — et mieux encore, il aime votre sœur comme peu d'hommes aiment leur épouse ou leur maîtresse, le cas échéant.

Elle ne voulait pas l'entendre parler d'amour, de mariage ou de maîtresses.

— Avez-vous déjà été amoureuse, Lizette ?

Il l'appelait Lizette ? De sa voix merveilleuse, profonde et lyrique…

Elle posa sa main sur la sienne pour arrêter son geste.

— Cela suffit, murmura-t-elle, espérant qu'il reposerait le peigne et s'écarterait d'elle.

Il ne le fit pas. Il laissa sa main où elle était, posée légèrement sur sa tête, chaude, forte et énergique.

— Je n'avais pas l'intention de vous troubler, ma dame. Mais parfois, je parle sans réfléchir.

Elle aussi, quelquefois. Mais elle devait réfléchir à présent — tout particulièrement à présent. Voulant lui dire d'arrêter, elle prit une grande inspiration et s'aperçut qu'elle avait fait craquer la couture de sa cotte de sous le bras jusqu'à la taille.

— Je l'ai abîmée ! s'écria-t-elle en se levant pour examiner les dégâts.

Cette robe n'était pas à elle, et elle l'avait saccagée.

— Dieu merci, dit-il en reposant le peigne sur la table. Portez de nouveau cette cotte et Wimarc pourrait être aveuglé à force de fixer votre poitrine. Comme la moitié de ses hommes d'ailleurs…

— Si je pensais que la vue de mes seins pouvait avoir cet effet, je me mettrais nue, marmonna-t-elle, son attention rivée davantage sur la robe que sur Finn en cet instant.

— Vraiment ? fit-il, la voix basse et rauque.

Il captait toute son attention, et bien qu'elle continuât à toucher la déchirure comme si elle se demandait comment la raccommoder, tout son corps s'embrasait d'une attente passionnée.

— Je ne suis pas sérieuse, naturellement.

— Bien…

Le ton était léger, mais il y avait dans sa voix une intonation qui le trahissait. Il pensait réellement ce qu'il disait, et lorsqu'il rit, son rire sonna faux.

— Sinon, je serais susceptible de me mettre en colère et de tirer mon épée pour les punir de regarder, et alors que deviendrions-nous ?

— Vous devrez simplement vous contrôler, répondit-elle dans un murmure.

— Peut-être que je ne le peux pas, rétorqua-t-il, et ses yeux semblaient poser une foule de questions.

Elle eut envie de répondre à chacune par « oui » tandis qu'il posait les mains sur ses épaules.

— Je pense que si vous deviez être honnête avec moi, ma dame, vous admettriez que vous appréciez mes baisers.

Elle ne résista pas — ne le put pas — lorsqu'il l'attira dans ses bras. Fermant les yeux, elle céda, se détendant contre lui, s'abandonnant au désir qu'il lui inspirait.

— Je pense que si vous étiez vraiment honnête, murmura-t-il, vous admettriez même que vous me voulez dans votre lit.

Il était allé trop loin et l'avait éveillée à un nouveau danger — sa propre faiblesse. C'était une chose de le convoiter, de soupeser le risque d'être son amante, mais alors que l'occasion se présentait, alors que le fantasme pouvait devenir réalité, elle sut que cela ne devait pas être. Il ne pouvait pas — ne devait pas — y avoir une telle intimité entre eux. Si elle cédait à son désir et se retrouvait enceinte, elle risquerait le scandale et la honte non seulement pour elle-même, mais pour Adelaïde et Gillian, et une telle chose n'était pas possible. Pas même pour être avec lui.

Elle devait donc s'assurer de ne pas être tentée. Elle devait donc s'assurer qu'il ne l'embrasse plus jamais, sauf si cela s'avérait nécessaire à leur comédie.

Alors elle se dégagea de son emprise et le regarda avec un air de froid dédain.

— Vous êtes beau d'une façon assez commune, je suppose, et vous vous exprimez bien pour un manant. Mais je ne pourrais jamais réellement vouloir un homme comme vous.

Finn la dévisagea avec incrédulité, et elle vit cette incrédulité se changer bien vite en colère et en mépris. A chaque battement de son cœur, elle se sentait plus mal et se détestait davantage, mais elle devait dire ce qu'elle avait dit. Elle devait tenir cet homme loin d'elle.

Finn la fixa quelques instants sans un mot, puis il tourna les talons et sortit d'un pas raide de la chambre.

Il fit claquer la porte derrière lui et descendit lourdement l'escalier. Maudite soit cette femme et maudite soit toute la noblesse, avec sa fierté et son arrogance, utilisant les paysans dans son propre intérêt, les traitant comme du fumier sous ses talons ! Le pire c'est qu'elle mentait ! Oh ! oui, elle mentait plus que le voleur le plus malhonnête d'Angleterre, car, quoi qu'elle en dise, dame Elisabeth d'Averette avait répondu à ses baisers avec davantage de ferveur que la comédie ne l'exigeait. Elle avait été aussi excitée que lui.

Il aurait dû se féliciter de cette rébellion supputée contre le roi. Que les nobles se tuent donc entre eux ! Sauf que si l'on en venait à une guerre, ce ne seraient pas les nobles qui souffriraient le plus. Ce seraient toujours les paysans et les fantassins qui verseraient leur sang, qui souffriraient, crèveraient de faim et mourraient, pendant que leurs chefs seraient simplement capturés puis libérés contre rançon.

Il avait besoin de dame Elizabeth jusqu'à ce qu'il puisse libérer son frère et quitter cet endroit. Mais il ne la toucherait plus, ruse ou pas, il en faisait le serment !

Et elle ferait mieux de trouver rapidement une autre cotte à mettre, quelque chose avec un col qui lui monterait jusqu'au menton. Il pouvait à peine penser quand elle portait cette robe rouge et or, et après la nuit qu'il venait de passer, il trouvait encore plus difficile de la voir ainsi vêtue, en se rappelant la sensation de son corps sous le sien. Il avait à peine fermé l'œil, redoutant de la toucher par inadvertance et d'être incapable ensuite de résister à l'envie de l'embrasser.

Dieu lui vienne en aide, il n'avait jamais autant convoité une femme de toute sa vie, et le fait qu'elle prétende être son épouse, qu'elle partage son lit, qu'elle soit si intime avec lui sans l'être, s'avérait bien plus ardu que d'être messire Gilbert de Fairbourne. Du moins cela l'avait été.

Mais ce serait diablement plus facile à présent !

Il entra à grands pas dans la grand-salle Et trouva Wimarc assis sur l'estrade à la table mise pour le souper.

La mâchoire de Finn se contracta tandis qu'il ralentissait le pas et considérait quel rôle il devait jouer. L'époux furieux ? Ce serait facile. Il *était* furieux.

Le mari méprisé et mené par le bout du nez ?

Pas si facile. Il ne s'inclinerait jamais devant une femme aussi arrogante que dame Elizabeth d'Averette, qui se jugeait tellement meilleure que lui et sans doute que n'importe quelle autre femme du royaume.

L'époux volage qui se montre fier de l'être, au moins avec d'autres hommes de même rang et de même position ? C'était préférable.

Mieux encore, il serait l'époux en colère parce qu'il avait été surpris sur le point de tromper sa femme, mais en réalité fier d'avoir presque séduit une servante. C'était une vanité courante chez les nobles de se croire irrésistibles.

— Vous paraissez affligé, messire, hasarda Wimarc tandis que Finn venait se poster près de lui devant la cheminée où un feu brûlait pour chasser la fraîcheur de la soirée d'automne.

— Je suis sûr que vous pouvez en deviner la cause, répondit Finn en s'appuyant d'un bras au manteau de la cheminée et en dessinant du pied le contour d'une dalle. Les cris de mon épouse ont sûrement été entendus jusque dans la cour. Et j'ai le regret de vous le dire, messire, elle a arraché la tapisserie du mur de la chambre.

— Par Dieu, quel tempérament enflammé ! dit Wimarc.

Puis il fit un signe négligent de la main.

— Peu importe la tapisserie. Elle peut être aisément replacée.

— Un morceau du mortier est tombé entre quelques pierres…

Sans montrer le moindre signe de trouble, Wimarc inclina la tête et soupira.

— Les femmes se fâchent si facilement. Elles devraient comprendre que les hommes ont leurs appétits, et qu'un petit badinage avec une servante est insignifiant.

— Oui, elles le devraient. Vous pourriez croire que

j'ai flétri notre lit conjugal lors de notre nuit de noces ! C'était juste un baiser.

— Et Ellie se laisse facilement persuader de donner un baiser, et souvent plus, fit remarquer Wimarc avec un clin d'œil. Mes nuits ici seraient très solitaires sans elle.

Finn regarda son hôte avec une feinte inquiétude.

— J'espère que je ne vous ai pas offensé, messire. Je ne me rendais pas compte que vous…

— Je suis plus que disposé à partager. Ellie n'est qu'une servante, après tout, même si elle est très douée. Toutefois, si je pouvais vous donner un conseil d'un homme marié à un autre, il vaut mieux que vous vous amusiez là où votre épouse n'est pas susceptible de vous découvrir.

— Je note pourtant qu'Ellie est ici.

Wimarc rit de cet étrange rire silencieux.

— Elle m'est simplement un confort occasionnel quand mon épouse n'est pas là. J'ai d'autres femmes ailleurs, quand Roslynn se trouve au château.

— Vous êtes un homme sage, messire, répondit Finn, apparemment admiratif. Si seulement je l'avais été moi-même !

Il poussa un gros soupir.

— Je crains que mon lit ne soit glacé pendant plusieurs jours.

Il aurait mieux valu qu'il ait été froid la nuit précédente. Alors il n'aurait peut-être pas cédé à l'envie de prendre Lizette dans ses bras aujourd'hui ; mais dans ce cas, il n'aurait pas eu connaissance de sa véritable nature pleine d'arrogance.

— Il n'a pas besoin de l'être, dit Wimarc. Excusez-vous, dites-lui que vous avez eu tort, offrez-lui une babiole et son cœur se radoucira vite.

— Faire des excuses ? A mon épouse ?

Les yeux de Wimarc brillèrent de ruse.

— Quel mal y a-t-il à jouer le pénitent, si cela vous ramène entre ses jambes ?

Ce disant, il ôta un petit anneau en argent de son annulaire droit.

— Donnez-lui ceci pour l'apaiser.

— C'est très généreux à vous, messire, dit Finn en glissant la bague dans sa ceinture. Je vous rembourserai.

Wimarc secoua la tête en souriant.

— Il n'est pas besoin d'échanger de l'argent entre amis. C'est un cadeau.

Vraisemblablement pas sans un prix caché, pensa Finn.

— Je vous remercie encore, messire. J'avais entendu dire que vous étiez généreux avec vos amis.

— En effet. Demain devrait être une belle journée, et mon veneur me dit qu'il a trouvé un bouge de sanglier. Une énorme bête, apparemment. Je pensais que nous pourrions organiser une battue. Aimeriez-vous vous joindre à moi ?

— Je ne pense pas, messire, répondit Finn. Je crois que je ferais mieux de passer la journée ici avec mon épouse.

Pour s'assurer qu'elle ne fasse pas quelque chose d'inattendu, ou pousse quelqu'un à douter de leur identité.

Et il devrait chercher plus d'informations sur la forteresse, notamment sur les façons d'en sortir sans être vu.

En outre, il n'était pas un grand chasseur, n'ayant jamais appris correctement à chasser contrairement à la plupart des nobles. Son inexpérience pourrait susciter des soupçons.

— Demandez-lui de nous accompagner, proposa Wimarc.

Il jeta un coup d'œil vers l'escalier.

— Elle arrive…

Finn se tourna pour regarder Lizette. Grâce à Dieu, elle portait une nouvelle cotte, celle qu'elle avait arrangée. Elle était marron clair avec des galons verts et une touche de rouge autour du cou et des poignets, et elle était doublée de vert plus foncé. Sa propre ceinture en cuir reposait sur ses hanches, et semblait faire ressortir la sensualité inconsciente de son allure quand elle marchait.

Malgré ce qu'elle lui avait dit et la rage qu'il en avait éprouvé, malgré sa propre résolution de ne plus jamais la toucher, il ne pouvait nier qu'elle était la femme la plus désirable qu'il ait jamais rencontrée.

Malheureusement, son charme n'était pas seulement physique ; elle aurait été plus facile à ignorer si c'était le cas. Il voulait mieux connaître son esprit fougueux, savoir comment elle pouvait être à la fois hardie, déterminée et timide — car elle avait certainement été timide quand ils étaient dans le lit.

Il se dit que la tension de prétendre être son époux, de savoir que Ryder était si près et en train de souffrir, d'être dans ce terrible endroit avec cette bande de vauriens et leur maître lascif, devait lui troubler le cerveau.

Wimarc se pencha un peu plus près et murmura :

— Je serai votre ambassadeur ce soir. Laissez-moi calmer un peu sa colère, puis vous lui donnerez la bague quand vous serez seuls. Je suis sûr que cela la mettra d'une humeur indulgente et généreuse.

— Une excellente suggestion, répondit Finn, même si dans son cœur, il tressaillait d'inconfort.

Quel que soit leur plan, il ne voulait pas que Wimarc s'approche de Lizette.

Aussi ne fut-il pas content en voyant le seigneur aller vers elle, tout charme et sourire.

— Bonsoir, ma dame… Vous avez l'air de la déesse de la saison, nous permettant à nous, simples mortels, de goûter votre beauté avant l'arrivée du rude hiver.

— Merci, messire, répondit-elle en lançant un coup d'œil espiègle à Finn.

Elle pouvait le regarder comme elle voulait, il n'oublierait jamais ce qu'elle lui avait dit. Il ne bougea pas lorsqu'ils montèrent sur l'estrade.

— Messire Wimarc prévoit de chasser le sanglier demain, dit-il. Il nous a demandé de l'accompagner.

— Plus gracieusement que cela, j'en suis sûre, répondit Lizette avec une trace de déplaisir, avant de décocher un sourire attristé à Wimarc. Hélas, messire, je ne goûte pas la vue du sang.

— Alors nous n'irons pas, déclara galamment le seigneur des lieux.

— Mais non, je vous en prie ! s'écria Lizette, ses beaux yeux s'élargissant de consternation. Je ne veux pas vous priver de votre distraction.

Elle porta son regard sur Finn.

— Je pense que le grand air et la compagnie d'un gentilhomme de si grande qualité feront du bien à mon époux.

— Alors c'est réglé, dit vivement Wimarc, essayant visiblement d'empêcher une autre querelle publique. Nous, les hommes, nous irons chasser, bien que je n'aime guère vous laisser sans personne pour vous distraire, ma dame.

— Contrairement à certaines personnes, je peux me divertir moi-même, rétorqua-t-elle en lançant à Finn un regard qui, s'il avait été de feu, l'aurait carbonisé.

— Vous aurez droit au meilleur morceau du sanglier, promit le seigneur. A présent, soupons-nous ? Je ne peux vous promettre quelque chose d'aussi bon que du sanglier ce soir, mais j'espère que la nourriture vous plaira.

— J'en suis sûre, lui assura Lizette en le laissant la conduire à sa chaise.

Et en ignorant complètement Finn.

Ne prêtant aucune attention à l'expression de mépris furieux peinte sur le visage de messire Gilbert, Garreth tâta le noble pour chercher des armes cachées. A côté de lui, Keldra rougissait comme la robe d'un cardinal pendant qu'elle faisait la même chose à dame Helewyse qui se tenait aussi droite qu'une statue, un air de fierté outragée sur son joli visage. Les prisonniers étaient à peine vêtus — la dame dans sa chemise, les bras noués autour d'elle, le seigneur dans ses chausses — et tous deux pieds nus, frissonnant malgré les braises ardentes assemblées dans un cercle de pierres au milieu de la hutte.

— Je suis désolée, ma dame, murmura Keldra. Garreth dit que nous devons nous assurer que vous n'avez pas fait une arme d'un bâton ou d'un bout de bois.

— Vous avez l'intention de nous soumettre à cette indignité chaque jour de notre captivité ? demanda messire Gilbert.

— Oui, messire, répondit Garreth sans la moindre contrition. J'ai vu ce que certains hommes peuvent faire avec un bâton pointu, et je ne veux pas prendre de risque.

— Vous pourriez au moins accorder un peu d'intimité à mon épouse.

Garreth termina sa tâche avec un grand sourire.

— Elle n'a rien que je n'aie pas déjà vu, messire.

La rougeur de Keldra s'accrut tandis qu'elle allait à la porte et attendait qu'il la rejoigne.

— Si vous voulez vivre, vous devriez nous laisser partir, déclara le noble.

— Je ne peux pas, messire. Pas alors que la vie de Finn en dépend.

— Votre vie ne vaudra rien si vous ne le faites pas, car je vous assure que vous allez être trouvé et…

— Oui, pendu comme voleur, je sais, répondit Garreth. Ce sort m'a guetté toute ma vie, alors vous pouvez aussi bien économiser votre souffle.

Il attendit que Keldra sorte tandis que dame Helewyse se jetait dans les bras de son époux avec un sanglot.

— Vous n'avez pas besoin d'être aussi rude, lui reprocha la jeune fille quand il eut replacé le lourd bâton contre la porte et qu'ils rejoignirent le feu.

Des nuages noirs se formaient dans le ciel et la pluie menaçait, mais ce n'était rien comparé à l'orage qui couvait dans ses yeux.

— Pourquoi ne puis-je pas fouiller la dame seule ?

Garreth donna un coup de pied dans une bûche qui dépassait du feu, l'expédiant dans les flammes.

— Parce que c'est trop risqué.

— Vous pourriez emmener messire Gilbert dehors, alors. L'attacher d'abord, bien sûr, pour qu'il ne s'échappe pas, et ensuite je pourrais fouiller dame Helewyse sans que vous regardiez — à moins que vous n'y preniez plaisir ?

Le froncement de sourcils de Garreth s'accentua tandis qu'il jetait un regard noir à Keldra, serrant les poings.

— C'est nécessaire ! Ils projettent probablement de

s'évader en ce moment même ; c'est en tout cas ce que je ferais si j'étais à leur place.

— Eh bien vous n'y êtes pas, et manifestement vous ne comprenez pas une gente dame ! Pauvre dame Helewyse…

— Elle a eu des serviteurs pour s'occuper d'elle toute sa vie. Je suis sûr que je ne suis pas le premier à la voir dans ses dessous.

— Mais vous pourriez être le premier homme à part son époux ! répliqua Keldra. Qu'est-ce qui ne va pas dans ma façon de faire ? Ou est-ce juste ma façon de faire, précisément ? Ou bien craignez-vous que messire Gilbert ne vous échappe ?

Garreth croisa les bras et fit porter tout son poids sur une jambe, comme Finn le faisait souvent.

— D'accord, on le fera à votre façon à partir de maintenant.

— Bien…

Visiblement satisfaite, Keldra se pencha pour remuer le ragoût de lapin dans la marmite. Garreth se laissa choir sur une bûche, fronçant les sourcils tandis qu'il prenait un bâton et faisait des dessins dans la terre.

Keldra ralentit son geste, puis l'arrêta et lui jeta un coup d'œil.

— Pensez-vous qu'ils vont bien ?

Elle n'avait pas besoin de préciser de qui elle parlait.

— Bien sûr, marmonna Garreth, les yeux fixés sur son dessin comme s'il en considérait la qualité artistique. Finn peut faire tout ce qu'il décide.

— C'est pour cela qu'il n'est qu'un voleur ?

Garreth bondit sur ses pieds.

— Il est le meilleur des voleurs !

Keldra pinça les lèvres et se remit à remuer le ragoût.

— Entendu, dame Jamais-Contente, demain j'irai au village et je verrai si je peux apprendre quelque chose sur des visiteurs au château de Werre, si cela peut vous faïre plaisir.

Keldra se redressa, mais il n'y avait pas de gratitude dans son expression.

— Sage décision. Nous devons découvrir si le plan a échoué.

— Je suis sûr qu'il n'a pas échoué.

— J'espère que vous avez raison, dit-elle avec plus d'espoir que de colère tandis qu'elle continuait à remuer leur repas.

Il l'observa un moment, s'efforçant de ne pas remarquer la grâce de ses mouvements, ou de ne pas penser à ses brillants yeux verts.

Il n'allait certainement pas lui dire qu'il avait déjà envisagé d'aller au village parce que, malgré sa foi en Finn, il était inquiet, lui aussi.

Chapitre 13

Messire Wimarc n'avait peut-être pas de sanglier sur sa table ce soir-là, mais il s'y trouvait néanmoins une foule d'excellents mets : du gibier, du mouton, de la carpe, des anguilles frites, du saumon d'Ecosse, un potage aux poireaux et aux boulettes de pâte, un bon pudding et des fruits cuits.

Si Lizette n'avait pas été aussi perturbée, elle aurait mangé jusqu'à en éclater, car jamais à Averette ou ailleurs elle n'avait savouré une telle chère, ni vu servir une telle variété de plats. Mais elle était perturbée, tant par le rôle qu'elle jouait, même si c'était de sa propre volonté, que par le souci d'avoir si clairement blessé et offensé Finn par ses paroles.

Tandis que le souper avançait et que Wimarc faisait de son mieux pour la charmer, Finn restait assis en silence à côté d'elle, mangeant, buvant et ne parlant que rarement, ce qui ne l'aidait pas à chasser son malaise.

Mais à quoi d'autre pouvait-elle s'attendre après ce qu'elle lui avait dit ?

Elle avait prononcé ces mots horribles pour l'inciter à garder avec elle une distance nécessaire, et faire ainsi en sorte que son propre désir pour lui ne devienne profond au point qu'elle en oublie qui ils étaient, ce qu'ils étaient, et qu'elle s'abandonne aux aspirations passionnées qu'il lui inspirait.

En dépit de son désarroi très réel, elle tira cependant un peu de réconfort du fait qu'Ellie ne s'approchait pas de l'estrade.

Tandis que les serviteurs ôtaient les restes du repas, Wimarc frappa dans ses mains, et deux jongleurs entrèrent dans la grand-salle par le couloir de la cuisine. Ils étaient grands, avaient la peau sombre — des Gitans, probablement, ces voyageurs itinérants qui se déplaçaient en tribus, disant ici et là la bonne aventure, jouant de la musique, dansant et distrayant ceux qui les payaient.

— J'ai pensé que quelque amusement nous ferait du bien à tous ce soir, commenta leur hôte.

— Une distraction bienvenue, approuva Lizette.

Après s'être inclinés devant le seigneur du château, les saltimbanques commencèrent leur numéro, lançant des bâtons dans une frénésie de mouvements trop rapides à suivre à l'œil nu.

Lizette applaudit le numéro ; les convives poussèrent des vivats et tapèrent des pieds pour montrer leur approbation, puis s'exclamèrent quand les jongleurs remplacèrent les bâtons par des couteaux. Lizette retint son souffle, craignant qu'un des couteaux ne retombe sur le lanceur.

— Inutile d'avoir peur, Helewyse, dit Finn d'un air supérieur. Je suis sûr qu'ils savent ce qu'ils font. Les hommes comme eux apprennent leur art au berceau.

— Votre époux a raison, approuva Wimarc en lui dédiant un nouveau sourire. J'ai déjà vu ces hommes, et ils sont très bons. Attendez qu'ils sortent les haches…

« Des haches » ?

— Si vous voulez m'excuser, je reviens tout de suite, déclara Finn. Ce vin m'a traversé jusqu'aux reins !

Ce n'était pas la première fois qu'il quittait la grand-salle ce soir-là, et comme les fois précédentes, Lizette chercha instinctivement du regard Ellie, qui était assise sur les genoux d'un énorme individu aux cheveux courts et à qui il manquait l'oreille droite. Elle n'aurait pas dû se sentir aussi soulagée de constater que la jeune fille se tenait dans la pièce alors que Finn était sorti, mais elle l'était quand même. Comme précédemment.

— Ne craignez rien, ma dame, lui assura doucement Wimarc. J'ai interdit à Ellie de s'approcher de votre époux sous peine d'être marquée au fer rouge.

Lizette ne fut pas heureuse d'entendre cela. Voir Ellie avec Finn l'avait froissée, certes, mais la jeune femme n'en méritait pas pour autant une punition aussi cruelle.

— J'ai pensé que la douleur encourue devait être à la hauteur de la contrariété qu'elle a pu vous causer aujourd'hui.

— Ne pourriez-vous pas simplement la faire partir jusqu'à ce que nous rentrions chez nous ?

Wimarc la regarda comme si elle était une enfant qui ne comprenait pas les règles d'un jeu.

— Dans la mesure où elle garde ses distances avec votre époux, je ne pense pas que mes hommes doivent perdre leur jouet.

Nul doute que c'était tout ce que les femmes étaient pour lui-même, des jouets à renvoyer lorsqu'il se lassait d'elles. En cela, il n'était pas différent de la plupart des hommes pour qui les femmes étaient des jouets, du bétail, ou des mères potentielles pour leurs héritiers. Des amusements, des outils ou des monnaies d'échange, toutes quasiment interchangeables.

Beaucoup des soupirants éconduits d'Adelaïde s'étaient montrés de tels hommes, changeant de cible et passant de l'aînée aux cadettes quand leur cour s'avérait infructueuse. Par bonheur, leur père avait été formel : sa fille aînée devait se marier la première, et bien, pour établir un précédent.

Lizette n'avait pas eu de scrupules à taquiner ces prétendants et à feindre d'être flattée par leurs attentions, habile à deviner leurs vraies intentions.

— Très bien, messire, répondit-elle enfin. C'est votre maison, après tout, pas la mienne.

— Voilà que je vous ai contrariée, dit Wimarc avec toute l'apparence d'une vraie consternation. Si vous préférez vraiment que je renvoie cette fille, ma dame, je le ferai.

Lizette fut très tentée d'accepter, sauf que Finn avait raison : Ellie pouvait être en mesure de les aider, ou de leur fournir des informations utiles.

Alors elle dédia un sourire mélancolique à Wimarc et secoua la tête.

— Non, ce ne sera pas nécessaire. Je suis navrée d'avoir fait tant d'histoires. Je sais que les hommes ont leurs besoins et les nobles ne sont pas différents, mais je ne m'attendais pas à trouver… à voir…

Elle porta sa serviette à ses yeux comme pour essuyer une larme.

— Nous sommes mariés depuis peu et je pensais que Gilbert se satisferait de moi au moins un certain temps avant… avant…

Wimarc posa une main sur son genou.

— Si cela peut vous consoler, ma dame, je commence

à penser que votre époux est un grand sot, d'avoir un tel joyau et de rechercher à la place un morceau de charbon.

Sa main remonta un peu sur sa cuisse et la rougeur de Lizette, son anxiété, ne furent pas entièrement feintes.

— Messire, de grâce ! Ce n'est pas parce que mon époux est prompt à rompre les vœux de notre mariage…

— Je ne songeais pas à mal, ma dame, s'empressa de lui assurer Wimarc en ôtant sa main. Je me suis oublié. Mais vous voir si affligée, et pour une telle cause…

— Toujours pas de haches ?

Tous deux sursautèrent et levèrent les yeux vers Finn qui se rassit. Lizette n'avait pas de raison de se sentir fautive ni de rougir, mais elle le fit quand même. Wimarc, lui, resta détaché comme à son habitude.

— Non, toujours pas de haches, répondit-il. Eh, vous, Jacapo ! cria-t-il à l'un des jongleurs.

Tous deux rattrapèrent leurs couteaux et le regardèrent d'un air d'attente.

— Montrez donc à nos invités comment vous lancez les haches.

Wimarc se leva et Finn de même, tandis que les saltimbanques allaient à une grande caisse de bois près du corridor.

— Vous devriez voir cette démonstration de près, messire.

Tandis que les mercenaires assis à proximité reculaient leurs bancs et parlaient entre eux avec excitation, Wimarc conduisit Finn au milieu de la grand-salle. Les autres savaient visiblement à quoi s'attendre, et Lizette comprit que des paris étaient lancés.

Le jongleur nommé Jacapo sortit deux grandes haches dont la lame brillait à la lumière des torches — des haches suffisamment aiguisées pour fendre la tête d'un homme en deux.

La peur s'empara d'elle et elle se leva à moitié.

— Messire!

— N'ayez pas peur, ma dame, dit Wimarc. Jacapo et son frère sont très bons. Aucun mal ne sera fait à votre époux.

Il s'adressa à Finn.

— Tenez-vous au centre, messire. Faites-moi confiance, ils ne manqueront pas leur but.

— J'espère sincèrement que non, dit Finn en faisant ce qu'on lui disait.

— Gardez les bras sur les côtés, lui indiqua Jacapo tandis que son frère sortait deux autres haches et que Wimarc retournait sur l'estrade. Restez bien droit et ne bougez pas, messire…

— Messire! protesta de nouveau Lizette en s'adressant à leur hôte, soudain inquiète qu'il s'agisse d'un stratagème de ce dernier pour blesser ou même tuer Finn.

Le seigneur avait pu deviner d'une manière ou d'une autre qu'ils le dupaient et décider de mettre fin à la ruse d'une façon cruelle et sanglante.

— De grâce, ne faites pas cela!

Finn croisa les bras et haussa les sourcils.

— Quoi, vous vous inquiétez, ma dame? Après la façon dont vous m'avez parlé cet après-midi, j'aurais pensé que vous seriez heureuse, plutôt, si l'une de ces haches allait de travers et faisait de vous une veuve.

Ruse ou non, il n'avait pas besoin de faire quelque chose d'aussi intrépide. Si quoi que ce soit lui arrivait…

— Non, messire, je ne le serais pas.

— Alors venez et donnez-moi un baiser pour me porter chance.

Vraiment inquiète qu'il n'ait pas envisagé que cela puisse être une manigance diabolique de Wimarc, elle se leva aussitôt et se hâta vers lui. Se jetant dans ses bras, elle le regarda dans les yeux et chuchota :

— Prenez garde ! Ce pourrait bien être fait pour vous blesser !

Puis elle l'embrassa. Passionnément. Avec ferveur. De façon possessive. Comme s'ils n'étaient pas dans la grand-salle de messire Wimarc, mais dans leur chambre. Comme s'ils ne prétendaient pas être mari et femme, mais l'étaient véritablement. Elle souhaitait ainsi lui faire savoir qu'elle regrettait ses paroles et la blessure qu'elle lui avait portée, et qu'elle était terrifiée à l'idée qu'il puisse être tué sous ses yeux.

Lorsqu'elle s'écarta, Finn respirait fort et ses yeux emplis de confusion scrutèrent son visage.

— Dieu me garde, femme, murmura-t-il. Que faites-vous là ?

— Je vous souhaite bonne chance, et j'espère sincèrement ne pas vous dire adieu !

Ce fut tout ce qu'elle se sentit capable de dire avant de regagner l'estrade.

Lorsqu'elle reprit sa chaise, et alors seulement, elle s'avisa que Wimarc l'observait avec attention.

— Je vois qu'embrasser votre époux met une étincelle dans vos yeux, dit-il doucement. Si je pouvais en faire autant !

Nouant ses doigts sur ses genoux, elle ne répondit pas et regarda Jacapo lever le bras et lancer sa hache.

Droit vers la tête de Finn.

Elle n'eut même pas le temps de crier que la lame le manquait de peu. Puis une autre passa près de son bras avant qu'elle ne puisse retrouver son souffle.

Près d'elle, Wimarc eut un gloussement sourd et moqueur.

— Vous voyez, ma dame ? Inutile de paniquer.

— Trouvez-vous ma peur amusante, messire ?

— Je voulais simplement vous assurer de nouveau que ce n'est qu'un jeu.

— Ce n'est pas un jeu que j'apprécie ! rétorqua-t-elle tandis que les haches continuaient à voler de part et d'autre de Finn, qui se tenait immobile comme une statue.

Ce fut seulement lorsqu'elle vit l'expression légèrement irritée du seigneur qu'elle se rappela le rôle qu'elle était censée jouer. Elle se détourna aussitôt et renifla, comme si elle s'efforçait de ne pas pleurer, pendant qu'elle gardait son attention rivée sur Finn.

Les haches allèrent encore plus vite, de plus en plus vite même. Et les hommes dans la grand-salle s'excitaient de plus en plus, tandis que le cœur de Lizette résonnait fortement à ses oreilles. A quelle vitesse encore plus grande Jacapo et son frère pouvaient-ils lancer leurs haches ? De combien pouvaient-ils encore se rapprocher de Finn sans le blesser ?

Enfin, sous les vivats des spectateurs, ils s'arrêtèrent. Elle prit une grande inspiration, soulagée, et sentit de nouveau la main ennuyeuse et malvenue de messire Wimarc sur son genou.

— J'espère que vous ne m'en voulez pas, ma dame ? lui demanda-t-il comme s'il s'inquiétait.

Elle se tourna vers lui et s'arrangea pour plaquer un petit sourire contrit sur ses lèvres. Les mots l'étouffèrent presque, mais si elle devait l'apaiser, elle le ferait.

— Pas du tout, messire. Comme vous le disiez, je me suis fait du souci pour rien…

Iain avait l'impression que chaque os de son corps était cassé, que chaque muscle, chaque tendon était arraché, mais les sensations étaient cependant différentes d'auparavant. Il avait chaud, à présent, il était au sec et dormait sur une surface moelleuse. Et l'air sentait la lavande. Ou peut-être étaient-ce les draps qui embaumaient ainsi.

Il y avait une autre odeur, aussi. Médicinale.

Il était peut-être dans un couvent ou dans un hospice, et des moines le soignaient. D'une manière quelconque, il était monté sur ce cheval et avait chevauché assez loin pour trouver de l'aide.

Peut-être que Lizette était ici.

Ranimé par cet espoir, il ouvrit les yeux et cligna des paupières à la lumière d'une chandelle qui gouttait près de son lit. Malgré la douleur, il tenta de s'asseoir.

Deux mains se pressèrent alors sur ses épaules et le forcèrent gentiment à se recoucher.

— Vous ne devez pas, messire! ordonna doucement une voix féminine. De grâce, vous êtes gravement blessé et avez besoin de vous reposer.

Puis un visage apparut au-dessus de lui — un visage de femme, ordinaire et soucieux, avec des yeux bleus pleins de douceur et de compassion.

— Vous devez rester allongé et vous reposer, dit-elle encore, la voix apaisante et suave, comme de la musique.

Il devait lui dire qui il était, et faire envoyer un message à Averette informant de l'attaque de leur cortège et de la disparition d'Elisabeth.

— N'essayez pas de parler, le mit en garde la femme tandis qu'elle tendait la main vers quelque chose. Votre gorge est encore un peu enflée. Heureusement, votre gorgerin vous a sauvé la vie. Je suis dame Jane de Sheddlesby et vous êtes dans mon manoir, où vous serez en sécurité quels que soient les gens qui vont ont attaqué. Maintenant, j'ai quelque chose à vous faire boire. Ce remède n'a pas très bon goût, mais frère Wilbur est certain qu'il vous fera du bien.

Elle lui décocha un sourire chaleureux et encourageant, d'une sorte qu'il n'avait pas vu depuis… Un sourire comme on ne lui avait jamais adressé, pas même lorsqu'il était enfant.

Mais elle ne comprenait pas la situation… Elle ignorait pourquoi il devait se lever, ce qu'il devait faire, ce que son devoir exigeait… Il devait retrouver Lizette, ou du moins apprendre ce qui lui était arrivé. Puis il rentrerait à Averette, soit avec la jeune femme, soit pour informer ses pauvres sœurs de l'attaque et quérir de l'aide pour les recherches.

— De grâce, ma dame…

— Si vous devez parler, et je vois à l'expression de vos yeux que vous le ferez quoi que je dise, attendez au moins d'avoir pris le remède de frère Wilbur.

Elle ne lui laissa pas une chance de discuter. Elle lui appuya la tête contre sa poitrine et le força pratiquement à avaler la potion. Il en aurait eu un haut-le-cœur et l'aurait recrachée si son emprise n'avait pas été si étonnamment forte.

Elle l'aida ensuite à se rallonger et posa la timbale en cuivre quelque part près du lit. Puis, croisant les mains sur ses genoux, elle le regarda avec un sourire empreint de curiosité.

— Là… Maintenant, vous pouvez me dire ce qui est si important que cela ne peut attendre.

Elle n'était pas jolie, du moins pas d'une manière susceptible de plaire à la majorité des hommes. Mais il avait assez vu de beauté en son temps pour savoir qu'elle était fugace. Il y avait de la force dans le visage de dame Jane. Oui, de la force et de la patience… Elle avait connu la souffrance, comme lui. Elle avait appris à vivre avec, à s'en arranger et à la dominer. Comme lui.

Néanmoins, son devoir était avant tout envers les dames d'Averette.

— Je suis Iain Mac Kendren, le commandant de la garnison d'Averette.

— Averette ! s'exclama Jane avec ardeur, en se penchant en avant. Le domaine de dame Adelaïde ? Je l'ai rencontrée à la cour du roi.

Ses joues rosirent.

— C'est une bonne amie.

Iain fut heureux de l'entendre, même si cela augmentait sa culpabilité d'avoir failli à protéger Lizette. A présent, dame Jane apprendrait cet échec, elle aussi. Mais il ne lui vint pas à l'idée, dans sa tête d'honnête homme, de lui dire autre chose que la vérité.

— Je ramenais sa plus jeune sœur à Averette lorsque nous avons été attaqués.

Les yeux de dame Jane s'arrondirent d'effroi, et elle porta une main à sa poitrine.

— Elizabeth ?

— Oui. Elle a été enlevée. Je dois prévenir Averette et dame Adelaïde.

Jane bondit sur ses pieds.

— Bien sûr ! Je vais envoyer un message tout de suite.

Et à la cour aussi, si Adelaïde s'y trouve toujours. Gillian sera à Averette, c'est certain. Adelaïde dit qu'elle n'en part jamais. Je vais leur écrire à toutes les deux et…

— Ma dame!

Elle était à mi-chemin de la porte quand elle s'arrêta et se retourna.

— Oui?

— Je voudrais commencer les recherches d'ici.

Elle revint au lit en courant et s'agenouilla de sorte que ses yeux soient à la hauteur de ceux d'Iain. Elle lui prit la main, et il put lire une inquiétude sincère gravée sur chacun de ses traits.

— Bien sûr!

Son regard exprimait une résolution qui rappela à Iain les dames d'Averette.

— Mais pas aujourd'hui. Vous êtes encore trop faible. Je parlerai au frère Wilbur et lui demanderai quand vous pourrez remonter à cheval.

Son expression sévère fit place à un sourire plein d'espoir et de sympathie.

— Peut-être que dame Elizabeth s'est échappée et qu'elle est saine et sauve quelque part. Peut-être même qu'elle est à Averette et s'inquiète pour vous. Je vais envoyer un message immédiatement. Vous aurez toute l'aide qu'il vous faudra pour la retrouver si elle est vraiment perdue.

Elle rougit et baissa les yeux, si bien que ses cils sombres caressèrent ses joues.

— Mais vous devez être prudent, Iain Mac Kendren. Je ne voudrais pas que vous retombiez malade.

Submergé de gratitude, il porta sa main à ses lèvres et pressa un baiser dessus.

— Merci, ma dame. Merci!

— *Ooooh, je l'ai embrassée ici et là et puis je l'ai embrassée partout. Encore et encore. Oh ! Je l'ai embrassée partout, et j'ai recommencé !*

Lizette s'assit en sursaut dans le lit. Elle reconnut la voix de Finn qui chantait à tue-tête, comme le bouffon le plus ivre d'Angleterre, et à moins qu'elle ne se trompe, ces pas vacillants et trébuchants dans l'escalier et le corridor étaient aussi les siens.

— *Oh ! Embrassez-moi encore et encore ! a-t-elle crié. Oh ! Que pouvais-je dire ? Je l'ai fait !*

La porte s'ouvrit en coup de vent et Lizette le vit entrer tout chancelant dans la chambre, un gobelet de vin à la main et un grand sourire éméché sur son visage éclairé par la lune.

Il n'était pas seul. Ellie faisait de son mieux pour le soutenir et l'empêcher de heurter le mur. Elle y réussit presque.

Lizette les regardait, abasourdie. Dire qu'elle était restée allongée dans cette chambre pendant des heures, l'ayant laissé dans la grand-salle avec Wimarc en se demandant tout ce temps ce qui se passait en bas, et s'en inquiétant ! Elle avait même commencé à craindre que leur ruse n'ait été découverte et que Finn n'ait été traîné dans un cachot. Plus d'une fois, elle s'était levée pour inspecter le trou dans le mur et s'assurer qu'il était bien bouché. Or qu'avait-il fait ? Il avait bu et… et quoi d'autre encore ?

— Ma femme, je suis là ! cria-t-il comme s'il annonçait le roi.

— C'est ce que je vois, dit-elle en sortant du lit.

Le sol en pierre était froid sous ses pieds nus et sa fine chemise ne la réchauffait guère.

Mais elle ne frissonnait pas. Sa colère la réchauffait trop bien !

Une colère qu'elle ne se donna pas la peine de cacher et qui remplit apparemment Ellie de crainte, car la jeune fille se fit humble tandis qu'elle se dégageait du bras de Finn.

Il lui dédia une vague courbette.

— Merci, douce jouvencelle, pour votre aimable assistance !

— Oui, merci, répéta Lizette les dents serrées, en lui jetant un regard noir.

Ellie se hâta de rejoindre la porte et la fit claquer derrière elle.

— Etes-vous fou ? demanda alors Lizette à Finn en lui faisant face.

Il s'appuya contre un montant du lit, les bras croisés, aussi sobre, de toute évidence, qu'il avait semblé ivre un instant plus tôt.

— Vous n'êtes pas soûl !

— Non, même si Wimarc n'a pas manqué d'essayer de me faire boire outre mesure.

Elle ne savait pas si elle devait être en colère ou soulagée, alors elle se montra acerbe.

— J'espère que vous avez gardé vos esprits !

— Je les garde toujours, sans quoi je serais mort dans un caniveau à cette heure, c'est sûr.

Tandis qu'il la regardait, elle prit soudain conscience de la légèreté de sa tenue et se hâta de regagner le lit. Elle attrapa le couvre-lit et le jeta par terre, puis y ajouta un oreiller.

— Au moins, les serviteurs ne s'étonneront pas si l'un d'eux entre et vous trouve dormant par terre.

— Je dirais qu'à présent tout le monde ici est convaincu que notre mariage n'est pas facile.

Son ton était calme, indéchiffrable. S'il était toujours en colère, cela ne s'entendait pas à sa voix ni ne se devinait à la posture de ses épaules lorsqu'il alla à la croisée.

— Bien, dit-elle.

Il se tourna et la regarda sans ciller, le visage dans l'ombre.

— Cela dit, la façon dont vous m'avez embrassé avant que Jacapo ne lance ses haches avait de quoi signifier tout autre chose.

Elle put entendre une légère accusation dans sa voix grave.

— Je veux que Wimarc continue à s'interroger, mentit-elle en serrant ses genoux contre sa poitrine. Je ne veux pas qu'il pense que je serai facile à séduire. Mais à quoi avez-vous pensé, vous, en acceptant de participer à ce jeu ? Wimarc aurait pu payer ces hommes pour vous blesser. Et si vous aviez été tué ? Que serait-il arrivé à votre frère et à moi ?

— Je ne risquais pas d'être blessé. Jacapo et moi sommes de vieux amis. Je lui ai demandé s'il y avait quelque chose de ce genre à redouter quand j'ai quitté la table la première fois, avant qu'ils ne commencent, et il m'a dit que Wimarc n'avait rien suggéré de tel.

— Jacapo sait qui vous êtes réellement ? s'exclama-t-elle, atterrée.

— Oui, répondit Finn d'un ton égal. Il a supposé que j'étais ici pour voler le seigneur. Il m'a averti de ne pas essayer, en bon garçon qu'il est, et j'ai assuré que je suivrais son conseil et partirais bientôt. Il m'a aussi complimenté pour ma très belle maîtresse, et je l'ai remercié. Je lui ai dit que vous étiez une ribaude de Londres engagée pour rendre ma comédie plus crédible.

« Une ribaude » ?

Elle rejeta les couvertures et bondit hors du lit, furibonde.

— N'auriez-vous pas pu trouver une histoire moins humiliante ?

Il haussa les épaules avec un calme exaspérant.

— C'était une explication que d'après moi il croirait.

— Mais… une ribaude ! C'est si hon…

Elle se rappela soudain ce qu'il lui avait dit à propos de sa mère et s'interrompit.

La bouche de Finn se crispa et ses sourcils s'abaissèrent.

— La prochaine fois, dit-il les dents serrées, s'il doit y avoir une prochaine fois, je dirai que vous êtes la fille d'un clerc de la cour.

Il prit quelque chose dans sa ceinture.

— Tenez… Un cadeau d'excuse pour avoir embrassé Ellie.

Elle attrapa le petit objet qu'il lui lança — une bague.

— Où avez-vous eu ceci ?

— Je ne l'ai pas volée, si c'est ce que vous pensez, dit-il en débouclant son baudrier. Wimarc me l'a donnée pour vous, afin que vous me repreniez dans votre lit.

Elle la mit à sa main droite.

— Dites-lui que j'ai été convenablement touchée.

— Alors pourquoi dormirais-je par terre ?

Il avait raison, et même si aucun serviteur n'était venu sans être annoncé jusqu'à présent, elle pensait que la curieuse et hardie Ellie en était bien capable.

Elle ramassa l'oreiller et le jeta sur le lit. Puis elle rassembla la courtepointe.

— Venez dans le lit, messire, et nous dormirons ensemble comme la nuit dernière.

Durant laquelle elle n'avait pas fermé l'œil.

Chapitre 14

Essayant de ne pas regarder Lizette pendant qu'elle étalait la courtepointe sur le lit, sa chemise fine presque transparente tendue sur ses fesses, Finn ôta son épée et son baudrier. Quand elle se remit au lit et — grâce à Dieu ! — remonta les couvertures jusqu'à son menton et se tourna sur le côté, il les posa sur le coffre, puis enleva sa tunique de drap. Les sourcils froncés, il quitta ses bottes et garda ses chausses pour s'allonger près d'elle.

Longtemps, il resta les yeux ouverts à fixer les tentures du lit, incapable de dormir mieux que la nuit précédente, bien trop conscient du joli corps de Lizette trop proche du sien à son goût. Les seuls bruits qui rompaient le silence étaient ceux des gardes qui échangeaient des mots de passe étouffés sur le chemin de ronde et la respiration de Lizette.

Elle dormait comme un bébé. Par Dieu, elle avait du cran — sauf qu'elle avait paru sincèrement bouleversée à l'idée qu'il puisse être tué durant le lancer de haches. Peut-être qu'elle l'appréciait, finalement, et pas seulement parce qu'il pouvait lui être utile.

Mais sans doute tenait-elle à lui à la façon dont certaines dames se souciaient de leurs chiens de giron, de leurs chevaux ou de leurs oiseaux en cage.

Le sommeil ne viendrait pas, malgré son épuisement, se rendit-il compte au bout d'un moment. Peut-être devrait-il dormir par terre, après tout. Si un serviteur entrait, ils pourraient toujours dire qu'ils s'étaient querellés de nouveau au sujet de l'accommodante Ellie.

Il se leva donc avec précaution et tira doucement la courtepointe du lit. Il prit son oreiller, se confectionna une couche — meilleure encore que nombre de celles qu'il avait connues — et il allait se coucher quand il décida de jeter un coup d'œil dehors. La lune était pleine et brillante, ce qui n'était pas un avantage pour s'échapper, mais une bonne chose pour compter combien de soldats étaient de garde à cette heure de la nuit.

Il s'appuya contre le rebord de la croisée et inspecta d'abord le chemin de ronde, puis les portes, puis la cour. Il repéra de nombreux gardes.

Il allait retourner se coucher quand un mouvement furtif du côté des écuries accrocha son regard. Il regarda mieux…

C'était une femme, trop dodue pour être Ellie, qui se frayait discrètement un chemin. Il l'observa avec une excitation grandissante tandis qu'elle ouvrait une porte étroite dans le bâtiment des chevaux et se glissait à l'intérieur.

Rien de mieux pour une diversion, se dit-il alors, qu'un incendie et des chevaux effrayés, s'il était besoin.

Cette porte était-elle toujours ouverte la nuit ? Avait-elle seulement une serrure ?

Le lendemain, fatigué mais pas autant que la veille, Finn chevauchait à côté de son hôte. Après avoir vu la femme se faufiler dans les écuries, il s'était rallongé sur sa couchette, et avait dormi comme une bûche.

Pour la première fois depuis que Ryder avait été capturé, il avait un réel espoir de libérer son frère et de réussir à sortir du château de Werre.

Il l'aurait dit à Lizette, mais elle était encore endormie lorsqu'il s'était levé, habillé et qu'il était descendu rejoindre les autres pour la chasse.

Devant eux trottait le veneur, qui, d'après Wimarc, pouvait flairer un sanglier à un mille. Derrière eux venait un groupe d'hommes du seigneur, visiblement impatients de chasser ou du moins de tuer quelque chose, puis le garçon chargé des chiens. Il tenait les laisses de plusieurs grands molosses qui reniflaient et tiraient, aussi impatients que les hommes de trouver une proie par cette belle journée qui semblait encore appartenir à l'été plutôt qu'à septembre. Wimarc montait un beau hongre noir, et sa cape courte, coupée dans un doux drap gris doublé de fourrure de renard, était l'une des plus belles que Finn ait jamais vues.

Egalement monté sur un excellent cheval, Finn portait une courte tunique vert foncé qui appartenait à son hôte, ainsi que des chausses de drap marron et ses propres bottes en cuir. Wimarc lui en avait offert d'autres, mais il avait refusé, disant qu'elles ne lui iraient pas.

— Vous paraissez plus reposé ce matin, Gilbert... J'espère que cela est dû à une délicieuse trêve.

Finn sourit.

— Le don de votre bague a été très apprécié.

— Je suis toujours heureux de rendre service à mes amis.

Finn discerna un sous-entendu dans ses paroles et se rendit compte que ce n'était pas une déclaration insignifiante.

— J'espère que vous me considérerez toujours comme un ami.

— Je crois que oui.

Wimarc lui jeta un coup d'œil aimable.

— Il paraît que le roi n'aime pas la battue au sanglier.

— Je ne pense pas qu'il se soucie beaucoup de ce qui demande un effort, à part coucher avec son épouse, répondit Finn comme quelqu'un qui se fie à son confident. C'est pourquoi sa dernière campagne en France a échoué. Il était trop occupé à s'amuser avec Isabel.

— J'ai entendu dire que c'est une petite beauté.

— Petite et charmante, et surtout nullement susceptible de s'opposer à lui, contrairement à sa mère.

Wimarc entrouvrit les lèvres sur son rire silencieux.

— Eleanor se serait opposée au diable lui-même, je pense ! Même dans sa vieillesse, elle était une femme redoutable. Il est dommage que John ne lui ressemble pas plus. Il est aussi changeant qu'une girouette.

— Sauf quand il s'agit de ses terres en France, répondit Finn. Il est tout à fait déterminé à les reprendre.

— Je crains qu'il ne soit plus susceptible de perdre l'Angleterre en essayant. Irez-vous en France s'il monte une autre campagne ?

— Je préférerais ne pas risquer ma vie dans une telle aventure.

— Ses alliés sont richement récompensés…

— Tant qu'ils profitent de ses faveurs, dit Finn, mais comme vous dites, le roi est notoirement versatile et déshonorable. Regardez ce qu'il a fait à Armand de Boisbaston ! Il l'a laissé moisir dans les cachots d'un noble français.

— Mais il l'a bien dédommagé pour cet inconfort

depuis son retour, avec la main et les terres d'Adelaïde d'Averette, observa Wimarc.

Finn souffla avec dédain.

— Il peut l'avoir, pour ce qui est de moi. Je préfère de beaucoup Helewyse, surtout après la nuit dernière, ajouta-t-il avec un clin d'œil.

— Nul doute que John espère aussi sceller la loyauté d'Armand par ce mariage. Et celle de son frère également, maintenant qu'il a laissé Bayard de Boisbaston épouser Gillian d'Averette.

Finn faillit en tomber de sa selle. Bayard de Boisbaston avait épousé Gillian d'Averette ? Comment était-ce possible ? Ce ne serait pas légal, du moins l'avait-il entendu dire en écoutant certaines discussions parmi les nobles.

— Ils sont frères. L'Eglise n'autoriserait jamais un mariage entre des gens apparentés à un tel degré.

— Cela a été autorisé, mon cher, parce que Bayard n'est pas le vrai fils de messire Raymond de Boisbaston. Le véritable fils est mort à la naissance et un autre bébé a été elevé à sa place.

Bayard de Boisbaston n'était pas le fils de Raymond de Boisbaston ?

— L'homme l'a confessé au roi, continua Wimarc. Il prétend qu'il ne connaissait pas la vérité jusqu'à récemment. John l'a cru et lui a donné Gillian d'Averette en mariage.

L'esprit de Finn semblait à la fois dans le brouillard et en proie à la fièvre. Bayard n'était pas un Boisbaston et il était marié à l'autre sœur de Lizette ?

— C'est choquant, n'est-ce pas ? souligna Wimarc en lui jetant un autre coup d'œil. Je commence à penser que John se laissera soudoyer pour n'importe quoi. Je ne serais pas surpris du tout qu'il se mette à nommer chevalier quiconque est prêt à payer.

— Cela se peut, s'il perd la loyauté d'autres barons et d'hommes comme Armand de Boisbaston et le comte de Pembroke, répondit Finn. Beaucoup croient qu'il a tué son neveu, qui avait de meilleures prétentions au trône que lui. Et maintenant, il a fait emprisonner sa nièce. Je suspecte qu'il ne la libérera jamais, de crainte qu'elle ne prenne un époux qui pourrait réclamer le trône.

Wimarc le regarda avec un respect accru.

— J'ignorais que vous en saviez autant sur la succession.

Craignant d'en avoir trop dit, Finn haussa ses larges épaules.

— On a beaucoup parlé de John à mon mariage.

Il pouvait l'affirmer sans trop de risques. Chaque fois que des nobles se réunissaient, ils parlaient du roi.

— Espérons que son règne sera bref, alors. La maladie, une blessure… tant de choses peuvent abattre même un homme jeune.

— C'est vrai, approuva Finn, mais avec Arthur mort, il n'y a pas de succession claire jusqu'à ce que John ait un fils légitime. Si quoi que ce soit lui arrivait avant, cela pourrait signifier la guerre entre les barons.

— Oui, cela se pourrait, répondit Wimarc. Mais quelquefois, durant de telles périodes, un roi plus digne émerge.

Le veneur leva la main pour les arrêter.

— Ici, messire! cria-t-il. La fosse du sanglier!

Finn et Wimarc descendirent de cheval et prirent leurs lances à sanglier — des armes courtes et acérées avec une barre transversale située à un quart de la longueur à partir de la pointe. La barre devait empêcher le sanglier blessé de s'approcher de trop près du chasseur, car un tel animal continuait à charger tant qu'il était vivant.

Pendant ce temps, le veneur grisonnant s'agenouilla près du creux boueux et posa la main sur le sol.

— Encore chaud.

Finn savait ce que cela voulait dire : la bête n'était pas loin et, comme s'ils avaient compris le veneur, les chiens se mirent à aboyer.

— Lâchez-les! ordonna Wimarc au maître-chien.

Le jeune homme, dont le visage était sale et couvert de taches, mais qui semblait assez compétent, détacha les laisses et laissa partir la meute.

Tandis que les chiens se mettaient à courir, Finn nota des marques sur un arbre voisin, là où le sanglier s'était frotté contre l'écorce. A en juger par la hauteur, c'était vraiment une grosse bête.

— Les arbres sont trop proches les uns des autres, dit Wimarc à Finn et au reste des chasseurs. Nous allons être obligés de suivre à pied.

Ce qu'ils firent, et bientôt un glapissement de douleur leur indiqua que les chiens avaient trouvé leur proie. Ils tombèrent rapidement sur le corps sans vie d'un des molosses, le ventre ouvert du cou à la queue.

Wimarc jeta à peine un coup d'œil à l'animal. Les autres n'y firent guère attention non plus, tout comme ils le feraient d'un paysan tué dans une bataille, pensa Finn en passant lui aussi près du cadavre.

Il serra plus fort son javelot, espérant ne pas commettre d'erreur ou faire quelque chose qui révélerait que tout ce qu'il savait de la battue au sanglier, il l'avait appris en observant d'autres nobles, feignant des connaissances qu'il n'avait pas.

Il avait passé le plus clair de sa vie à feindre. Feindre de ne pas s'en soucier quand quelqu'un l'insultait, ou insultait sa mère ou son frère. Feindre de ne rien remarquer quand sa mère était ivre morte, ou de ne pas souffrir lorsqu'elle le frappait dans ses rages. Feindre de ne tenir à rien ni à personne, parce que c'était plus sûr.

Jusqu'à ce que Ryder le retrouve et qu'il rencontre dame Elizabeth d'Averette — la fougueuse, la hardie, l'obstinée Lizette, dont la considération initiale avait réchauffé son cœur et suscité son désir.

Le bruit des chiens se fit plus fort et plus excité, l'arrachant à ses pensées troublées.

— Ils l'ont coincé ! cria le veneur devant eux.

Finn fut tenté de rester où il était, mais de quoi cela aurait-il l'air vis à vis de Wimarc et des autres ? Et n'affrontait-il pas tout le temps des dangers égaux à un sanglier enragé ?

Peut-être pas tout à fait au même degré, se dit-il quand ils arrivèrent sur l'animal retranché dans un dense bouquet d'arbres, son dos bossu contre le tronc d'un chêne tombé. Les chiens lui faisaient face en demi-cercle, aboyant frénétiquement.

La gueule écumante, la bête tournait ses petits yeux ronds d'un côté à l'autre, et le bruit de ses crocs qui grinçaient était répugnant.

Le veneur se tenait sagement derrière un arbre et les autres chasseurs restèrent en arrière, tandis que Wimarc s'agenouillait devant le sanglier, son javelot pointé vers lui.

Puis il regarda Finn.

— Quand vous serez prêt…

Pensant qu'il ne serait jamais réellement prêt à affronter un sanglier qui chargeait, Finn s'agenouilla à côté de Wimarc et se prépara, orientant sa lance. Il pria intérieurement que l'animal se rue plutôt sur Wimarc, ou bien s'échappe. Il avait vu les dégâts que des défenses de sanglier pouvaient causer à de la chair humaine.

— Maintenant ! cria Wimarc, et le maître-chien lança un sifflement aigu.

Aboyant toujours furieusement, les chiens qui se trouvaient devant le sanglier s'écartèrent, lui offrant une issue apparente. En faisant rouler ses yeux démoniaques, le gros animal chargea, se dirigeant droit sur Finn comme s'il avait senti son ignorance et son inexpérience. De l'écume s'échappait de ses mâchoires ouvertes, et ses défenses luisaient comme des couteaux.

Avec un cri, plus terrifié que guerrier, Finn enfonça son javelot dans le poitrail de la bête.

Celle-ci continua pourtant à avancer, chargeant, ses mâchoires claquant, jusqu'à ce que — Dieu merci ! — elle heurte la barre transversale.

Alors Wimarc frappa, plantant sa lance dans le flanc de l'animal avec une telle force et une telle violence qu'il poussa Finn sur le côté, si bien qu'une défense du sanglier s'enfonça dans son mollet.

Juché dans un chêne, à quelques yards de là, Garreth se pencha en avant sur la branche aussi loin qu'il osa, essayant d'y voir plus clair à travers la meute d'hommes et de chiens.

Au moins, Finn n'était pas mort — les jurons et les exclamations qu'il lançait, tandis que le veneur pansait sa jambe saignante, le lui indiquaient. Lorsqu'il avait vu le sanglier charger, frapper le javelot de Finn et continuer à avancer, il avait craint le pire.

Il n'avait eu qu'un instant de répit avant que l'autre homme ne frappe l'animal, le poussant sur Finn. Et puis il avait vu la défense entrer dans la jambe de son ami…

Ayant soudain la nausée, il serra la branche plus fort. Il entendait Finn protester.

— Je peux monter à cheval. Faites-moi de la place!

Les hommes reculèrent, et l'homme qui avait frappé le sanglier aida un Finn pâle et haletant à rejoindre l'endroit où devaient se trouver leurs chevaux. Deux autres portaient le sanglier, une bête énorme suspendue à une longue branche épaisse. Bientôt, la clairière fut vide.

Se demandant s'il devait ou non dire à Keldra ce qu'il avait vu, Garreth descendit de l'arbre. S'il le faisait, il ajouterait à ses craintes, non pas qu'il y ait vraiment de quoi s'inquiéter. Finn était vivant et le resterait probablement. C'était seulement une plaie, l'homme qui devait être le veneur l'avait dit et il devait savoir si une blessure était sérieuse ou pas.

Il était également évident que Finn passait sans problème pour messire Gilbert; cela, il pouvait le dire à Keldra pour apaiser sa nervosité.

Il sentit soudain une branche basse le gifler et marmonna un juron en l'évitant.

Peut-être que s'il avait fait plus attention un moment auparavant, en revenant du village où il était allé quêter des nouvelles de Finn et de la dame, il aurait entendu les chiens plus tôt et aurait trouvé une meilleure cachette que dans un arbre.

Mais s'il n'avait pas été dans l'arbre, il n'aurait peut-être pas pu voir ce qui était arrivé à Finn.

Il ne parvint pas à décider ce qu'il dirait à Keldra jusqu'à ce qu'il la voie courir vers lui, ses yeux brillants d'anxiété et d'espoir, aussi agile et mince que le daim qu'il avait effrayé ce matin-là.

Un sentiment qu'il n'avait jamais éprouvé s'empara alors de lui subitement. Il ne pouvait dire ce que c'était, mais il sut qu'il ne voulait pas être responsable d'anéantir ses espoirs. Il ne pouvait pas lui dire que Finn était blessé.

— Ils vont bien, lui assura-t-il quand elle s'arrêta. Je vous l'avais bien dit, non ?

Pour une vieille femme, Greseld se déplaçait avec une vitesse surprenante, et Lizette se retrouva un peu essoufflée tandis qu'elle la suivait au sortir de la cuisine pour retourner dans la grand-salle. Elle avait déjà vu le cellier, la resserre et la laiterie et avait été impressionnée par la variété d'aliments, de vin et de cervoise. Messire Wimarc appréciait les bons repas et ne lésinait pas pour garder ses soldats bien nourris.

Pendant que les hommes étaient à la chasse, elle faisait une petite exploration du château, même si elle n'aurait rien aimé tant que de se remettre au lit. Elle avait à peine fermé l'œil durant la nuit, même lorsque Finn avait pris la courtepointe et s'était couché par terre. Elle ignorait pourquoi il avait fait cela, ou pourquoi il était resté si longtemps à la croisée. Elle ne le lui avait pas demandé. Elle ne lui avait rien dit du tout avant qu'il parte rompre son jeûne. Elle avait feint de dormir jusqu'à ce qu'il quitte la chambre ; cela lui avait semblé la chose la plus simple à faire.

— Puis-je voir le donjon ? demanda-t-elle à Greseld.

J'adore les bâtiments anciens, ils sont si fascinants, vous ne trouvez pas ?

Greseld secoua sa tête grise, qui tremblait même lorsqu'elle ne bougeait pas.

— Il n'y a rien pour vous là-dedans, ma dame. Juste les cachots et la chambre de jour du seigneur au-dessus. Il ne laisse personne y entrer et la garde fermée à clé, même lorsqu'il est à l'intérieur.

Si l'homme préparait une trahison, c'était sûrement l'endroit où il gardait des documents compromettants.

— Pas même son intendant ? demanda Lizette, s'avisant qu'on ne lui avait présenté personne s'acquittant de cette fonction.

Mais cela ne voulait rien dire, l'homme pouvait être en train de lever des dîmes ailleurs, supposa-t-elle.

— Il n'en a pas. Il fait tous les comptes lui-même et il récolte en personne les dîmes et les taxes. Il l'a toujours fait depuis que son père est mort et qu'on a découvert que l'intendant avait ruiné le domaine.

Greseld ralentit un peu le pas.

— Il a failli s'en sortir, mais messire Wimarc l'a traqué comme un possédé et, quand il l'a attrapé, il l'a fait fouetter à mort.

Lizette frissonna.

— Son père était un homme faible, ma dame. Faible et sot, et son épouse ne valait guère mieux. Mais mon seigneur est fort et puissant et il nous gardera tous en sécurité, pour sûr !

— J'en suis certaine.

A moins qu'il ne se soulève contre le roi et que son château ne soit assiégé. Elle se demanda ce que Greseld penserait, alors, lorsqu'elle mourrait lentement de faim comme les prisonniers des cachots.

La vieille femme lui jeta un coup d'œil étonnamment acéré de ses yeux gris pâle.

— Il est bel homme, aussi, vous ne trouvez pas, ma dame ?

— Oui, et son épouse est une femme fortunée.

Greseld souffla de mépris.

— Une enfant gâtée, celle-là !

Voulant en apprendre plus sur les cachots et le donjon, Lizette dit :

— De fait, j'aimerais voir les cachots. Messire Gilbert a été fort impressionné de sa visite. Je crois qu'il veut agrandir les nôtres.

La gouvernante s'arrêta et fronça les sourcils, ce qui rendit son visage encore plus désagréable.

— Je ne pense pas que mon seigneur apprécierait.

Lizette prit un air impérieux.

— Comme je suis son invitée, je suis sûre qu'il n'y verra pas d'inconvénient.

Laissant alors la servante bouche bée, elle se dirigea d'un pas alerte vers le donjon.

Chapitre 15

— On doit se sentir très seul dans cette tâche, compatit Lizette, perchée sur un tabouret, dans la petite salle de garde située en haut des marches qui descendaient dans les noires profondeurs des cachots.

Les trois hommes en faction, aussi laids que des gargouilles, paraissaient apprécier cette visite incongrue mais charmante.

Lizette n'avait pas pu aller plus loin dans cet horrible endroit, et c'était déjà bien assez. Pas étonnant que Finn ait eu cette expression tourmentée dans les yeux quand il avait parlé de sa visite en ces lieux sinistres, mais au moins avait-il obtenu la certitude que son frère était encore en vie.

— Nous trouvons des moyens de nous amuser, répondit le plus laid des trois, Uldun, la voix aussi grinçante qu'une meule trop peu huilée.

— Quelles sortes d'amusements ?

Les trois gardes échangèrent un coup d'œil, puis Uldun haussa ses épaules charnues, et préféra éluder.

— Ceci… Cela…

Nul doute qu'il valait mieux qu'elle ne sache pas.

— Messire Wimarc doit vous faire grandement

confiance, pour vous donner une telle responsabilité. Et vous n'êtes que trois!

Le plus petit, nommé Dolfe, répondit :

— Oh! Il y a plus que nous trois!

Son compagnon borgne, Tark, lui donna un coup de coude.

— Mais c'est nous qui commandons, rectifia Dolfe.

— Oui, confirma Tark. Nous commandons.

— C'est moi qui commande! crut bon de préciser Uldun.

Il regarda les autres comme s'il les mettait au défi de le contredire. Ce dont ils se gardèrent bien.

Satisfait, il sourit, montrant ses dents gâtées.

— Il n'y a pas beaucoup de dames qui nous rendent visite.

— Je suppose que la plupart des dames n'apprécient pas le travail que vous faites, minauda de son mieux Lizette. Elles ne pensent pas que sans des hommes comme vous, il y aurait toutes sortes de voleurs et de hors-la-loi pour les attaquer, au lieu d'être emprisonnés et, ainsi, de ne pas pouvoir faire de mal. Et il est tellement plus agréable de les tenir cachés plutôt que de les voir se balançant à des gibets le long de la route! Comme je l'ai dit à mon époux en venant ici, la vue de ces cadavres me retourne l'estomac.

Les trois hommes se redressèrent un peu.

Elle désigna d'un signe de tête un seau posé sur la table, avec des restes de soupe collés au bord.

— Combien de fois les nourrissez-vous?

— Une fois par jour les cinq premiers jours, répondit Uldun. Puis une fois tous les deux jours, et tous les trois jours pendant quelque temps. Ensuite, ils n'ont plus rien.

Lizette n'était pas ignorante des pratiques de torture dans les geôles, mais cette lente famine l'atterra.

— Comment savez-vous quand ils sont morts ?

— Nous regardons de temps en temps. Vous seriez stupéfaite de ce que certains font pour vivre un peu plus longtemps ! poursuivit Uldun, emporté par son sujet. Ils mangent leurs propres…

— Je peux imaginer, le coupa-t-elle, ne voulant pas en entendre plus. Le poids d'une telle responsabilité doit être très lourd, reprit-elle avec sympathie. J'espère que messire Wimarc s'assure de vous relever de temps en temps, pour que vous puissiez vous reposer.

— Oh ! Mais nous avons une robuste nature, se vanta Uldun.

— Et messire Wimarc ne poste qu'un de nous la nuit, ajouta Dolfe. Pour ne pas que ceux qui sont en bas sachent si c'est le jour ou la nuit, précisa-t-il en riant, tel un cochon qui grogne.

Lizette s'efforçait de ne pas paraître révulsée.

— Et l'on vous donne du vin pour aider à passer le temps, je vois, dit-elle en désignant une grande outre presque vide.

— Vous en voudriez un peu, ma dame ? offrit Tark en ôtant le bouchon et en essuyant soigneusement le goulot du bord de son justaucorps sale.

— Non, merci.

Elle désigna les menottes accrochées au mur.

— Les prisonniers sont enchaînés ici, quelquefois ?

— Les plus mauvais, répondit Uldun avec un rictus.

Elle se leva et s'approcha du mur, essayant de paraître captivée, mais en réalité au bord de la nausée. Il y avait du sang sur ce mur, et d'autres choses qu'elle préférait ne pas examiner de trop près.

Elle jeta un coup d'œil aux gardes par-dessus son épaule.

— Mon époux et moi jouons parfois à un petit jeu. Avec des chaînes et des menottes — pas verrouillées, bien entendu… Elles procurent une certaine… excitation. Je reviendrai peut-être avec lui plus tard, si vous nous laissez un moment seuls.

Uldun secoua sa grosse tête hirsute.

— On ne peut pas le permettre, ma dame. Messire Wimarc nous écorcherait vivants si nous le faisions.

Etant donné ce que Greseld lui avait dit, ce n'était sûrement pas exagéré.

Elle décocha un sourire charmeur à Uldun en se dirigeant vers la porte.

— Alors vous devrez rester… et regarder!

Les laissant avec cette alléchante perspective, elle déboucha dans la cour et inspira profondément l'air agréablement frais avec presque autant de soulagement que lorsque Finn l'avait sauvée de Lindall et de ses hommes.

Elle devait trouver sans tarder des preuves de la traîtrise de Wimarc! Il fallait qu'ils partent au plus vite de cet horrible endroit.

Finn devait savoir comment ouvrir une serrure. Ils pouvaient se faufiler tous les deux dans la chambre de jour pendant la nuit et la fouiller pour découvrir des documents compromettants. Puis ils pourraient libérer Ryder de sa cellule et s'échapper… d'une manière ou d'une autre.

Un cri monta de la poterne. Lizette s'arrêta, se demandant si c'était pour annoncer le retour de la chasse. Les lourdes portes s'ouvrirent, et des palefreniers et des valets d'écurie sortirent précipitamment des écuries.

Wimarc fut le premier à entrer, les cheveux décoiffés, sa tunique toute boueuse et tachée de sang. Une femme qui n'aurait pas été informée aurait pu le prendre pour un guerrier, mais Lizette était sûre que leur hôte était le genre d'homme à tout faire pour éviter le champ de bataille, où il n'aurait pas eu des chasseurs et un essaim de mercenaires pour le protéger.

Finn entra ensuite. Contrairement à Wimarc, il était affaissé sur sa selle, la tête basse, le visage pâle, et sa jambe droite était couverte de sang.

— Finn ! s'écria-t-elle, éperdue, en empoignant ses jupes pour courir à lui.

Il releva la tête, le visage crispé par la douleur, mais un avertissement sévère dans les yeux.

Juste ciel, elle l'avait appelé par son vrai nom, et avec Wimarc à quelques pas !

Malgré son erreur désastreuse, Finn sourit faiblement.

— Ce n'est pas si grave, Bouton d'or… Juste un peu de chair meurtrie.

« Bouton d'or » ? Bien sûr ! Ils pouvaient prétendre qu'ils se donnaient des petits noms dans l'intimité. Le sien serait Bouton d'or et celui de Finn serait Finn.

Sa gaffe ainsi effacée, son sourire rassurant la rasséréna, et elle sentit son cœur se remettre à battre.

— Pouvez-vous descendre de cheval sans aide ?

— Je préférerais être aidé.

Elle alla se poster à côté de lui, et il fit un signe à l'un des gardes.

— Vous, là, donnez-moi un coup de main. Je suis trop lourd pour mon épouse.

Lizette s'écarta pendant qu'un mercenaire venait offrir sa solide épaule. S'appuyant sur lui, Finn descendit de cheval puis se dirigea vers la grand-salle. Elle allait suivre quand Wimarc posa une main sur son bras.

— Je ne crois pas que sa blessure soit sérieuse, dit-il. C'est un superbe sanglier, ma dame. Vous pouvez être fière que votre époux l'ait tué.

— Je le serai à partir du moment où vous dites vrai et où il n'est pas gravement blessé, répondit-elle, anxieuse de rejoindre Finn.

Mais Wimarc la retint encore.

— Oui, nous ne voudrions pas que sa blessure empire, qu'il meure et vous laisse jeune veuve. Bien sûr, si cela vous arrivait, vous pourriez être certaine de ma protection.

Il ne souhaitait pas un prompt rétablissement à son époux blessé et lui disait ce qu'elle pourrait attendre de lui si Finn mourait, par accident ou par dessein.

— Même avec votre protection, messire, le roi ou ma famille pourraient m'ordonner d'épouser quelqu'un d'autre, répondit-elle. Et je ne pourrais alors m'opposer au roi.

— Si John gouverne encore, dit Wimarc en la laissant enfin partir.

— Oui, si John gouverne encore, répondit-elle en se hâtant de s'éloigner.

— Quelque chose ne va pas, chuchota Gilbert, l'oreille pressée sur la porte de la hutte.

— Que voulez-vous dire ? demanda Helewyse, blottie près de lui.

— Ce voleur, Garreth… Il est inquiet. Plus anxieux que d'habitude. Je l'ai vu sur son visage lorsqu'il m'a fouillé.

S'étant assuré que leurs geôliers n'étaient pas à proximité, Gilbert se tourna vers son épouse. Ses cheveux étaient emmêlés, sa cotte boueuse et tachée, son visage pâle, mais même cela ne pouvait diminuer sa beauté.

— Et la fille ? A-t-elle paru plus effrayée ?

Helewyse secoua la tête.

— Non. Au contraire, elle paraissait plus heureuse.

Gilbert fronça les sourcils et recula au fond de la hutte.

— Alors il ne le lui a pas dit.

— Dit quoi ? demanda Helewyse en le suivant et en l'aidant à ôter sa tunique, de sorte qu'il soit torse nu.

— Ce qui l'inquiète, répondit Gilbert en s'agenouillant près du mur et en sortant le large bâton plat dont il se servait pour creuser sous leur palette rudimentaire. Peut-être qu'il s'attendait à ce que Lizette et cet Irlandais soient de retour. Ou peut-être qu'il a entendu dire quelque chose quand il est parti seul, quelque chose qui l'a effrayé, ou du moins qui l'a mis mal à l'aise.

Helewyse écarta la paille du trou que Gilbert avait entamé et étala son voile à côté de lui. Ils empilaient la terre dessus, puis l'éparpillaient ensuite sur le sol afin que leurs geôliers ne s'avisent pas de ce qu'ils faisaient.

— Peut-être que nous devrions cesser d'essayer de nous échapper et attendre d'être secourus, suggéra-t-elle.

Gilbert secoua la tête en se mettant à creuser.

— Et risquer d'être tués ? Non. Je ne me fie pas à cet Irlandais — ni à Garreth, d'ailleurs. Ils pourraient décider qu'il vaut mieux nous assassiner que de nous laisser repartir.

Sachant qu'il avait raison, Helewyse prit un autre bâton et s'agenouilla près de lui pour l'aider à creuser sous le mur, vers la liberté.

— Vous n'êtes pas blessé, messire ? demanda Greseld soucieuse, en entrant dans la chambre de Wimarc.

— Ai-je l'air de l'être ? rétorqua-t-il en ôtant sa tunique de chasse et sa chemise mouillée de sueur.

Elle alla à son coffre de vêtements et en sortit une chemise propre.

— Je m'inquiète toujours quand vous chassez. C'est dangereux. Les hommes peuvent être si aisément tués et laisser leur épouse veuve. Comme messire Gilbert l'a presque fait aujourd'hui.

— Gilbert n'a pas pris de précautions, maugréa Wimarc en s'asseyant dans son fauteuil et en la laissant lui ôter ses bottes boueuses. Moi, j'en prends toujours.

— Son épouse est une femme forte, dit Greseld en mettant les bottes de côté pour les nettoyer plus tard. Elle est allée voir vos cachots, ce matin. Elle a dit que son époux songeait à faire les mêmes dans son château.

— Il a été impressionné, et c'est normal.

Ces travaux avaient coûté une petite fortune.

Wimarc se leva et quitta ses chausses tachées de terre et d'herbe, les rejetant d'un coup de pied. Greseld les laissa où elles étaient et alla en chercher une autre paire.

— Helewyse ferait une bonne épouse pour l'homme qui convient.

Wimarc s'arrêta de nouer le lacet de ses chausses.

— Vous ne pensez pas que Gilbert soit l'homme qui convient ?

Greseld secoua la tête.

— Non. Il conviendrait pour une alliance — du genre de celle que vous pourriez conduire de votre petit doigt, messire —, mais dame Helewyse est gâchée, avec lui. Elle n'est pas faible ni délicate. Elle enfantera de beaux fils bien forts, pas comme cette garce stérile que vous avez épousée.

Ayant besoin d'argent pour finir ses cachots et ses fortifications, pour acheter des armes et des cadeaux afin de conclure des alliances, Wimarc n'avait pensé qu'à la dot de Roslynn lorsqu'il l'avait épousée. Mais ce n'était pas à Greseld de critiquer son choix.

— Cela ne fait qu'un an. Et qui peut dire si Helewyse serait plus fertile ?

Greseld s'approcha de l'homme qu'elle aimait plus que sa propre vie, qui était plus son fils que celui de n'importe qui d'autre.

— Si la blessure de messire Gilbert s'infectait et empirait, et si Roslynn avait un accident…

— Il ne serait pas bon que Gilbert meure pendant qu'il est mon invité, répondit-il sèchement.

Mais les paroles de Greseld n'en prirent pas moins racine dans son esprit. Si l'avenante épouse de Gilbert devenait son avenante veuve avec tout son argent et toutes ses terres, elle vaudrait la peine d'être épousée. Comme cela vaudrait certainement la peine de coucher avec elle.

Finn tressaillit quand Lizette lui retira sa botte. Agenouillée devant lui, elle posa son pied sur ses genoux puis roula ses chausses, exposant la longue balafre.

Sacrebleu ! pensa-t-il en regardant la blessure ensanglantée et en s'efforçant de ne pas se crisper pendant que Lizette lavait le sang. Comment allait-il courir ou monter à cheval avec une telle plaie ? Comment pourrait-il libérer Ryder et espérer s'échapper ?

— C'est grave ?

— Elle n'a pas besoin d'être recousue, c'est déjà cela, répondit-elle en prenant d'autres linges propres pour faire un bandage. Mais vous ne devrez pas faire reposer votre poids dessus pendant un jour ou deux, sinon elle pourrait se rouvrir et se remettre à saigner.

Un jour ou deux ? Maudit soit ce sanglier !

— Vous avez de la chance que ce n'ait pas été plus méchant.

— Oui, c'est une chance, mais plus longtemps nous restons ici, plus c'est risqué. Qui sait combien de temps encore Ryder survivra ? Et puis il y a Garreth et Keldra. Ils vont penser que quelque chose s'est mal passé.

Lizette s'assit sur ses talons.

— Quelque chose s'est mal passé, Finn, mais nous ne pouvons rien y faire.

Elle l'observa d'une façon plus intense.

— Qu'est-il arrivé exactement, Finn ? Etait-ce réellement un accident ? Je crains que Wimarc ait essayé de vous blesser, sinon de vous tuer.

Finn pensa à la charge du sanglier et à la manière dont elle s'était terminée.

— C'est possible, concéda-t-il, mais s'il veut s'allier avec Gilbert, pourquoi essaierait-il de le tuer ?

— Cela dépend s'il le veut lui, ou seulement ses hommes et son argent, répondit Lizette en ôtant son pied de ses genoux et en ramassant les linges ensanglantés. S'il a la veuve de Gilbert dans son lit, il aura les hommes et l'argent sans avoir besoin de Gilbert.

— Cela correspondrait assez à sa façon de penser, convint Finn.

— Après ce que Greseld m'a dit aujourd'hui, je le crois capable de tout, dit-elle en se levant et en prenant la cuvette pleine de linges souillés. Il a fait fouetter un homme à mort.

Finn tressaillit.

— Qu'est-ce que Greseld a dit d'autre ? demanda-t-il, car il était certain que Lizette n'aurait pas laissé la conversation s'achever là.

— Elle est très fière de lui et le considère comme un grand seigneur, répondit-elle en posant la bassine sur la table de toilette et en repoussant une mèche de cheveux d'un revers de main. Elle m'a aussi parlé de sa chambre de jour. Elle est située dans le donjon, au-dessus des cachots, et tout le temps fermée à clé. Je suis sûre que nous y trouverons la preuve de la trahison de Wimarc.

— Oui, cela paraît probable…

A ce moment-là, quelqu'un gratta à la porte, comme une grosse souris qui hésitait.

— Ma dame ? demanda Greseld d'une voix éraillée. C'est l'heure du souper. Messire Wimarc voudrait savoir si vous le rejoindrez dans la grand-salle.

Lizette alla à la porte et l'ouvrit.

— Je descendrai bientôt, mais messire mon époux soupera dans notre chambre. Faites-lui apporter à manger ici.

— Oui, ma dame, répondit humblement la vieille femme.

La jalousie mordit Finn, mais il lutta pour la réprimer.

— C'est nécessaire, je suppose ? demanda-t-il lorsque la porte fut refermée et Greseld repartie.

— Il doit croire que je préfère souper avec lui plutôt que vous soigner. Et puis je dois expliquer pourquoi je vous ai appelé Finn, et comment j'ai hérité du surnom de Bouton d'or.

Tout comme il devait lui parler du mariage de son autre sœur, songea Finn. Mais pas maintenant, pas en hâte.

— Dites-lui que la première fois où je vous ai vue, vous portiez une cotte jaune et étiez assise au soleil dans un jardin. Vous paraissiez si fraîche, si suave, que je vous ai appelée Bouton d'or.

— Vous auriez dû être un troubadour ou un ménestrel, avec votre talent pour inventer des histoires, dit-elle en lissant sa cotte sur sa mince silhouette, attirant son attention là où il ne voulait pas qu'elle aille. Et pour Finn ?

— Dites-lui que je vous rappelle un dauphin parce que j'aime nager.

Chapitre 16

Quand Lizette eut quitté la chambre, Finn boitilla jusqu'au lit pour s'y allonger.

Peut-être sa blessure n'était-elle pas si sérieuse. Peut-être qu'une bonne nuit de repos la guérirait, au moins suffisamment pour envisager de s'échapper le lendemain soir — maintenant qu'il se doutait de l'endroit où Wimarc gardait ses papiers et qu'il savait dans quelle cellule était enfermé Ryder.

On frappa de nouveau à la porte.

Son repas, pensa-t-il en se couchant et en se demandant si Ryder, lui, aurait quoi que ce soit à manger.

— Entrez!

La porte s'ouvrit pour révéler non pas la vieille Greseld portant un plateau couvert d'un linge, comme il s'y attendait, mais Ellie.

Il ne voulait plus rien avoir à faire avec cette femme. Elle était source d'ennuis, et pas seulement parce que le fait de l'embrasser avait contrarié Lizette. Il était certain que sa présence ici, en particulier après l'éclat de Lizette, qu'il soit réel ou feint, avait d'autres buts que des baisers, des caresses et quelques pièces.

La question était : qu'était-il prêt à faire pour découvrir

quels pouvaient être ces motifs, et s'ils n'étaient que les siens ?

— Messire ? demanda Ellie en se faufilant à l'intérieur et en refermant la porte derrière elle.

— Ici, sur le lit.

Il tapota la courtepointe.

— J'ai du ragoût du bœuf, du pain et de l'hydromel pour commencer, dit-elle en s'approchant pour poser le plateau sur la table de nuit.

Elle avait toujours cet air calculateur même alors qu'elle souriait.

Il avait déjà vu cette expression avide. Maintes femmes qui vendaient leur corps le faisaient par désespoir, comme sa mère, et n'avaient d'autre choix si elles ne voulaient pas mourir de faim. Mais il y en avait d'autres qui voyaient la prostitution comme un moyen de vivre dans le confort, et elles pouvaient être aussi dénuées de cœur que les hommes qui se servaient d'elles.

— Parfait. Mon épouse me dit que j'ai besoin de garder mes forces.

— Je pense que vous êtes déjà très fort comme cela, messire, sussurra Ellie en ôtant le linge qui recouvrait le repas.

Lorsqu'elle étala la serviette sur les genoux de Finn, doublant son geste d'une caresse hardie, il conjectura qu'elle avait mis des années pour parfaire ses méthodes de séduction, bien qu'il doutât qu'elle ait plus de vingt-deux ans.

Elle s'assit à côté de lui, prit le bol et la cuillère et se pencha en avant, lui donnant un bel aperçu de ses seins, ce qui était sans nul doute son intention.

— Tenez, messire, laissez-moi vous aider…

Elle n'était vraiment pas subtile, mais certaines dames de la cour qui convoitaient celui qu'elles croyaient être messire Oliver de Leslille avaient été encore plus transparentes et impudiques.

— J'ai été bouleversée quand j'ai appris que vous aviez été blessé, dit-elle en portant la cuillère à ses lèvres.

Le ragoût était excellent, et il avait très faim.

— Ce n'est pas une blessure grave, fit-il d'un ton léger, en prenant le gobelet d'hydromel.

Il en but une gorgée et constata que c'était le meilleur qu'il avait jamais goûté.

— Si j'étais votre épouse, je serais ici avec vous, et non pas dans la grand-salle à badiner avec messire Wimarc, dit Ellie en rejetant ses cheveux châtains en arrière et en lui donnant une autre cuillerée de ragoût.

— Mon épouse badine avec messire Wimarc ? demanda-t-il en buvant une autre gorgée d'hydromel.

Ellie hocha la tête.

— Je ne veux pas médire de votre épouse, mais quand je suis passée, elle riait et souriait, alors que vous êtes ici tout seul et souffrant, en plus !

— Je ne suis plus tout seul maintenant. Vous êtes là, observa-t-il. Pouvez-vous me donner une tranche de pain, je vous prie ?

Ellie s'empressa de le servir.

— N'importe quoi pour vous plaire, messire.

Il était tout à fait sûr qu'elle ferait tout ce qu'il demanderait, pourvu qu'elle pense avoir à y gagner.

Le pain était très bon aussi. Il le dit, et ajouta avec un petit sourire rusé :

— Messire Wimarc n'a que le meilleur dans tous les domaines, n'est-ce pas ?

Habilement, elle feignit de rougir.

— Oui.

— Et il partage ses bonnes choses avec ses amis ? suggéra-t-il en faisant descendre sa main le long de son bras.

— Quelquefois, répondit-elle dans un souffle, en s'approchant jusqu'à ce que ses lèvres soient tout près des siennes.

— Je pensais que l'on vous avait peut-être dit de rester loin de moi après la petite crise de mon épouse.

Elle lui décocha un sourire hardi et une caresse encore plus hardie.

— On m'a prévenue en effet de garder mes distances avec vous deux.

— Et pourtant vous êtes ici.

— Oui, je suis ici, dit-elle en se penchant pour l'embrasser.

Messire Wimarc avait revêtu pour la soirée une longue tunique d'un beau brocart écarlate qui semblait accentuer ses sourcils et ses cheveux sombres, tunique assortie à la bague en rubis qu'il portait toujours. Sa ceinture en cuir noir était cloutée d'or et il portait une large chaîne en or autour du cou.

— Et voilà pourquoi il m'appelle Bouton d'or..., conclut Lizette d'un ton enjoué.

— Comme c'est charmant, répondit Wimarc en lui resservant du vin, sans paraître mettre l'histoire en doute. Vous ai-je entendue l'appeler Finn ?

Soulagée par le succès qu'elle avait eu jusque-là, elle gloussa, imitant l'une des dames les plus écervelées qui étaient jamais venues en visite à Averette.

— C’est une plaisanterie entre nous. Il me rappelle un dauphin, parce qu’il aime nager comme un poisson.

— Aimez-vous le regarder nager ? s’enquit Wimarc, un petit sourire sur les lèvres et une lueur de curiosité évidente dans les yeux.

— Oh ! Oui, répondit-elle dans un soupir, baissant les yeux sur le vin qu’elle faisait tourner dans sa timbale en argent.

Il était aisé d’imaginer Finn nageant nu dans un étang au clair de lune. Mais de fait, la première fois qu’elle l’avait vu, il avait pataugé à travers cette rivière et en était ressorti avec ses vêtements trempés collant à son corps. D’autres images lui vinrent alors à l’esprit, des images de Finn nageant dans un étang, nu, la nuit. Avec elle, également nue.

— Vous semblez amusée, ma dame.

— Il aime faire d’autres choses dans l’eau, mentit-elle, laissant courir l’imagination de Wimarc.

Non satisfait, de toute évidence, de se contenter d’imaginer, son hôte s’approcha plus près et lorsqu’il parla, ses yeux luisaient d’intérêt et sa voix était basse.

— Quelles sortes de choses ?

Elle prit son gobelet tandis que les serviteurs venaient enlever la table sur tréteaux.

— Je pense que vous pouvez le deviner aisément, messire.

— Peut-être, murmura-t-il en lui offrant son bras pour l’aider à se lever.

Elle chancela un peu.

— Le sol doit être inégal, dit-elle tandis qu’il la soutenait.

— J’aurais peut-être dû vous prévenir, ma dame, que mon vin est un peu plus fort que la plupart des vins.

Elle avait suspecté dès le début du repas que l’enivrer

faisait partie de ses plans, et elle allait continuer à lui laisser penser qu'il avait réussi. Au moins, ce soir, elle portait l'une des cottes mises à sa taille — rouge, également — et elle se sentait beaucoup moins exposée, moins vulnérable.

— Tout va bien, messire. Je suis sûre que je peux me fier à vous pour ne pas flétrir mon honneur, dit-elle en gloussant de nouveau comme une gourde et en lui tapotant la poitrine d'un geste badin.

Il était plus musclé qu'elle ne s'y attendait. Peut-être s'exerçait-il plus à l'épée, à la lance et à la masse d'armes qu'elle ne l'avait supposé.

— Bien sûr. Voulez-vous vous asseoir près du feu ?

— J'en serais… ra-vie ! s'écria-t-elle en se laissant choir lourdement dans le fauteuil qu'il lui offrait. J'aimerais que nous ayons du vin comme celui-ci, mais Gilbert est si pingre ! Savez-vous qu'il ne me laisse pas dépenser un penny de ma dot ? Pas un penny !

— C'est terrible, commenta Wimarc en s'asseyant face à elle et en faisant tourner son rubis autour de son doigt. Une femme aussi ravissante que vous mérite de belles choses.

— C'est ce que je pense aussi ! Mais non, s'écria-t-elle en faisant de grands gestes avec son gobelet. Il dit que nous devons garder notre argent pour payer des soldats ! Pourquoi ? lui dis-je. Le pays est en paix. Quel besoin d'avoir tant d'hommes ?

— Les choses changent, ma dame, répondit Wimarc. Je suis sûr que votre époux veut juste s'assurer que vous et votre maison soyez protégées.

Elle souffla d'un air de mépris en posant la timbale.

— Il ne se soucie pas du tout de moi, sauf pour lui

donner des fils, dit-elle avec une moue boudeuse, et pour satisfaire sa lascivité.

Elle porta le poignet de sa cotte à ses yeux comme pour essuyer une larme.

— Il peut être si méchant avec moi !

Le regard de Wimarc alla aux soldats postés non loin, qui détournaient tous docilement les yeux, occupés à leurs propres conversations. Puis il tira son fauteuil plus près et lui prit la main, la caressant de ses longs doigts froids.

— Je suis fort navré, ma chère, que vous soyez si malheureuse. Vraiment…

Elle retira sa main comme si elle se sentait fautive, et non simplement dégoûtée par son contact.

— Enfin, il n'est pas méchant tout le temps, corrigea-t-elle. Quelquefois, il peut être aimable. Et au lit, il… Y a-t-il encore du vin ?

Une fugace grimace de mécontentement passa sur le visage de Wimarc, mais il appela dûment un serviteur pour demander du vin. Greseld arriva en trottinant aussi vite qu'elle le pouvait avec une carafe et monta sur l'estrade.

Pas Ellie, nota Lizette.

Etait-elle avec Finn ? Wimarc avait dit qu'il lui avait ordonné de rester loin de messire Gilbert, mais elle ne pouvait se fier à lui, ni à la servante. Après tout, Finn était un homme très séduisant.

Et il avait dit qu'Ellie pourrait peut-être leur fournir des informations. Qui sait jusqu'où il irait pour avoir ces renseignements ? Il l'avait déjà embrassée…

Greseld posa le vin à côté de son maître puis s'en alla, laissant Wimarc servir Lizette. En emplissant sa timbale, il se tint au-dessus d'elle, bloquant la lumière du feu telle une ombre sinistre.

Un frisson de dégoût parcourut le dos de Lizette et elle ne souhaita rien davantage que de bondir sur ses pieds et de regagner sa chambre. Néanmoins, elle sourit.

— Vous êtes si généreux !

— Je peux l'être plus encore, dit-il doucement, son souffle brûlant sur sa joue.

Lizette se réfugia dans une autre gorgée de vin tandis qu'il retournait à son siège, sans chercher à se montrer plus explicite. Elle eut l'impression de retrouver ces moments de son enfance, où elle se félicitait d'avoir évité un coup de la part de son père.

— Dites-moi, combien d'hommes votre époux juge-t-il nécessaires pour vous protéger ? demanda-t-il d'un ton cordial.

Elle agita son gobelet d'un geste nonchalant.

— Oh ! Deux cents environ.

— Et les chevaliers ?

Manifestement, ils n'étaient pas les seuls à chercher des informations, au château de Werre…

— Un grand nombre aussi, répondit-elle. Je n'y vois pas d'inconvénient. Certains ont de très bonnes manières et sont plaisants à voir.

Elle lui décocha un sourire de coquette par-dessus le rebord de sa timbale.

— Vous avez beaucoup d'hommes, vous aussi.

— Environ deux cents, répondit-il avec un sourire, même si elle était sûre qu'il en avait plus.

— Et des chevaliers ?

— J'ai de nombreux alliés, mais aucun d'eux n'est beau !

Elle se demanda combien.

— Du moins pas aussi beau que vous, dit-elle, puis

elle baissa les yeux et se mordit la lèvre comme si elle était embarrassée par ce commentaire.

Les yeux brillants, Wimarc se pencha en avant et posa une main sur sa cuisse.

— Je suis ravi que vous le pensiez, comme je suis convaincu que vous êtes l'une des plus belles femmes que j'aie jamais vues.

C'était une flatterie évidente, et il devait la croire bien simplette s'il s'imaginait qu'elle allait la gober ! Adelaïde était une beauté ; leur pauvre mère en avait été une aussi ; pas elle, même si elle était assez jolie.

Toutefois, comme il était à leur avantage qu'il continue à la croire stupide, elle sourit et minauda comme une cervelle de linotte en lui donnant une petite tape sur la main.

— Oh ! Vous ne pouvez pas le penser !

Il laissa sa main où elle était.

— Je vous assure que si.

De nouveau elle feignit de rougir, baissant les yeux et regardant à côté.

— J'espère que mon époux ne vous entendra pas dire de telles choses !

— Je préférerais les dire quand il n'y a aucun danger que quelqu'un nous entende ou nous voie ensemble, dit-il doucement, en faisant remonter sa main un peu plus haut sur sa cuisse.

Elle avait jeté l'hameçon assez loin pour un soir, décida-t-elle.

Portant une main à sa tête, elle se leva en chancelant.

— Je vais me retirer, messire. Je… j'ai un peu le tournis…

Wimarc se mit debout et lui offrit de nouveau son bras.

— La journée a été fatigante, convint-il. De grâce, laissez-moi vous escorter jusqu'à votre chambre.

Ne voyant aucun moyen de refuser sans détruire tout ce qu'elle avait fait pour le tenter, elle hocha la tête et le laissa la conduire jusqu'à l'escalier en spirale qui montait aux chambres.

Lorsqu'ils furent hors de vue des gens qui se trouvaient dans la grand-salle, il s'arrêta et se tourna vers elle, avec une expression si farouche et si différente de ses manières habituellement cordiales que Lizette eut l'impression de voir un tout autre homme.

Puis il l'attrapa par les épaules et la poussa contre le mur arrondi.

— Gilbert est un sot ! Si j'avais un joyau comme vous, je ferais tout ce qui est en mon pouvoir pour vous garder et vous rendre heureuse. Si vous étiez mon épouse, je vous traiterais comme une reine. Par Dieu, je voudrais que vous le soyez ! Vous éveillez mon désir et ma passion plus qu'aucune femme que j'aie jamais rencontrée !

Effrayée par ce soudain changement, percevant la chaleur ardente qui émanait de son corps et sentant sa concupiscence, Lizette lutta pour garder son contrôle.

— Mais… mais je suis déjà mariée !

— Quelle importance si vous me désirez comme je vous désire ? Me voulez-vous ? demanda-t-il son visage à quelques pouces du sien.

— Oui, chuchota-t-elle parce qu'elle le devait, en se préparant à subir son baiser.

Avant que ses lèvres ne s'emparent des siennes, elle se dit qu'elle pourrait endurer son étreinte si cela aidait leur cause, mais elle ne le put pas. C'était trop abominable, comme être embrassée par un monstre brûlant et moite, voulant la punir.

Elle posa les mains sur son torse et le poussa en arrière.

— Messire !

— N'est-ce pas ce que vous voulez ? demanda-t-il d'un ton de défi, la voix aussi cinglante qu'un coup de fouet.

— Si, mais pas ici, mentit-elle. Quelqu'un pourrait nous voir !

Elle afficha un sourire de regret et s'obligea même à caresser son torse.

— Je veux être avec vous, messire, mais je voudrais également préserver ma réputation, aussi devons-nous être très prudents, ou bien je devrai continuer à être malheureuse avec mon époux.

— Nous pouvons nous retrouver dans ma chambre de jour, proposa-t-il, la voix sourde. Personne n'a le droit d'y entrer et je la garde toujours fermée à clé, même quand je suis seul. Personne ne pourra nous interrompre.

Elle déglutit fortement, mais hocha la tête comme si elle était transportée.

— Quand ?

— Demain matin. Dites à votre époux qu'il doit reposer sa jambe un peu plus longtemps.

Elle acquiesça, puis le regarda d'un air méfiant.

— C'était bien un accident, n'est-ce pas, messire ?

Son sourire la glaça.

— Qu'importe comment cela s'est produit, à partir du moment où cela garde votre époux dans sa chambre ! Me retrouverez-vous, quand nous aurons rompu notre jeûne ?

Pour le rendre certain qu'elle le désirait, elle se jeta dans ses bras.

— Bien sûr ! chuchota-t-elle avant de l'embrasser avec un ravissement feint, les lèvres serrées et trouvant répugnant le contact de son corps contre le sien.

Puis elle s'écarta et gravit les marches aussi vite qu'elle

put, pendant que Wimarc redescendait lentement, passant les doigts sur ses lèvres qui avaient le goût du vin et celui de sa future épouse.

Devant la porte de leur chambre, Lizette se frotta furieusement la bouche de sa manche, s'efforçant d'effacer la sordide trace des lèvres de Wimarc avant d'entrer.

Elle s'attendait à trouver Ellie dans la pièce, mais la servante n'y était pas. Finn était seul, allongé sur le lit, les mains sous la tête et un sourire de bienvenue sur son beau visage. Un réchaud plein de braises ardentes réchauffait la chambre et une grosse bougie en cire d'abeille posée sur la table de chevet le baignait d'une lumière dorée.

Il avait l'air d'un lutin malicieux.

— Vous voilà enfin ! Devinez qui m'a apporté de quoi me restaurer ? demanda-t-il avec une étincelle espiègle dans les yeux, si différente de l'horrible éclat lascif dans le regard de Wimarc.

— Pas la vieille Greseld, je suppose, répondit-elle, tout à fait sûre d'elle, sinon il n'aurait pas arboré ce grand sourire.

— Non, en effet…

Il tapota le lit à côté de lui pour l'inviter à venir s'y asseoir.

— C'était Ellie. Et elle ne comptait pas seulement me donner à boire et à manger. Je vous le dis, ma dame, j'aurais craint pour ma vertu, si j'en avais une !

Lizette le regarda d'un air perplexe en s'approchant du lit.

— Etes-vous ivre ?

— Un peu, admit-il d'un ton enjoué. Wimarc a un puissant hydromel.

— Son vin est excellent aussi, dit-elle, tout en se

demandant à quel point il était soûl. Wimarc m'a dit qu'Ellie avait reçu l'ordre de vous éviter.

Il tendit la main pour la faire asseoir près de lui.

— Elle m'a dit qu'on l'avait avertie de garder ses distances avec nous deux, oui… J'étais censé être impressionné par le risque qu'elle prenait pour être avec moi, mais une femme comme elle n'irait jamais contre les ordres d'un homme comme Wimarc, même pas pour un sac d'or, encore moins pour une culbute sans promesse de récompense. Non, pour qu'elle lui désobéisse, elle doit croire qu'elle ne sera pas punie, à moins de ne pas avoir reçu l'ordre en question.

Il lui caressa la main d'une façon qui lui emballa le cœur.

— De fait, ma dame, je dirais qu'il est plus probable qu'elle ait reçu l'ordre de me séduire.

Lizette avait du mal à se concentrer, alors qu'il parlait de séduction, qu'il était si près d'elle avec cet air espiègle et content de lui.

— A votre avis, pourquoi voudrait-il qu'elle le fasse ?

— Pour glisser un coin entre mari et femme, pour vous encourager à l'adultère, ou m'encourager à rejoindre sa cause. Bien sûr, j'ai refusé ses avances, alléguant votre courroux.

Il soupira tandis qu'il continuait à lui caresser la main et à la regarder avec des yeux brillants.

— J'espère que vous appréciez le sacrifice… A présent, Ellie pense que je suis complètement sous la coupe de ma femme.

— Je l'apprécie, dit-elle en jouant avec le bord de la courtepointe sans le regarder en face.

Bien que sa curiosité l'embarrasse, elle ne put s'empêcher de demander :

— L'avez-vous encore embrassée ?

Il rit doucement.

— Non. Je lui ai dit que mon épouse pouvait revenir à tout moment pour voir comment j'allais, que si vous la trouviez là vous vous mettriez sûrement en rage et que je ne pourrais pas la défendre avec ma jambe blessée. Cela a semblé refroidir son ardeur. Et Wimarc ? Vous a-t-il cru au sujet des surnoms ?

— Oui, bien que…

Elle hésita, se demandant si elle devait lui dire ce qu'elle avait ajouté à l'explication. Il n'aimerait probablement pas cela.

Il plissa les paupières, l'air circonspect.

— Bien que quoi ?

Wimarc pourrait commenter ce qu'elle avait dit, alors autant avouer.

— Je lui ai dit que je vous appelais Finn parce que vous aimiez nager comme un dauphin, mais j'ai aussi laissé entendre que vous aimiez… hum… faire certaines autres choses dans l'eau.

— Certaines autres choses ? répéta-t-il, perplexe. Lesquelles ?

— Eh bien… des choses intimes… avec moi.

Ses yeux s'élargirent de stupeur.

— Doux Jésus ! Et vous dites que c'est moi le raconteur d'histoires ?

— J'essayais de lui laisser penser que j'étais aventureuse. Je suis aussi allée dans les cachots et j'ai parlé aux gardes. Je leur ai dit quelque chose qui devrait non seulement détourner tout soupçon si nous nous y rendons ensemble, mais faire même que nous soyons les bienvenus.

— Quoi ? demanda-t-il d'un ton méfiant.

Elle sentit ses joues s'échauffer, mais elle répondit courageusement. Après tout, c'était une bonne excuse pour entrer dans la salle de garde !

— Je leur ai dit que nous aimions jouer avec des menottes et des chaînes.

— Juste ciel ! s'exclama-t-il en se redressant, faisant aussitôt une grimace de douleur.

— Restez tranquille ou vous allez vous remettre à saigner ! Je voudrais que Gillian soit là. Elle en sait plus que moi sur la façon de traiter les blessures.

— Peu importe votre sœur, pour l'instant. Où avez-vous appris ce genre de choses ?

— J'ai entendu deux filles de taverne qui parlaient, une fois. Elles parlaient de leurs clients, et l'une d'elles a dit qu'un noble qui fréquentait son lit aimait être ligoté quand ils faisaient l'amour. J'ai pensé qu'une telle histoire nous permettrait de pénétrer dans la salle de garde sans éveiller les soupçons.

Il secoua la tête, sidéré.

— Dieu me vienne en aide, ma dame, votre esprit est une merveille ! Mais j'espère que Wimarc n'entendra pas parler de nos petits jeux ou il pourrait bien demander à participer, et que ferions-nous alors ?

— Nous pourrons dire que nous préférons nous amuser en privé. J'ai aussi embrassé Wimarc, ajouta-t-elle d'un ton qu'elle voulait détaché, comme vous avez embrassé Ellie… pour faire avancer notre cause…

Il plissa de nouveau les paupières.

— Et il s'est contenté d'un baiser ?

— Pas exactement. J'ai promis de le retrouver dans sa chambre de jour demain matin. Seule, évidemment…

Chapitre 17

A cette nouvelle, Finn jura, ou du moins Lizette présuma-t-elle que cette longue et agressive bordée de mots était une suite de jurons.

— Je serai dans sa chambre de jour, reprit-elle, déterminée à se montrer calme et à s'assurer qu'il comprenne la nécessité de sa décision. Il est peu probable qu'il laisse des documents compromettants en vue, même si la pièce est fermée à clé, et nous devrons faire vite quand nous nous y introduirons, en particulier comme vous êtes blessé. Je pourrai faire une première reconnaissance qui nous fera gagner du temps plus tard.

— Je n'aime pas l'idée de vous savoir seule avec lui dans une pièce fermée à clé, grommela-t-il.

— J'entends bien, mais je dois aller le retrouver, sinon je risquerai d'éveiller ses soupçons.

Finn changea de position sur le lit.

— Je suppose que vous pourrez déjà déterminer la taille de la serrure…, concéda-t-il de mauvais gré.

— La taille de la serrure fait-elle une différence ?

— Si j'en ai une idée, il me sera plus facile de savoir quel outil utiliser.

— Il y a des outils pour cela ?

— Oui. Des crochets…

Il désigna d'un signe de tête ses bottes restées près du tabouret, là où elle les avait posées quand elle avait soigné sa blessure.

— Donnez-moi ma botte droite.

Ce qu'elle le fit. Finn glissa alors la main à l'intérieur et en tira une large bande de cuir, plaquée contre la tige de la botte. Elle était pliée et cousue en petites poches dont sortaient de longues et minces tiges de métal de différentes tailles, avec des formes variées au bout.

— Il y a des serrures de toutes les tailles, et les encoches à l'intérieur ont toutes sortes de formes, lui expliqua-t-il, alors j'ai fait faire ces crochets par un forgeron.

— Regrettez-vous parfois de voler ? demanda-t-elle, sincèrement curieuse en observant les différents outils.

— Pas quand je vole les riches. Quand j'étais un jeune garçon et qu'il m'arrivais de voler des gens pas beaucoup plus riches que moi, cela me tourmentait beaucoup.

— Même les riches peuvent avoir des objets auxquels ils accordent du prix, quelle qu'en soit la valeur monétaire. Adelaïde serait bouleversée qu'on lui vole son crucifix par exemple, non parce qu'il vaut beaucoup d'argent, mais parce que c'est tout ce qu'elle a de notre mère.

Finn hocha la tête, puis prit soudain un air troublé.

— Wimarc m'a parlé de votre autre sœur, à la chasse. Gillian…

L'appréhension noua l'estomac de Lizette.

— Vous avez des nouvelles d'elle ? Est-elle malade ? Elle n'est pas… morte ?

— Non, non, elle va bien ! s'empressa-t-il de la rassurer. Mais apparemment, ma dame, elle vient de se marier elle aussi, avec Bayard de Boisbaston, le frère d'Armand — enfin pas son frère véritablement, mais un bébé échangé à la naissance, ce qui est une nouveauté pour moi ainsi que pour le roi et la cour.

Il fallut un moment à Lizette pour comprendre la teneur exacte de ses paroles, mais quand elle comprit, ce qu'il venait de annoncer lui parut encore plus incroyable que la nouvelle du mariage d'Adelaïde.

— C'est impossible ! Je serais bien plus prête à croire que la Terre tourne autour du Soleil avant de croire que Gillian romprait notre serment et épouserait quelqu'un. Elle était encore plus opposée qu'Adelaïde à l'idée du mariage !

— Qui est mariée maintenant, lui rappela-t-il.

— Mais Gillian déteste les hommes ! Elle les a toujours détestés. Elle n'adressait même pas la parole à la plupart des chevaliers qui venaient courtiser Adelaïde !

— Vous n'avez jamais rencontré Bayard de Boisbaston ?

— Non. Et vous ?

— Non, admit-il, mais j'ai entendu parler de lui. Les dames de la cour ne tarissaient pas d'éloges à son propos. Il est beau, charmant et gai, d'après elles. Et les hommes l'aiment aussi, ce qui est encore plus étrange. Pas de cette façon, précisa-t-il en la voyant changer d'expression. Ils l'apprécient. Il n'a jamais perdu une joute, paraît-il, bien qu'on ne puisse espérer trouver un adversaire plus jovial. Il me semble être quelqu'un de bien.

Lizette se mit à faire les cent pas dans la pièce comme une chatte anxieuse.

— Si vous connaissiez Gillian, vous sauriez que c'est précisément le genre d'homme à lui déplaire.

— Parfois, c'est la personne que l'on s'attend le moins à trouver la plus attirante qui l'est, observa-t-il.

Elle s'arrêta et le regarda avec curiosité.

— Pourquoi Wimarc vous a-t-il parlé de Gillian ?

— Nous parlions des hommes loyaux au roi, et les Boisbaston le sont sans conteste. Je pense qu'il me sondait pour savoir si je serais loyal à John, moi aussi — enfin, il sondait Gilbert…

— Et vous l'avez conduit à croire que vous ne l'êtes pas ?

— Oui, bien sûr.

— Je voudrais ne jamais avoir entendu parler de Wimarc, ou du roi, ou de cette conspiration ! Je voudrais que le mariage n'existe pas. Je voudrais qu'Iain m'ait laissée chez messire Delapont ! Je vais me coucher !

Là-dessus, elle attrapa la courtepointe et l'arracha du lit. Puis elle haussa un sourcil, l'air irrité, attendant manifestement qu'il se lève, ce qu'il fit. Elle jeta un oreiller par terre, quitta hâtivement sa cotte et se coucha, fermant les tentures en quelques gestes brusques pour s'isoler.

Tandis que Finn s'installait sur le sol, il se demanda si elle regrettait de l'avoir rencontré, aussi.

Iain se tint un moment au-dessus du corps de Lindall. Puis il cracha par terre à côté de lui et, la tête basse, retourna sur la route où ils avaient été attaqués. Il avait plu une fois entre-temps, lui avait dit Jane, et la plupart des traces de pas avaient disparu dans la boue.

Lorsqu'il sortit du bois, dame Jane éperonna sa monture pour le rejoindre. Elle avait insisté pour l'accompagner, au cas où il se sentirait mal, et il l'avait conduite à cette scène sanglante de mort et de destruction, les hommes et le contenu du chariot éparpillés le long de la route. Les soldats d'Averette avaient été dépouillés et laissés à pourrir, à côté de ceux de leurs assaillants.

— Un autre cadavre, dit-il d'un ton lugubre, celui du maudit traître qui a conduit l'attaque.

— Alors Lizette peut encore être en vie! s'exclama Jane avec ferveur.

— Oui, peut-être. Nous pouvons l'espérer.

Il devait l'espérer.

— Le messager que nous avons dépêché devrait être arrivé à Averette, maintenant.

— Oui.

Il se mit en selle avec précaution, afin de ne pas faire de faux mouvement avec son épaule blessée.

— J'ai envoyé chercher un chariot pour porter les corps de vos hommes au cimetière et les enterrer. J'enverrai des serviteurs enterrer ceux qui vous ont attaqué dans le bois. Ils ne méritent pas mieux.

— Non, en effet. Mais dites à vos hommes de ne pas se soucier de celui qui est le plus loin de la route. Qu'ils le laissent aux corbeaux.

Dame Jane hocha la tête.

— Je suis stupéfaite que vous ayez réussi à aller jusqu'à l'église, blessé comme vous étiez, dit-elle au bout d'un long moment.

Iain ne répondit pas. Il inspecta la route et les arbres qui bordaient l'accotement boueux, à la recherche d'un signe indiquant que quelqu'un était parti par là. Dans sa faiblesse, le cerveau brumeux, il était parti dans l'autre sens et avait pris une fourche qui l'avait conduit, par hasard, à dame Jane au lieu du château de Werre. Dieu l'avait sûrement guidé cette nuit-là, et l'avait aussi gardé en vie.

Il voulait croire que ce même Dieu veillait sur Lizette et sa chambrière, qu'il les avait aidées, elles aussi, à trouver un refuge, une bonne âme pour leur venir en aide.

A la sortie d'un virage, il aperçut une masse sombre sur la route. Un homme qui ne se serait jamais trouvé mêlé à une bataille n'y aurait vu qu'un tas de vêtements ou un paquet tombé d'un chariot. Mais lui avait pris part à maintes batailles, et il sut tout de suite ce que c'était : un autre cadavre, recroquevillé là où il était tombé. Il en repéra un autre plus loin sur le côté de la route, lorsqu'il mit son cheval au trot.

Trois autres encore, à des intervalles irréguliers. Et puis plus rien. Ni corps, ni signes de chevaux ou d'hommes. C'était comme si ces cinq hommes étaient simplement tombés là… mises à part leurs blessures.

— Que leur est-il arrivé, à votre avis ? demanda Jane.

— Je dirais qu'ils poursuivaient quelqu'un, quelqu'un qui les a tués un par un.

— Pensez-vous qu'ils poursuivaient Lizette ?

— Peut-être, mais elle n'aurait pas pu les tuer elle-même. On ne lui a jamais appris à se servir d'une épée, et il en faudrait une lourde pour tuer de cette façon.

Iain secoua la tête.

— Non… Ils ont été tués par un homme fort qui savait ce qu'il faisait.

— Peut-être s'agissait-il d'un de vos hommes qui protégeait Lizette et Keldra, suggéra Jane.

— J'aimerais le croire, mais ils étaient tous sur la route.

Soudain, le visage d'Iain s'éclaira.

— Nous avons rencontré un noble irlandais à quelques milles d'ici, près de la rivière, quand nous avons abreuvé nos chevaux. Messire Oliver de Leslille. Il était à une partie de chasse, nous a-t-il dit. C'était peut-être lui… Peut-être que Lizette est avec…

Il vit Jane pâlir, une expression anxieuse dans ses yeux aimables, et se tut.

— Qu'est-ce qui ne va pas ?

— Messire Oliver de Leslille est en Cornouaille. Il se remet d'une chute et doit y rester des semaines, encore.

— Peut-être qu'il va mieux. Il est déjà arrivé que des médecins se trompent.

— Iain, j'espère et je prie que vous ayez raison, mais il y avait un homme à la cour, récemment, qui se faisait passer pour messire Oliver. Il s'est enfui avant que la vérité ne soit connue.

— Oh ! Mon Dieu ! murmura Iain, atterré.

— S'il s'agit du même homme, il n'avait pas l'air d'un sauvage au sang-froid. Peut-être a-t-il emmené Lizette dans le Kent pour la rançonner.

— Ce serait un moindre mal, au point où nous en sommes…

Iain ne pouvait supporter de penser aux autres hypothèses possibles, que Lizette soit en train de souffrir ou qu'elle soit morte dans un endroit où ils ne retrouveraient jamais son corps.

Même si elle était déterminée à entrer dans la chambre de jour de Wimarc, Lizette prit aussi longtemps qu'elle put pour rompre son jeûne le lendemain matin. Elle mangea lentement sa bouillie, brisa son pain en petits morceaux, joua avec la viande posée sur son tranchoir et but de petites gorgées de cervoise.

Pour finir, cependant, Wimarc et elle furent les derniers à la table et les serviteurs attendaient pour débarrasser.

— Puisque vous avez enfin fini, ma dame, dit Wimarc

en montrant une certaine impatience, je vais vous conduire dans la chambre de jour pour que vous puissiez écrire à votre intendant.

Ils ne s'étaient pas mis d'accord sur un tel prétexte, mais visiblement, Finn et elle n'étaient pas les seuls capables d'inventer une histoire commode.

— Oui, j'apprécierais, répondit-elle en essuyant ses doigts un par un sur sa serviette avant de prendre la main du seigneur pour se lever.

Elle ne dit rien de plus tandis qu'ils traversaient la grand-salle vers un autre escalier qui conduisait, constata-t-elle, aux étages supérieurs du vieux donjon. Les yeux de Wimarc semblaient lui brûler le dos tandis qu'elle relevait ses jupes, posait la main sur la rampe sculptée dans le mur et montait les marches.

C'était comme gravir l'estrade d'un gibet près duquel le bourreau attendait, bien qu'elle soit en quête de vie pour ses sœurs et Ryder, pas de mort.

Lorsqu'elle atteignit le premier étage, elle vit deux portes, l'une de bois cloutée devant elle et une autre au fond du palier arrondi qui devait permettre de sortir. Deux entrées, donc, à ce niveau — ou deux issues pour s'échapper, si nécessaire ?

Wimarc déverrouilla la première porte et lui fit signe d'entrer. En passant devant lui, elle étudia à la fois la grosse clé en fer qu'il tenait dans sa main et la serrure elle-même. Elle était sûre d'avoir vu parmi les outils de Finn un crochet qui correspondrait, dont la tête était d'une forme similaire.

Contrairement au reste des pièces du château, la chambre de jour était spartiate. Elle était sombre, aussi, la seule lumière venant d'étroites meurtrières. Il y avait une grande table ordinaire avec de quoi écrire et un petit coffre de bois sans ornements, une seule chaise, également simple, et un réchaud vide.

Lizette s'efforça de ne pas fixer de manière trop évidente la serrure du coffre tandis que Wimarc fermait la porte, dans un bruit qui évoqua pour elle celui d'une tombe qui se referme. Puis il tourna la clé dans la serrure, l'emprisonnant avec lui.

Nouant ses bras autour d'elle autant pour se réchauffer que pour se réconforter, elle n'essaya pas de cacher sa nervosité.

— Peut-être ne devrais-je pas rester. Si mon époux découvre que j'étais seule avec vous…

— Tout ce que vous aurez à lui dire est que vous deviez écrire un message à votre intendant concernant un sujet domestique, dit-il en s'approchant d'elle. Vous êtes bien la châtelaine de sa maison, n'est-ce pas ?

— Oui.

Ellc obliqua vers la table, plus près du coffre et plus loin de lui.

— Et s'il ne me croit pas ?

— Alors il risquerait de m'insulter, et je suis sûr qu'il y réfléchirait à deux fois.

La menace dans la voix de Wimarc ajouta à son malaise, et elle frémit.

— Je suis sûre qu'il ne voudrait pas vous offenser, murmura-t-elle en se rendant compte que Wimarc pouvait la coincer contre la table.

Elle se dirigea vers une meurtrière.

— Avez-vous froid, ma dame ? Dois-je vous réchauffer ?

— J'ai juste un peu frais, répondit-elle en se frottant les bras. Je me sentirai mieux sous peu.

— Vous n'allez pas jouer la damoiselle effarouchée maintenant, n'est-ce pas ? lui demanda-t-il, la voix basse et menaçante, en se rapprochant d'elle. Pas après ce baiser.

— Je n'ai jamais trompé mon époux, dit-elle pour excuser son apparent changement d'avis. Il a un terrible tempérament, messire.

— Alors nous devrons simplement nous assurer qu'il ne sache rien, dit Wimarc en s'approchant encore.

Elle tenta de l'esquiver.

— Il me tuera s'il découvre notre adultère.

Avant qu'elle ne puisse passer près de lui, il la prit par le bras et l'attira à lui.

— Pensez-vous que je sois un jouvenceau énamouré qui se contente de badinages, ma dame ? demanda-t-il d'un ton dur. Vous saviez ce que j'attendais quand je vous ai invitée ici, et vous avez accepté de venir.

Elle tenta de libérer son bras, mais son emprise était trop forte.

— Messire, de grâce ! Vous me faites mal ! Une dame peut sûrement changer d'avis !

— Vous avez fait une offre, j'ai accepté, et si vous essayez de me duper, vous le regretterez, gronda-t-il, ses doigts se resserrant tandis qu'elle se débattait et luttait pour se dégager. Reculez maintenant, et je vous détruirai tous les deux, votre époux et vous !

— Mais vous avez besoin de ses hommes et de son soutien !

Il sourit, d'un sourire proprement maléfique.

— Il y a d'autres nobles avec autant d'hommes et d'armes que lui. Je peux trouver d'autres alliés, bien qu'ils n'aient peut-être pas d'aussi jolies épouses.

Son sourire se changea en un farouche froncement de sourcils et ses yeux brillèrent de concupiscence.

— Je deviens impatient d'avoir ce que vous m'avez promis, ma dame.

Lizette se força à sourire et à se détendre dans ses bras.

— Je commençais à craindre que vous ne soyez pas l'homme que j'espérais, messire. Je me demandais ce qu'il fallait pour exciter la bête en vous.

Il plissa les paupières.

— D'autres jeux, ma dame?

— De ceux qui me plaisent…

Il relâcha son emprise mais ne la laissa pas s'éloigner, alors elle posa les mains sur ses bras et le fit reculer avec elle jusqu'à ce que ses hanches soient contre la table.

Jusqu'où était-elle prête à aller pour continuer cette ruse?

Aussi loin qu'elle le devait.

— Vous jouez à un jeu dangereux, fit observer Wimarc en posant les mains sur la table, l'emprisonnant.

Elle s'efforça d'ignorer la panique qui l'envahissait pour s'obliger à lui caresser les épaules et à murmurer :

— J'aime les hommes dangereux.

— Je suis très dangereux, lui assura-t-il en se penchant pour presser ses lèvres brûlantes et moites sur les siennes.

Elle se soumit, se disant qu'elle devait le faire. Qu'elle devait rester. Qu'elle devait protéger sa famille, ainsi que Finn et Ryder.

Tout en l'embrassant, Wimarc la souleva de sorte qu'elle soit assise sur la table. Il allait la prendre là. Comme une ribaude.

Alors elle serait une ribaude, se donnant à lui en échange d'informations. Elle n'avait pas le choix. Il fallait qu'elle…

Un cri s'éleva soudain des remparts.

Elle sursauta et le repoussa.

— Qu'est-ce donc?

Wimarc poussa un juron et alla à la meurtrière pour regarder dans la cour. Il fronça les sourcils, pivota et dit d'un ton sec :

— Quelqu'un arrive.

Une visite malvenue, manifestement, mais Lizette bénit l'inconnu, qui qu'il soit.

Wimarc la prit par le bras et la tira vers la porte.

— Nous terminerons ceci plus tard.

Trop heureuse de s'en aller, elle ne se plaignit pas de ses rudes manières.

— Qui est-ce? Quelqu'un d'important, je suis sûre.

— Mon épouse.

Chapitre 18

L'épouse de Wimarc était jeune et jolie. Montée sur une belle jument, elle arrivait avec une escorte de vingt hommes, deux chariots de bagages et cinq serviteurs. Sa cotte, bien que simple comme il seyait à une tenue de voyage, était coupée dans un très beau drap bourgogne, et lui moulait le buste avant de s'évaser sur les hanches. Des volubilis brodés au fil vert ornaient le corselet et les poignets. Son voile était de la soie la plus fine et flottait comme de la gaze autour de son visage en forme de cœur. Il était tenu en place par une coiffe lourdement brodée, et sa cape était doublée de fourrure.

Néanmoins, alors que Lizette s'avançait dans sa direction derrière Wimarc, elle eut pitié d'elle, enchaînée pour la vie à un homme aussi vil.

— Roslynn, quelle délicieuse surprise! s'écria ce dernier en l'aidant à descendre de cheval.

Vu son furieux agacement lorsqu'il avait regardé par la meurtrière de la chambre de jour, cet homme était un aussi bon imposteur que Finn, et un aussi grand hypocrite que les hommes qui étaient venus courtiser Adelaïde et lui avaient juré une dévotion éternelle alors qu'ils ne convoitaient en réalité que sa dot et son héritage.

Wimarc prit les mains de son épouse et l'embrassa sur les deux joues.

— Vous auriez dû prévenir que vous arriviez.

Dame Roslynn rougit et demanda anxieusement :

— J'espère que vous n'êtes pas fâché. Je me suis lassée de l'hospitalité de messire Bernard et ai décidé de rentrer.

Puis son regard se posa sur Lizette. Ses yeux se plissèrent de suspicion et son expression s'assombrit tandis qu'elle parcourait du regard sa propre robe empruntée.

— Vous avez des invités ?

Peut-être avait-elle eu tort de penser que la jeune châtelaine était douce et docile, se dit Lizette.

Wimarc se tourna. De toute évidence, il ne s'était pas attendu à ce qu'elle le suive dans la cour et il n'en était pas ravi. Néanmoins, il afficha un chaleureux sourire.

— Dame Helewyse, puis-je vous présenter mon épouse, dame Roslynn. Le cortège de dame Helewyse et de son époux, messire Gilbert de Fairbourne, a été attaqué, expliqua-t-il ensuite à sa femme. Ils ont été volés, alors naturellement je lui ai offert de porter certaines de vos cottes…

L'hostilité disparut aussitôt du visage de Roslynn, comme si elle n'avait jamais existé et elle sourit, ce qui la fit paraître encore plus jeune et plus charmante.

— Messire Gilbert de Fairbourne ? répéta-t-elle avec enthousiasme. Alors vous êtes presque aussi heureusement mariée que moi ! Messire Gilbert était un favori à la cour, un très bel homme, très aimable.

Lizette parvint à maintenir une façade de calme, en grande partie parce que Finn était alité dans leur chambre. Si Roslynn connaissait le véritable messire Gilbert, il devrait y rester jusqu'à ce qu'ils puissent partir.

— Votre visage ne paraît familier, ma dame, ajouta la châtelaine. Nous sommes-nous déjà rencontrées ? Dans le Kent, peut-être ?

Le cœur de Lizette s'arrêta presque de battre : elle se souvint soudain que le frère de Roslynn avait été l'un des prétendants d'Adelaïde et la jeune femme faisait partie de sa suite lorsqu'il était venu à Averette.

— Je ne crois pas, mentit-elle, en espérant que cela la contenterait.

Cela remontait à quelques années, après tout, et elles étaient toutes les deux plus jeunes.

— Je me trompe peut-être, convint dame Roslynn. Avec un époux tel que le mien, l'on rencontre tant de dames ! Elles sont attirées par lui comme des abeilles par du miel.

— Dame Roslynn, vous êtes plus ravissante que jamais ! s'écria une voix joyeuse dans son dos.

Lizette ferma les yeux, attendant que le ciel lui tombe sur la tête. Puis elle les rouvrit, se retourna, et vit Finn boitiller vers eux à travers la cour, un grand sourire aux lèvres, comme s'il était réellement heureux de voir l'épouse de Wimarc.

— Quel plaisir de vous revoir, ma dame ! Wimarc ne nous avait pas dit que vous nous rejoindriez.

Pourquoi n'était-il pas resté dans leur chambre ? Ou retourné dans la grand-salle lorsqu'il avait vu une femme qui était allée à la cour, et qui devait avoir rencontré messire Gilbert ?

— J'ignorais qu'elle devait revenir si tôt, répondit Wimarc d'un ton frais. Ma charmante épouse a pris sur elle de me surprendre.

— Comme vous devez être ravi qu'elle l'ait fait ! commenta Finn, enthousiaste.

Rougissant au point qu'elle était presque de la même couleur que sa cotte, Roslynn paraissait aussi déconcertée que Lizette — et à juste titre, si elle connaissait le vrai messire Gilbert.

— Ne me dites pas que vous ne vous souvenez pas de moi ? l'accusa gentiment Finn avec un sourire espiègle. Je me souviens certainement de vous, mais vous étiez tant admirée et recherchée que j'étais forcé de vous vénérer de loin ! Je ne crois pas que nous ayons échangé un seul mot à la cour.

— Vous étiez à la cour pendant que j'y étais ?

Maintenant c'était au tour de Lizette d'être stupéfaite, car jusqu'ici Roslynn avait parlé comme si elle avait rencontré messire Gilbert.

— Pas longtemps. J'ai dû partir chez mon beau-père pour mon mariage, mais je vous ai vue une fois ou deux avant mon départ et j'ai soupiré de voir une beauté aussi fraîche et juvénile, telle une fleur dans un jardin…

— On m'avait dit que vous étiez un bel homme, et charmant, répondit Roslynn en lui dédiant un petit sourire timide. Je vois que ces dires étaient vrais.

— Si je suis charmant, c'est parce que vous m'inspirez.

Doux Jésus ! Finn aurait dû être un courtisan. Il était aussi policé et flatteur qu'eux, et à peu près aussi sincère !

Un groupe de mercenaires franchit à ce moment-là les portes à cheval. L'un d'eux fit un signe de main, et Wimarc hocha la tête en réponse.

— Une patrouille rentre, alors si vous voulez bien m'excuser, je dois aller aux nouvelles, dit-il avec un sourire avant de s'adresser à son épouse. Ne voulez-vous pas ôter ces habits de voyage, ma chère ?

Il souriait toujours, mais ne n'était pas vraiment une question.

— Oh ! Oui, fit Roslynn. Excusez-moi, messires, ma dame.

Ils se saluèrent d'un signe de tête, et pendant que Wimarc se dirigeait vers le chef de la patrouille, Finn passa le bras de Lizette sous le sien.

— Je me sens d'humeur à faire un tour dans la cour, ma dame.

— Et votre jambe ? s'enquit-elle en marchant à côté de lui.

— Elle va bien mieux quand je bouge, répondit-il en la conduisant vers les écuries où les palefreniers et les valets s'occupaient du cortège de la châtelaine et des chevaux des mercenaires.

Ceux-ci descendirent de cheval et se dirigèrent vers les baraquements en un groupe bruyant.

Plus d'un détailla Lizette d'un œil spéculateur, et elle crispa instinctivement la main sur le bras de Finn.

— Devons-nous vraiment aller par là ?

— Il y a quelque chose que j'ai besoin de voir, répondit-il en continuant vers les écuries.

Ne voyant pas de serviteurs ou de soldats à proximité, elle se pencha vers lui et demanda :

— Pourquoi n'êtes-vous pas resté dans la chambre ?

— Je m'ennuyais.

Elle le regarda d'un air incrédule.

— Vous avez risqué notre plan, nos vies, et la vie de ceux à qui nous tenons, parce que vous vous ennuyiez ? Et si Roslynn avait rencontré Gilbert à la cour ?

— Cela aurait été bien fâcheux, concéda-t-il tandis qu'il s'arrêtait dans l'ombre d'une dépendance et appuyait son poids sur sa bonne jambe. Mais je ne l'ai pas vue quand j'y étais moi-même, et Gilbert était déjà parti pour Nottingham sur ordre du roi quand elle est arrivée. Vous m'avez dit qu'elle a été élevée dans un domaine isolé avant d'aller à la cour, alors j'étais assez certain qu'ils ne s'étaient jamais rencontrés. Et comme j'ai rasé ma barbe et que je gardais mes distances avec la plupart des dames nobles non mariées quand j'étais messire Oliver, je ne pensais pas qu'elle me reconnaîtrait non plus. Sinon, je me serais hâté de partir aussi vite que cette jambe me l'aurait permis !

Lizette étudia son visage, essayant de l'imaginer avec une barbe sombre comme ses cheveux. Il paraîtrait plus âgé sans doute et ses yeux bruns et expressifs en seraient davantage mis en valeur.

— Même dans ces conditions, vous n'auriez pas dû courir le risque ! Ils auraient pu se rencontrer ailleurs, dans le château d'un ami commun à leurs familles, et vous nous auriez mis en grand danger.

— Pas la peine de se monter la tête à ce sujet, rétorqua-t-il en repartant en boitant vers les écuries. De son propre aveu, elle n'a jamais rencontré messire Gilbert.

— Heureusement pour nous, mais vous auriez dû rester dans notre chambre !

— Et laisser Wimarc…

Elle vit l'effort qu'il fit pour parler calmement.

— Très bien… Dites-moi que j'avais tort de m'inquiéter. Que vous n'avez pas besoin que je vous protège. Rabrouez-moi pour m'être fait du souci et rappelez-moi que vous pouvez prendre soin de vous-même. Que vous savez ce que vous faites et que vous n'êtes pas une enfant.

Tandis qu'ils se faisaient face dans la cour de leur ennemi, Lizette ne pouvait nier qu'elle avait eu très peur dans la chambre de jour et à quel point elle avait été soulagée par l'interruption. Elle ne pouvait donc pas condamner Finn de vouloir la sauver.

— Je ne vais pas vous tancer ou prétendre que je n'ai pas besoin de votre protection, concéda-t-elle. Wimarc est un homme cruel et dangereux, et si Roslynn n'était pas arrivée, j'aurais été contente que vous interveniez.

Les épaules de Finn se détendirent.

— Eh bien… Un miracle…

— Quel était votre plan, si l'arrivée de son épouse n'avait pas contrarié les projets de Wimarc ? demanda-t-elle tandis qu'il lui faisait franchir la large porte pour longer les écuries.

Il jeta un coup d'œil au haut mur qui les entourait, puis, lui tenant la main, il l'entraîna dans l'allée étroite entre les écuries et une resserre en colombage.

— Je me serais rendu dans la chambre de jour en prétendant avoir quelque chose à demander à Wimarc, répondit-il. En vous trouvant ensemble, je ne me serais pas mis en fureur. J'aurais feint de croire l'explication que Wimarc ou bien vous m'auriez donnée pour votre petit tête-à-tête. Par bonheur, Roslynn est arrivée, à la place.

— Oui, par bonheur. C'était horrible !

Il se tourna pour la regarder, un sourire sur les lèvres, mais ce sourire s'évanouit aussitôt.

— Embrassez-moi !

Avant qu'elle ne puisse répondre, il la poussa contre le mur et couvrit sa bouche de la sienne. Elle entendit alors le son de voix masculines, graves et rudes. Des hommes de Wimarc étaient à proximité, peut-être à l'entrée de l'allée.

Comprenant, elle jeta les bras autour de lui et lui rendit son baiser. Quelle que soit la raison de cette étreinte, il était si bon d'être dans ses bras, cela lui paraissait si juste, qu'elle n'avait pas besoin de feindre la passion.

Les voix s'éloignèrent, mais Lizette n'interrompit pas leur baiser, et Finn non plus. Il la pressa contre le mur de bois, sa langue ouvrit ses lèvres et se glissa dans sa bouche chaude et consentante. Toute pensée fut momentanément abolie dans le ravissement d'être tenue par lui et de sentir son désir qui montait. Comme le sien.

La grande main de Finn descendit le long de son bras puis glissa sur ses côtes, remontant pour saisir un sein tandis qu'elle arquait le dos, ses propres mains se promenant sur son dos musclé.

L'un des gardes postés sur la muraille appela pour avoir un gobelet d'eau. Ainsi rappelée à la réalité, Lizette mit fin au baiser et se retrouva les yeux plongés dans ceux de Finn.

— Il y a une porte sur le côté, dit-il, et je voulais voir si elle a une serrure. Elle n'en a pas et n'est pas visible du chemin de ronde…

— C'est bien ? murmura-t-elle, l'esprit encore embrumé par la sensation de ses lèvres et de ses mains sur son corps avide.

— Très bien. Rien de tel qu'un feu et des chevaux affolés pour distraire les gardes.

Complètement attentive à présent, elle haussa les sourcils.

— Ce soir ? demanda-t-elle.

— Ce soir, acquiesça-t-il.

Ainsi, son baiser n'avait été qu'une nécessité de plus.

— Quoi, ils sont tous morts ? demanda Wimarc abasourdi au chef de ses mercenaires.

— Tous, confirma Draco. Traînés dans les bois et enterrés.

— Et pourtant le chariot était toujours là ?

Draco glissa la main dans sa tunique en cuir et en sortit un parchemin.

— Avec ceci…

Wimarc le lui arracha de la main.

— Je suppose que vos hommes et vous avez pillé le reste des bagages ?

Draco ne répondit pas.

Wimarc n'en dit pas plus, car Draco et ses compagnons étaient trop habiles pour qu'il veuille les mettre en colère.

— C'était bien son cortège, maugréa-t-il après avoir lu la lettre tachée de boue.

Il serra le poing, tenant toujours le parchemin dans sa main.

— Je ne pensais pas que ses hommes étaient si bien entraînés. Vous n'avez pas trouvé un seul de leurs corps ?

— Non, messire. Juste vos hommes.

Draco considéra son seigneur avec une curiosité patente.

— Elle avait de la valeur pour vous, cette femme ?

— Pour moi et pour d'autres.

Et maintenant, il n'avait rien avec quoi neutraliser les Boisbaston.

Ce qui signifiait aussi qu'il avait besoin plus que jamais de l'alliance de Gilbert… ou du moins de ses hommes et de sa fortune.

Lizette et Finn se préparaient dans la chambre pour le sauvetage et l'évasion. Une grosse chandelle brûlait sur la table de chevet. Le coupe-vent en lin était fermé, tenant à distance l'air frais de la nuit et la lumière d'une lune presque pleine. Il aurait mieux valu qu'il n'y ait pas de lune du tout, mais ils n'y pouvaient rien.

Lizette avait revêtu la cotte avec laquelle elle était arrivée, qui avait été lavée et reprisée. Sa couleur sombre la rendrait plus difficile à voir, avait dit Finn. Il avait sorti quatre crochets de sa trousse en cuir et les avait enfilés dans sa ceinture.

— Ce sera plus facile que de quitter ma botte, expliqua-t-il. Heureusement que Roslynn est arrivée, sinon Wimarc pourrait vous attendre dans sa chambre ce soir.

Lizette hocha la tête en attachant ses cheveux en arrière avec un simple lien de cuir.

— Bien que je veuille trouver les preuves qui confondront Wimarc, je suis désolé pour elle, dit-elle. Les terres et les biens d'un traître sont remis à la Couronne. Elle pourrait se retrouver sans rien.

— Elle a une famille pour l'accueillir, à moins qu'elle ne soit impliquée aussi dans la conspiration.

— Je ne le crois pas. Et vous?

Finn secoua la tête.

— Non. Je ne pense pas que Wimarc se fie assez à elle pour la mêler à ses complots.

Lizette acquiesça en silence, admirant son aisance. Vu ce qu'ils étaient sur le point de tenter, il était remarquablement calme.

Mais il était habitué à ce genre d'activité, et elle ne l'était pas. Et quand cette aventure serait terminée, elle rentrerait à Averette et ne le reverrait probablement jamais. Elle ne saurait sans doute jamais non plus ce qu'il adviendrait de lui. S'il était vivant ou mort. En bonne santé ou malade.

— Finn, quand ce sera fini, que ferez-vous?

Il haussa les épaules et baissa les yeux sur le sol en pierre.

— La même chose qu'avant, je suppose…

Alors il mourrait prématurément. Il y avait très peu de vieux voleurs ; les gibets en réclamaient la plupart alors qu'ils étaient encore plus jeunes que Finn.

— Vous êtes si intelligent, vous n'avez sûrement pas besoin d'être un voleur, dit-elle en le rejoignant. Vous feriez un excellent marchand, quoi que vous choisissiez de vendre. Les femmes en particulier seraient avides de vous acheter votre marchandise, et Garreth pourrait être votre assistant.

Finn secoua la tête.

— Il s'ennuierait au bout d'une demi-journée et volerait probablement dans l'étal voisin.

— Pas si vous lui ordonniez de ne pas le faire. Je pense qu'il ferait n'importe quoi pour vous, y compris devenir honnête. Ne voulez-vous pas au moins considérer la chose ? Je… je n'ai pas envie de chevaucher sur une route, un jour, et de voir votre cadavre pendu à une potence.

Il soutint son regard, de façon intense.

— Comme je n'ai pas envie d'entendre dire un jour que vous êtes mariée.

— Je ne me marierai jamais.

Pas si je ne peux pas vous épouser.

Ces mots explosèrent dans son esprit et dans son cœur, et elle en perçut toute la vérité et toute la force. Oui, pour Finn, elle briserait son serment, comme ses sœurs l'avaient fait. Elle donnerait tout pour être sa femme. Pour vivre avec lui le restant de ses jours. Pour porter ses enfants.

Mais cela ne pourrait jamais être…

— J'ai fait un vœu. Adelaïde, Gillian et moi avons juré solennellement après la mort de notre père de ne jamais nous marier. C'est pourquoi j'ai été si bouleversée quand vous m'avez dit qu'elles avaient toutes deux pris un époux.

— Je pensais que toute femme désirait se marier. Ma pauvre mère aurait donné un bras pour se marier. Elle aurait même épousé Judas s'il était apparu dans un nuage et le lui avait demandé.

— Peut-être pas si le futur marié était une brute comme mon père, répondit Lizette. Nous ne voulions pas d'une vie comme celle que notre mère a endurée — battue et humiliée parce qu'elle ne donnait pas naissance à des fils, malgré les nombreuses fois où elle a essayé. Entre la pression des grossesses et des naissances, elle est devenue guère plus qu'une coque vide et il ne lui restait rien à donner à ses filles.

— A part une aversion farouche pour le mariage.

— Oui, à part cela — et chez moi, un grand désir de liberté. Pouvoir voyager et bouger à mon gré, ne jamais être attachée à un endroit.

— Et si Adelaïde ne peut empêcher vos fiançailles ?

— Si John me force à me marier en menaçant ma famille, je donnerai mon accord.

Elle détourna les yeux, regardant par la croisée le ciel et les étoiles.

— Pendant trop longtemps, j'ai été égoïste et ingrate en dépit de tout ce qu'Adelaïde et Gillian ont fait pour moi. Alors s'il est nécessaire pour leur sécurité que j'obéisse au roi et que je me marie, je le ferai.

Sa voix retomba et son cœur s'emballa comme un cheval au galop. Elle lui dirait tout. Ce soir, leur dernier soir, elle lui dirait ce qu'elle ressentait vraiment.

— Mais je ne serai pas heureuse.

Il passa devant elle en boitant et alla s'appuyer au montant du lit.

— Ne dites pas de telles choses, ma dame. Quand ceci sera terminé et que nous partirons chacun de notre côté, ne repensez pas à moi. Je ne suis qu'un voleur, le bâtard d'une ribaude, et vous êtes une dame noble.

Elle s'approcha de lui, son regard fixé sur son visage affligé.

— Vous êtes l'homme le meilleur, le plus courageux, le plus intelligent que j'aie jamais rencontré. Je suis fière de vous connaître, Fingal. Je serai toujours fière de vous avoir connu. Et si vous étiez réellement messire Oliver de Leslille, je ferais tout ce que je pourrais pour gagner votre cœur.

Le torse de Finn se soulevait et s'abaissait sous l'effet de sa respiration rapide et saccadée tandis qu'il la dévisageait. Puis il la prit dans ses bras et la tint contre lui.

— Ma dame, ma dame, j'aimerais tant l'être ! Oh ! Oui ! Comme j'aimerais l'être !

Le cœur plein de chagrin et cependant léger de savoir combien il tenait à elle, elle se cramponna à lui, le serrant pour ce qui pouvait être la dernière fois.

La dernière étreinte. La dernière nuit.

Elle leva la tête et pressa ses lèvres sur les siennes.

Le dernier baiser.

Avec une urgence fervente, il lui rendit son baiser. De ses doigts anxieux, il lui caressa les joues tandis qu'elle plaquait les mains sur son dos, sentant la force contenue dans son corps.

« Nous ne voulons pas nous marier, mais cela ne veut pas dire que nous devons rester chastes. »

C'était elle-même qui avait dit ces mots quand elle avait

fait ce serment avec ses sœurs, moitié plaisantant pour briser l'atmosphère tendue de la chambre de jour de leur père, mais à présent… à présent, avec cet homme qu'elle tenait dans ses bras, elle sentait le besoin, l'aspiration et l'amour courir dans ses veines…

— De grâce, Finn, chuchota-t-elle d'un ton implorant, faites l'amour avec moi.

Il s'écarta légèrement d'elle, incertain, mais les yeux assombris par un besoin, un désir passionnés.

Tout ce qui comptait, tout ce qui la gouvernait en cet instant étaient son amour et son désir pour cet homme incroyable. Elle voulait être avec lui aussi intimement qu'une femme pouvait l'être. Elle voulait lui montrer combien il signifiait pour elle, et qu'elle négligerait les règles et les restrictions de la coutume et de l'honneur pour partager son lit. En risquant une grossesse, le scandale et la honte.

— Finn, faites l'amour avec moi ! Maintenant, ce soir, avant que nous nous séparions !

Bien que son corps lui indique qu'il était excité et aussi plein de désir qu'elle, il secoua la tête.

— Non, ma dame. Dieu sait que j'aimerais, mais nous n'avons pas le temps.

Lui serrant les mains, il la regarda avec une déception égale à la sienne.

— Si nous avions le temps, ma douce Lizette, et que vous me regardiez ainsi et me disiez ces mots, je vous aimerais si longtemps et si bien que vous ne pourriez jamais douter combien vous signifiez pour moi !

Il tenait à elle, il la convoitait, et pourtant il avait raison. Ils n'avaient pas le temps. Pas pour l'amour. Pas ici, pas maintenant.

Donc jamais…

Toute emplie de regrets et de chagrin, mais de détermination aussi, elle s'écarta de lui et, essuyant les larmes qui allaient tomber, le conduisit à la porte.

Même si elle ne pouvait pas aimer Finn aussi pleinement qu'elle le voulait, elle pouvait néanmoins l'aider à sauver son frère et à s'échapper de ce terrible endroit.

Chapitre 19

Se tenant par la main, Lizette et Finn se glissèrent hors de leur chambre. Ils descendirent l'escalier en vitesse et traversèrent la grand-salle où des chiens, des soldats et des serviteurs masculins dormaient sur des paillasses. Les chiens se levèrent et reniflèrent à leur passage, mais ne les considérant pas comme une menace, ils se recouchèrent aussitôt. Les hommes continuèrent à dormir, laissant fuser de temps à autre un ronflement qui brisait le silence.

D'un pas décidé, Finn fila vers l'escalier qui menait à la chambre de jour comme si rien ni personne ne pouvait l'arrêter. Lizette suivait, tout aussi déterminée à trouver des preuves de la conspiration, sauver Ryder et partir. Et s'il n'y avait pas de preuves, ils libéreraient Ryder et s'enfuiraient. Il était devenu à présent trop dangereux de rester plus longtemps.

Se cachant dans l'ombre, ils se faufilèrent dans le donjon par la deuxième entrée, loin de la salle de garde.

Lorsqu'ils atteignirent le palier, devant la chambre de jour, Finn tira le plus gros des crochets de sa ceinture et l'introduisit dans la serrure, le tournant jusqu'à ce qu'elle s'ouvre. Ils pénétrèrent dans la pièce sombre et se dirigèrent prudemment vers la table. La seule lumière leur venait de la lune, par les meurtrières.

Utilisant le plus petit des crochets, Finn ouvrit le coffre en quelques gestes rapides, révélant plusieurs rouleaux de parchemin.

— Il faut que je voie ce que c'est, chuchota Lizette. Nous ne pouvons tous les prendre.

— Je vais garder la porte pendant ce temps, approuva Finn. Asseyez-vous par terre et allumez la chandelle. La table devrait en couvrir la lumière pour les gardes sur le chemin de ronde.

Lizette fit ce qu'il disait et alluma la bougie en se servant du briquet qu'elle avait pris dans la cuisine, quand elle était allée demander plus d'eau chaude avant de se changer pour le souper. Elle ôta la faveur nouée autour de chaque rouleau et en parcourut rapidement le contenu, heureuse que son père ait décrété que ses filles devaient apprendre à lire pour accroître leur valeur en tant que promises.

La plupart des documents étaient des missives qui semblaient assez anodines ; néanmoins, elle nota qui les avait envoyées. Certaines venaient de nobles connus pour être opposés au roi, mais même celles-là n'étaient pas très compromettantes. Elles ne suffiraient sûrement pas pour convaincre Wimarc ou ces nobles riches et puissants de trahison.

— Il n'y a rien ici qui semble prouver une conspiration contre le roi, dit-elle, la voix lourde de déception.

— Tâtez les côtés du coffret. Appuyez sur tout relief ou quoi que ce soit d'inhabituel. Il se peut qu'il y ait un compartiment secret.

Il y avait en effet un petit creux au fond, du côté gauche. Lizette le pressa et le panneau s'abaissa comme un pont-levis miniature, révélant une ouverture étroite et d'autres parchemins.

Son espoir flamba de nouveau quand elle les examina. Ces lettres affirmaient un soutien à Wimarc et à ses plans pour renverser le roi. La colère et la haine envers le souverain étaient presque palpables, et elle fut stupéfaite du nombre de nobles prêts à se rebeller. Quelques-uns suggéraient que Wimarc prenne le trône lui-même, d'autres que ce devrait être quelqu'un qui avait de justes prétentions à la couronne : la petite-fille d'Henry II et sœur d'Arthur assassiné, dame Eleanor. Il était également clair que certains des conspirateurs espéraient prendre place au côté de la jeune femme comme son époux, avec l'aide de Wimarc.

Manifestement, ce dernier avait promis cette chance à plus d'un noble ambitieux, à partir du moment où il le soutiendrait dans ses manigances.

— C'est exactement ce qu'il nous faut!

— Nous ne pouvons pas les prendre toutes, dit sombrement Finn, ou il saura et s'enfuira avant de pouvoir être arrêté. Prenez deux ou trois des plus compromettantes et laissez le reste.

Acquiesçant d'un hochement de tête, Lizette prit les trois parchemins de dessous, les roula et les glissa dans son corselet, puis en prit trois autres dans le compartiment principal pour que le tiroir secret ait l'air aussi plein qu'avant. Elle referma le panneau et le couvercle du coffre, puis le verrouilla avant de souffler la chandelle et de reposer les deux objets sur la table.

Lorsqu'elle fut prête à partir, Finn ouvrit la porte et s'assura que tout était tranquille. Puis il prit la main de

Lizette et elle la serra, chaude et forte, prête à passer à la prochaine partie de leur plan.

C'est alors que le hurlement d'une femme brisa le silence.

Le cri venait d'une des chambres, comme si on assassinait quelqu'un. Finn se figea dans un hérissement d'horreur. Il ne connaissait que trop bien ce genre de hurlements. De semblables hantaient ses rêves et parfois ses journées, et avec eux, le souvenir du corps battu et brisé de sa mère.

Ce jour-là, il s'était caché. Il avait laissé une brute la tuer.

Jamais plus ! Jamais plus il ne resterait à l'écart, impuissant et effrayé, pendant que l'on faisait du mal à une femme !

Pourtant, malgré l'impulsion de porter secours à cette femme inconnue, il hésita, déchiré entre son désir d'aider, sa crainte pour son frère et son besoin de faire sortir Lizette du château. S'il changeait ses plans maintenant, il ne pourrait peut-être pas libérer Ryder cette nuit comme prévu. Ils seraient obligés de rester. Et le vol des documents pourrait être découvert, leur ruse révélée. Alors Ryder n'aurait plus d'espoir, et Lizette serait entre les mains de Wimarc.

Un autre cri déchira l'air, et sa décision fut prise. Il ne pouvait pas abandonner cette malheureuse à son sort. Il ne pouvait pas laisser mourir une autre femme sous les coups d'un homme.

— Allez dans notre chambre jusqu'à ce que je revienne, ordonna-t-il à Lizette en tirant son épée. Notre évasion devra attendre.

— Je viens avec vous.

— Lizette !

— Allez ! le pressa-t-elle, et il obéit, descendant l'escalier aussi vite que sa jambe blessée le lui permettait, puis il se précipita à travers la grand-salle vers les marches qui montaient aux chambres.

Des soldats et des serviteurs se réveillèrent en sursaut et les chiens se mirent à aboyer.

Finn ne fit pas attention à eux. Il gravit les marches deux à deux, guettant des bruits de supplications, de sanglots ou de gémissements.

Il entendit ce qu'il cherchait derrière la première porte, et avec toute la force de sa rage il l'ouvrit d'un coup sec pour découvrir Wimarc, le poing levé au-dessus de son épouse recroquevillée sur elle-même.

Ce fut seulement au prix du plus grand effort et en sachant que d'autres vies dépendaient de lui que Finn contrôla sa colère et ne l'abattit pas tout de suite. Aucun d'eux ne sortirait vivant du château de Werre s'il attaquait Wimarc.

Lizette passa devant lui en flèche et jeta les bras autour de Roslynn terrifiée. Fusillant du regard Wimarc qui baissait lentement le bras, elle aida son épouse à se relever.

— Brute que vous êtes !

Malgré son ordre, elle avait suivi Finn.

Il aurait dû s'y attendre. Elle n'avait pas craint de venir ici sous une fausse identité et de se mettre en danger, pourquoi aurait-elle hésité à arrêter un homme battant sa femme ?

Mais cela ne diminuait pas le risque, et leur ruse devait être maintenue.

— Assez, Helewyse, dit-il tandis que Wimarc reprenait son masque lisse et sophistiqué. C'est son épouse. Nous n'avons aucun droit d'interférer.

— Qu'ils soient mariés ou non, il n'a pas le droit de la tuer! rétorqua Lizette.

Finn répondit avec une arrogance sévère :

— Je le répète, elle est son épouse, sa propriété, son bien, comme vous êtes le mien.

Lizette sembla alors se rappeler qui elle était censée être, et pourquoi. Néanmoins, elle continua à se montrer indignée.

— Vous, les hommes, vous êtes tous les mêmes! les accusa-t-elle en aidant Roslynn en pleurs à gagner la porte. Des brutes, tous autant que vous êtes! Mais bien que nous ne soyons que des femmes, nous ne sommes pas complètement sans défense. Il y a des façons de traiter avec de pareils époux, à commencer par ceci : vous, messire Gilbert, pouvez passer le reste de la nuit dans la grand-salle, car vous ne serez pas le bienvenu dans notre chambre cette nuit!

Elle aida Roslynn qui sanglotait à sortir et, avec un autre regard farouche et méprisant, elle claqua la porte derrière elles.

— Maudites soient les femmes, marmonna Finn en rengainant son épée.

En réalité, il avait envie de maudire Wimarc d'avoir battu sa femme, de le maudire pour sa traîtrise, pour sa concupiscence et pour avoir ruiné leurs plans de fuite.

— Je vous demande pardon pour l'interruption, messire. Je craignais que ce ne soit un assassin qui vous attaquait, vous et votre épouse. Si j'avais su que vous tanciez juste dame Roslynn, je vous aurais laissé faire.

— Votre épouse a une langue aussi impertinente que la mienne, observa Wimarc en allant à la table de chevet et en versant du vin d'une carafe dans deux gobelets.

Finn inspecta la chambre. C'était l'une des plus luxueuses qu'il avait jamais vues, égale à celle du roi — et John ne lésinait pas sur son propre confort.

Lui tendant un gobelet incrusté de pierreries, Wimarc s'assit sur une délicate chaise en ébène.

— Des assassins, hein ? fit-il après avoir indiqué à Finn de s'asseoir en face de lui.

— Oui, répondit ce dernier tandis que Wimarc buvait délicatement son vin. John est le genre d'individu sournois capable de ce genre de chose.

— En effet. Je vous remercie donc de votre sollicitude.

— Nous qui pensons que John est un tyran stupide, nous devons nous aider et nous protéger les uns les autres, jusqu'à ce qu'il y ait un meilleur roi sur le trône.

Wimarc haussa un sourcil interrogateur.

— Alors vous convenez que l'Angleterre a besoin d'un autre monarque ?

— Oui, et le plus tôt possible. Je n'étais pas sûr que ce soit votre opinion, mais à présent je crois que nous sommes unis dans notre désir d'avoir un meilleur souverain.

— Et de meilleures épouses, ajouta Wimarc avec un sourire rusé.

— Plus obéissantes et plus tranquilles, en tout cas, agréa Finn en se forçant à rire.

— Il est bien dommage que John soit entouré d'hommes obéissants et loyaux. Sinon, sa cupidité et ses excès seraient plus évidents, et d'autres gens conviendraient qu'il doit être renversé.

— Pembroke et les Boisbaston ne seront jamais déloyaux.

Wimarc fit tourner sa bague de rubis autour de son doigt et regarda fermement Finn de ses yeux semblables à ceux d'un lézard.

— Alors nous devrons simplement nous débarrasser d'eux ou les rallier à notre cause, que ce soit volontairement ou d'une autre manière. Les Boisbaston se soucient beaucoup de leur famille. Retenir un de leurs parents en otage les mettra rapidement à genoux. Je pensais avoir cette occasion. Hélas, dame Elizabeth d'Averette m'a glissé entre les doigts !

Ils avaient donc deviné juste ! Mais entendre Wimarc l'énoncer aussi froidement donna envie à Finn de tirer son épée et de la lui passer par le corps.

Maintenant plus que jamais, il devait faire sortir Lizette du château avant que Wimarc n'apprenne la vérité ou ne découvre que des lettres manquaient. Avec Ryder ou — Dieu fasse qu'il n'y soit pas obligé — sans lui.

Assise au bord du lit, Roslynn sanglotait doucement. Lizette l'avait prise contre elle et lui caressait les cheveux, lui murmurant des paroles de réconfort, bien que les parchemins cachés dans son corselet lui entrent dans la peau et qu'elle ait le cœur serré de penser qu'ils avaient perdu leur chance de sauver Ryder et de s'échapper durant la nuit.

Pourtant, elle ne blâmait pas Finn de s'être précipité au secours de la jeune femme. Faire moins aurait signifié qu'il n'était pas l'homme de qualité pour qui elle le prenait, et il aurait été coupable de leur part de laisser mourir la châtelaine.

Son égoïsme avait déjà causé assez de morts ! songea-t-elle une fois de plus, amèrement.

D'une manière ou d'une autre, ils pouvaient sûrement prolonger la ruse un jour de plus et faire ce qu'ils projetaient, à condition que Wimarc ne remarque pas la disparition de certains de ses papiers. Mais plus longtemps ils restaient, plus ce serait dangereux pour eux tous et plus Ryder risquerait de mourir de faim.

— Je suis si heureuse que vous soyez là, dit Roslynn dans un hoquet. Je pense que Wimarc m'aurait tuée si vous ne l'aviez pas arrêté.

Lizette voulait bien le croire. Le mariage était censé protéger une femme — mais il ne la protégeait pas de son époux, comme elle avait pu le voir par elle-même. Son père avait humilié et battu sa mère, la maudissant de ne donner le jour qu'à des filles, comme si la pauvre femme n'avait pas passé des heures à genoux, priant pour avoir un fils, comme si elle n'avait pas rendu visite à tous les médecins à cinquante milles à la ronde, à tous les devins et alchimistes. Comme si elle n'avait pas perdu la santé et presque la raison à être grosse et à faire des fausses couches pour un époux ingrat qui ne l'aimait pas.

— Y a-t-il un endroit où vous pourriez aller ? demanda-t-elle doucement à Roslynn. Y a-t-il de la famille ou des amis qui vous recueilleraient ?

Roslynn hocha la tête.

— Je pourrais retourner chez messire Bernard. C'est un vieil ami de mon père. Wimarc n'oserait pas venir m'y chercher de peur de l'insulter. J'aurais dû y rester, mais je pensais… j'espérais…

Ses mots s'achevèrent dans un sanglot étranglé. Lizette la tint serrée, songeant aux nombreuses fois où Adelaïde l'avait tenue ainsi après la mort de leur mère et même avant, lorsqu'elle était perturbée par les désordres domestiques et que leur mère était trop malade pour la consoler.

Et cependant, en échange, elle avait considéré chaque

ordre et chaque suggestion d'Adelaïde comme un affront personnel.

Quelle ingrate elle avait été!

Roslynn renifla et se redressa, écartant ses boucles mouillées et emmêlées de sa joue.

— Je suis désolée que vous ayez dû assister à mon humiliation, Helewyse, et j'espère que votre époux vous pardonnera.

Lizette se leva pour prendre un linge humide.

— Je suis sûre qu'il le fera.

Elle revint auprès de Roslynn et lui tendit le linge pour qu'elle essuie son visage strié de larmes.

— Il m'a dit que je lui avais fait honte par ma conduite avec votre époux au souper. Que je m'étais comportée comme une ribaude, mais je vous l'assure, Helewyse, je n'avais pas l'intention… je ne voulais pas… C'est juste que Gilbert est si gentil…

Elle fondit de nouveau en larmes, et Lizette l'enlaça de nouveau.

— Tout va bien, Roslynn. Je comprends. Mon époux est un homme très spirituel et très charmant. Et en tant que châtelaine vous devez être attentive à vos invités.

Ses paroles réconfortantes firent redoubler les larmes de la jeune femme. Se sentant tristement inefficace, Lizette émit de petits bruits apaisants comme si elle consolait une enfant. Si seulement Adelaïde était là! Elle saurait que dire. Ou Gillian.

Enfin, Roslynn se calma. Elle essuya son visage du revers de la main et regarda Lizette avec des yeux rougis et pleins de remords.

— Je pensais que j'aimais Wimarc. Je sais maintenant

que ce que j'éprouvais pour lui n'était que du désir, parce qu'il était beau, riche, et qu'il parlait si bien.

Elle se leva et alla à la croisée, regardant la lune au-dessus des remparts.

— Quelle sotte j'ai été ! Dire que j'ai supplié mon père d'accepter le mariage !

Elle se tourna et s'adossa au mur de pierre.

— J'ai compris dès notre nuit de noces que j'avais eu tort de croire que Wimarc tenait réellement à moi.

Elle baissa les yeux, et sa voix tomba jusqu'à en être presque inaudible.

— Il a été si… brutal…

— Peut-être que si vous écriviez à votre père lorsque vous serez chez messire Bernard, et lui disiez ce qui s'est passé, une annulation pourrait être arrangée, suggéra Lizette. J'ai entendu parler de ce genre de chose.

Roslynn secoua la tête.

— Je ne peux attendre d'aide de sa part. Il était opposé au mariage dès le départ, mais j'ai refusé de l'écouter.

D'autres larmes roulèrent sur ses joues tandis que Lizette considérait combien elle avait pu se montrer entêtée, elle aussi, quand elle voulait quelque chose.

— Peut-être que Wimarc regrettera de m'avoir frappée, dit Roslynn, se ranimant un peu.

Lizette en doutait.

— Je ne m'y attendrais pas, si j'étais vous. Toutefois, vous avez des amis pour vous aider, et peut-être que votre père sera plus indulgent et compatissant que vous ne le croyez.

Avec un autre soupir, Roslynn tendit la main pour prendre celle de Lizette.

— Merci, Helewyse. Vous êtes une bonne amie.

Lizette était contente d'avoir pu aider Roslynn. Elle avait aussi pitié d'elle et craignait qu'il n'y ait pire à venir pour la jeune femme. Malheureusement, elle n'osait l'avertir des projets criminels de son époux. Une fois que Finn et Ryder et elle seraient partis et en sûreté, elle essaierait de trouver un moyen de la prévenir, se promit-elle.

Mais pas avant.

— Ce n'est pas encore prêt?

Dans la fraîcheur du petit matin, Garreth se tenait les mains sur les hanches, lorgnant sur la marmite qui mijotait sur le feu, devant la petite hutte.

— Je ne peux quand même pas servir du lapin cru à un seigneur et à sa dame! s'insurgea Keldra en remuant le contenu de la gamelle.

— Ça n'a pas besoin d'être parfait. N'avez-vous pas remarqué que nous ne sommes pas dans un château?

— Cela ne signifie pas que je ne ferai pas de mon mieux. Certaines personnes mettent de la fierté dans tout ce qu'elles font.

— Certaines personnes ont des raisons d'être fières, répondit Garreth d'un ton maussade. D'autres sont fières seulement à cause de qui elles servent.

Keldra se redressa, la cuillère dégouttant dans sa main.

— Pourquoi ne devrais-je pas être fière de servir une dame? demanda-t-elle en agitant l'ustensile dans un geste farouche. C'est mieux que de servir un voleur!

— Si vous le dites... Mais je ne sers pas Finn. Nous sommes partenaires.

— Oui, partenaires, bien sûr! C'est pourquoi vous le suivez comme un chien et vous vantez sans arrêt à son sujet.

— Ce n'est pas vrai !

— Si ! Chaque fois que vous ouvrez la bouche, c'est pour me raconter une chose formidable qu'il a faite.

— Je lui ai sauvé la vie !

Keldra se remit à remuer le ragoût.

— Je parie qu'il vous laisse simplement le penser.

— Non. Il me fait confiance, c'est pourquoi je garde les prisonniers.

— Moi aussi. A présent, allez-vous m'aider à porter ceci à messire Gilbert et dame Helewyse, ou continuer à crâner au sujet de votre « partenaire » ?

Fronçant les sourcils d'un air mécontent, Garreth attrapa les bols de bois et les lui présenta. Quand Keldra les eut remplis de ragoût au lapin, aux poireaux et aux pois, il prit les devants vers la hutte, tandis qu'elle suivait avec les bols. Il souleva la branche épaisse qui barrait la porte et, tirant son épée, entra le premier.

— Ils sont partis !

Laissant tomber les bols, Keldra se rua à l'intérieur et découvrit que la petite hutte meublée avec certains objets du chariot à bagages, dont de la paille et des couvertures, était en effet vide.

Garreth s'accroupit près du mur du fond.

— Ils ont creusé un trou sous le mur ! Ils ont dû le faire de nuit.

— Quand vous étiez censé monter la garde ! s'écria aigrement Keldra.

Qu'allait-il arriver à sa chère dame Elizabeth, si elle était prise dans le château de ce mauvais homme à prétendre être quelqu'un d'autre ?

— Quand ils l'ont fait n'a pas d'importance, dit Garreth

d'un ton coupant, en passant vivement près d'elle. Nous devons les arrêter.

Keldra le suivit derrière la hutte, là où messire Gilbert et son épouse étaient sortis.

— Au moins, ils n'ont pas pris un cheval.

Il indiqua les empreintes de pas dans l'herbe humide de rosée, des traces qui s'éloignaient de leur campement.

— Il n'est pas très malin.

Il retourna à l'auvent et prit son arc et son carquois.

— Venez, ils n'ont pas pu aller loin à pied…

— Ils ne seraient allés nulle part si vous aviez fait attention, au lieu d'être si plein de vous-même !

Garreth ne répondit pas.

Chapitre 20

Lizette pouvait encore sentir Roslynn trembler tandis qu'elles se dirigeaient vers la grand-salle le lendemain matin. Wimarc et Finn étaient déjà assis sur l'estrade, rompant leur jeûne comme s'ils étaient les meilleurs des amis.

Les soldats et les serviteurs présents jetèrent quelques rapides coups d'œil gênés aux deux dames, puis retournèrent à leur nourriture, feignant de ne pas s'intéresser à ce qui s'était passé ou à ce qui était à venir.

Seule Ellic les fixait avec une curiosité évidente, et un petit sourire satisfait sur les lèvres. Quant à Finn, Lizette ne put rien déduire de son expression qui semblait délibérément indéchiffrable. Wimarc s'efforçait de paraître aussi cordial que d'habitude, mais dans ses yeux un éclat vindicatif indiquait qu'il ne lui avait pas pardonné son intervention, pas plus qu'il n'excusait son épouse de s'être laissé prendre en charge par leur invitée.

Elle ne fut pas la seule à s'en rendre compte, car Roslynn se raidit et sa respiration se fit plus précipitée.

Lizette craignit qu'elle ne perde son sang-froid ou même s'excuse auprès de son époux, mais elle ne le fit pas. Elle se tint devant la table haute et rejeta les épaules en arrière avant de parler, bien que sa voix tremblât un peu.

— Je vais retourner chez messire Bernard, Wimarc, dit-elle. N'essayez pas de m'en empêcher.

Le regard de Wimarc, soupçonneux, se porta sur Lizette. Nul doute qu'il se demandait si elle avait monté son épouse contre lui.

— Vous pouvez faire ce que vous voulez, répondit-il comme s'il ne s'en souciait guère.

— C'est donc dit, répondit Roslynn avant de pirouetter, sa jupe de brocart cinglant ses chevilles.

Le dos droit comme une pique, elle sortit d'un pas raide de la grand-salle, laissant Lizette en arrière.

Du coin de l'œil, celle-ci surprit le sourire satisfait d'Ellie. Elle pourrait donc avoir Wimarc tout à elle, pensa Lizette, même si elle ne doutait pas que la servante serait heureuse un jour de fuir ses bras, elle aussi. Sauf qu'elle n'aurait de messire Bernard auprès de qui chercher refuge et protection.

Finn se leva.

— Si vous voulez bien m'excuser, messire, je crois que je devrais parler à mon épouse…

Elle se souvint qu'elle était censée être en colère contre lui, aussi, pour son arrogance de la nuit précédente.

— Cela ne peut-il attendre que j'aie mangé ?

— Non, répondit-il d'un ton bref, en contournant la table pour lui prendre le bras.

Tandis qu'il la tirait vers l'escalier et leur chambre, elle attrapa au passage une petite miche de pain bis, ce qui fit glousser Ellie, jusqu'à ce que Finn lui jette un coup d'œil sévère. Elle cessa aussitôt de rire.

Lorsqu'ils arrivèrent dans la chambre, Greseld était en train de faire le lit.

— Dehors ! lui ordonna Finn.

La vieille femme se hâta d'obéir et il referma vivement la porte derrière elle. Puis il prit Lizette dans ses bras.

— Par Dieu, c'est une catastrophe ! Je n'aurais jamais dû vous laisser venir ici !

— Vous ne m'avez pas laissée venir, répondit-elle, toutes ses peurs s'évanouissant dans l'instant. Je suis venue parce que je le voulais et si je ne l'avais pas fait, j'aurais manqué nos moments ensemble.

Il lui caressa la joue de sa main calleuse.

— Quand vous dites de telles choses, je ne le regrette pas non plus.

— Je n'ai pas osé sortir les lettres de mon corselet la nuit dernière, expliqua-t-elle en reculant et en les tirant de leur cachette pour les enfiler dans sa manche. Je craignais que Roslynn ne se réveille si je les ôtais, et il aurait été difficile alors d'expliquer pourquoi je portais ce genre de choses à cet endroit.

— Cela a dû être très inconfortable.

Il secoua la tête.

— Pauvre femme…

Elle savait qu'il ne parlait pas d'elle.

— Elle a fait une terrible erreur en épousant Wimarc, renchérit-elle.

— Cet homme est vil. Hier soir, une fois que vous nous avez quittés, il a suggéré que nous nous amusions avec Ellie.

— Quoi ! Tous les deux ?

— Oui. J'ai dit qu'elle pourrait objecter, et il a répondu : « Et alors ? »

Les lèvres de Finn se plissèrent de mépris.

— Je ne pense pas qu'elle serait la première ou même la cinquantième qu'il prendrait contre sa volonté, ou forcerait à faire ce qu'il veut. Je lui ai dit que je n'étais pas d'humeur à faire autre chose que boire. Il est parti tout seul chercher Ellie.

— Espérons que ces lettres et sa tentative pour m'enlever le détruiront.

— Oui, espérons-le.

Lizette s'adossa à la table, reprise soudain par l'anxiété et la peur.

— Oh ! Finn, il faut que nous partions d'ici bientôt !

Il soupira et se passa une main dans les cheveux.

— Nous serions partis à l'heure qu'il est si je n'avais pas…

Elle vint à lui et posa les doigts sur ses lèvres.

— Vous avez bien fait de l'arrêter. Il aurait pu la tuer.

Le regard chagriné de Finn soutint le sien.

— Je me suis caché la nuit où un homme a battu ma mère à mort. J'ai pris Ryder avec moi et nous nous sommes blottis près de la cheminée. J'ai tenu ma main sur sa bouche pendant que nous regardions cet homme la frapper avec une bûche.

Sa voix se cassa.

— Je n'ai pas fait un geste, pas dit la moindre parole pour l'arrêter.

Elle prit ses mains froides et les tint dans les siennes, levant les yeux vers son visage crispé de colère et de douleur.

— Et si vous aviez essayé ? Peut-être seriez-vous mort aussi. Avec Ryder. Vous protégiez votre frère, Finn. Je pense que c'est ce que votre mère aurait voulu.

Il déglutit péniblement.

— Mon Dieu, je l'espère !

— Qui a payé pour que Ryder reste au monastère ? C'est vous, n'est-ce pas ? Vous avez volé pour qu'il ne souffre pas comme vous. Pour lui assurer une vie meilleure que la vôtre…

Finn dégagea ses mains et haussa les épaules comme si la réponse était évidente.

— C'est mon frère.

Etait-il étonnant qu'elle aime un tel homme ?

Non pas plus qu'il n'était étonnant qu'elle se considère comme la pire des ingrates d'avoir pris comme allant de soi tous les soins et la sollicitude dont Adelaïde, Gillian et même Iain l'avaient entourée au fil des années…

Il lui releva le menton et fronça les sourcils.

— Je ne voulais pas vous bouleverser, Lizette. Et ce délai aura au moins du bon pour une chose… Comme j'ai apparemment soutenu le droit de Wimarc de battre son épouse, il a décidé que je suis digne d'être inclus dans sa conspiration contre le roi. Nous sommes très bon amis, maintenant, lui et moi, et nous avions raison. Il voulait vous enlever pour forcer vos beaux-frères à rejoindre sa cause.

— Vous aviez raison, rectifia-t-elle.

— Mais nous devons absolument nous échapper cette nuit. Plus longtemps nous restons ici, plus ce sera dangereux pour vous. Si jamais Wimarc découvre qui vous êtes réellement…

— Prions qu'il ne le découvre pas, alors. Tout ira bien, Finn. Il le faut.

Pourtant, quand tout ceci serait fini et qu'elle serait de nouveau en sûreté à Averette, elle savait qu'elle ne serait plus jamais complètement heureuse.

Parce que Finn ne serait pas là.

— Messire ? appela Ellie du couloir.

— Quoi, encore ? marmonna Finn avant de la prier d'entrer.

Elle entra, portant un seau d'eau fumante et fit une petite courbette.

— Messire Wimarc nous a envoyés, dit-elle, visiblement mécontente tandis qu'elle se mettait de côté pour laisser entrer d'autres serviteurs.

Ils portaient un grand cuvier de bois.

Lizette jeta un coup d'œil à Finn.

— Je crois que messire Wimarc me fait un petit présent, murmura-t-il.

Lizette rougit furieusement en comprenant le sens de ce geste. Ce devait être à cause de ce mensonge qu'elle avait dit à Wimarc à propos du surnom de Finn!

D'autres serviteurs entrèrent dans la chambre avec plus d'eau chaude. Greseld arriva en trottinant bonne dernière, portant une pile de linge qui lui arrivait au nez, si haute qu'elle pouvait à peine voir où elle allait.

— Il a dit que vous apprécieriez peut-être un bain après votre nuit dans la grand-salle, dit Ellie à Finn.

— En effet, répondit-il gravement. Veuillez transmettre mes remerciements à Sa Seigneurie. Dites-lui que mon épouse le remercie aussi.

Ellie fit entendre un soupir de mépris et, avant que Greseld ne la chasse de la chambre avec le reste des serviteurs, elle lança à Lizette un regard qui l'aurait jetée à terre s'il avait été une arme.

— Ellie est en colère contre nous, dit Finn.

Il lâcha Lizette et alla d'un pas nonchalant au cuvier, l'étudiant d'un air spéculateur.

— Je crois bien qu'elle me hait, répondit Lizette.

Son cœur s'emballait et des visions lascives traversaient son esprit tandis qu'elle le suivait et passait lentement la main sur le rebord de la baignoire, effleurant du bout des doigts les draps qui la garnissaient.

— Je suppose que Wimarc vous offre ceci comme une récompense pour votre alliance.

— Je suppose aussi, dit Finn en se plaçant derrière elle.

Elle ne bougea pas. Il se tenait tout près, mais sans la toucher, et c'était aussi excitant qu'une caresse.

— Je détesterais le décevoir en ne m'en servant pas, murmura-t-il.

Elle ferma les yeux.

— Ce ne serait peut-être pas bon pour votre jambe.

— Je craignais que vous ne disiez cela, dit-il d'une voix pleine de regret.

Ils ne pouvaient tenter de libérer Ryder avant la tombée de la nuit. Ils avaient donc du temps. Oui, aujourd'hui, ils avaient du temps…

— Finn, dit-elle doucement en se tournant vers lui. Faites l'amour avec moi.

Ses yeux sombres s'élargirent, puis, à son ravissement, il lui décocha un sourire qui contenait une telle promesse et une telle tentation que son cœur chanta de joie.

Jusqu'à ce qu'il fronce les sourcils et s'éloigne d'elle comme s'il craignait la contagion.

— Je veux faire l'amour avec vous, Finn, autant qu'hier — non, davantage! dit-elle en s'approchant de lui avec autant de précautions que s'il était un cheval sauvage.

Il ne la toucha pas, et elle vit un vrai désarroi sur son visage.

— Et si vous attendez un enfant? chuchota-t-il.

— Quoi que l'avenir nous réserve, lui assura-t-elle, si je devais avoir cette joie, j'aimerais ce bébé; je le chérirais de tout mon cœur. Et mes sœurs ne nous mettraient jamais dehors. Nous serions en sûreté à Averette et votre enfant aurait un foyer — un vrai foyer, Finn. Toujours…

Il lâcha un soupir haché, puis lui décocha l'ombre d'un sourire réticent et tendit les mains pour la prendre dans ses bras.

— Je me rappelle ce que j'ai dit hier soir. Je vous veux aussi, Lizette.

Il l'embrassa, et elle se souvint de ses paroles. Il avait dit que, s'il le pouvait, il l'aimerait longuement afin qu'elle ne doute pas qu'il tenait à elle.

Excitée et heureuse, déterminée à oublier les épreuves qui pouvaient les attendre plus tard, elle interrompit leur baiser et, riant, le conduisit vers le lit. Ils n'auraient peut-être que cette fois, cette seule chance, et elle n'allait pas la laisser passer.

— Que faites-vous ? demanda-t-il en s'asseyant sur le bord du lit.

— Il y a plus d'une façon de se baigner.

— Ah oui ?

— Enfin, plus d'une façon de commencer…, répondit-elle en lui tournant le dos. Défaites mes lacets, s'il vous plaît.

— Je dois être votre chambrière ?

— Je pensais que vous apprécieriez.

Il ne discuta pas plus avant et fit ce qu'elle lui demandait.

Quand il eut fini, elle se tourna pour lui faire face et sortit de sa cotte en se tortillant.

— La danse de Salomé ne devait pas être plus tentante que de vous voir vous trémousser ainsi, dit-il en l'attrapant. Je n'ai peut-être pas envie d'attendre un bain.

Vêtue de sa seule chemise, et chantant doucement

un lai d'amour, elle s'éloigna de lui en dansant pour se rapprocher du cuvier.

— « Patience, messire, patience », disait le refrain.

— Je ne suis pas un noble, fit-il en se levant.

— Asseyez-vous ou je m'arrêterai ! le prévint-elle. Je le pense, Finn. Nous devons faire attention à votre jambe.

Il obtempéra en marmonnant.

Elle chanta encore, laissant tout son amour affleurer dans les paroles, heureuse qu'il l'entende, car chanter était le seul vrai talent qu'elle possédait.

A son grand ravissement, il se joignit à elle, sa riche voix de basse se mêlant à la sienne pour terminer la chanson.

— J'ai appris cet air à la cour, dit-il en se levant de nouveau à moitié. Mais personne là-bas ne chante aussi bien que vous.

— Je suis flattée, dit-elle, sincèrement contente, en lui faisant signe de s'asseoir. Restez où vous êtes et reposez votre jambe.

Puis, lentement, ondulant des épaules, des bras, des hanches, elle ôta sa chemise et se retrouva nue.

— J'espère que vous appréciez mon contrôle, Lizette, dit-il, la voix sourde.

— Oh ! Oui, répondit-elle en montant dans le cuvier et en se plongeant dans l'eau chaude. J'espère que vous appréciez le mien, aussi.

Elle prit le morceau de savon que Greseld avait laissé à portée et se mit à se savonner les épaules et les seins.

— Par tous les saints, ma dame, cherchez-vous à me torturer ?

— Je cherche à me laver, répondit-elle d'un ton guindé. Si vous voulez regarder, ce n'est pas mon souci.

— Menteuse !

Elle lui jeta un coup d'œil de coquette.

— Vous avez raison. Nous formons une bonne paire de menteurs.

Malgré l'interdiction de se lever, il vint à la baignoire et lui prit le savon des mains.

— Je pense que vous avez besoin d'un peu d'aide…

Elle ne protesta pas quand il commença à la laver, passant le savon — et sa main — sur son dos et ses épaules, son cou, ses clavicules, pour finir sur sa poitrine. Le désir, l'excitation s'attisèrent, la brûlèrent, elle était impatiente et prête pour la suite.

— Je pense que je suis assez propre, dit-elle en ouvrant les yeux. Retournez au lit, messire, et ôtez votre tunique.

— Volontiers, répondit-il, la voix rauque de désir, les yeux assombris par le besoin passionné qu'il avait d'elle.

Elle se leva et drapa un grand carré d'étoffe autour de son corps chaud et moite. Puis, sortant du cuvier, elle alla le rejoindre. La tunique de Finn était posée sur le lit à côté de lui. Avec des mains avides, elle lui enleva alors sa chemise.

Puis, ondulant des hanches dans l'intention évidente de l'exciter encore plus, elle alla chercher un linge humide pour lui laver le torse.

Elle commença, bougeant le linge en petits cercles lents et excitants sur sa peau, mais il n'y résista pas ; il attrapa l'étoffe qui la couvrait et l'arracha d'un coup sec.

Elle réprima une exclamation, mais n'essaya pas de la reprendre, surtout lorsqu'il posa les mains sur sa taille et l'attira à lui, amenant ses seins vers sa langue et ses lèvres avides.

Tout prétexte de toilette fut instantanément oublié. Elle coula les mains dans ses cheveux épais. Puis elle l'embrassa. Avec une séduction lente et délibérée, elle bougea sa bouche sur la sienne, sentant le besoin croître en elle, la chaleur et la tension s'intensifier, sachant qu'il en était de même pour lui.

Alors qu'elle l'embrassait toujours, ses mains eurent tôt fait de délier les lacets de ses chausses. Lorsqu'il fut libéré, il la prit sur ses genoux. Il passa une main sur sa taille, puis la fit remonter vers sa poitrine tandis qu'elle glissait les bras autour de son cou.

Elle le sentait dur sous elle, et savait qu'il était tout aussi impatient qu'elle de faire l'amour. Se sentant plus hardie, et plus libre qu'elle ne l'avait jamais été dans sa vie, elle le poussa en arrière et enfourcha ses cuisses musclées.

Ses yeux bruns pétillèrent de désir et d'amusement.

— Il faudra que je remercie Wimarc.

— Plus tard, murmura-t-elle en capturant sa bouche de la sienne, l'embrassant profondément, passant sa paume sur ses tétons, qu'elle sentit se durcir sous sa main.

— Je pense que vous aimez m'avoir à votre merci, ma dame, dit-il en effleurant sa peau de ses lèvres.

— Oui, acquiesça-t-elle dans un souffle, tout en le caressant.

— Dieu m'assiste, vous êtes une femme dévoyée !

— Je peux arrêter si vous voulez, le taquina-t-elle.

— Je n'ai pas envie que vous arrêtiez.

— Etes-vous sûr que cela ne vous fait pas mal ?

— Pas à ma jambe, si c'est ce que vous voulez dire, répondit-il malicieusement. Sinon, c'est un tourment.

— Vraiment ? demanda-t-elle innocemment.

— Vous le savez, coquine que vous êtes ! dit-il avant de prendre son téton droit dans sa bouche et de le taquiner de sa langue.

Haletant d'excitation et d'un désir qui ne cessait de croître, une main agrippée à son épaule, l'autre enveloppant sa virilité, elle s'abaissa sur lui, gémissant de plaisir lorsqu'il pénétra en elle. Quand il rompit son hymen, la douleur fut brève, et vite oubliée.

— Oh! Oui, dit-il dans un soupir, la serrant contre lui.

Lorsqu'elle se mit à se balancer, il lui chuchota des encouragements et des indications pour les amener tous les deux à l'extase.

Elle bougea plus vite, l'embrassant et le caressant en même temps, et lui, il se servait de ses mains, de ses lèvres, de sa langue pour la mener au bord de l'assouvissement. Sa respiration à elle seule indiquait à Lizette comment l'exciter plus encore, et elle était transportée de savoir qu'elle pouvait lui donner un tel plaisir, égal au sien.

Elle variait le rythme, savourant les sensations de son corps uni au sien — la chaleur moite de leur bouche, la danse sinueuse de leur langue, ses seins doux et fermes pressés contre son torse dur et musclé, leurs corps intimement joints, chacun d'eux cherchant à amener l'autre au contentement suprême.

La tension atteignit finalement son point le plus haut, et dans un grand frisson Lizette se sentit basculer dans un univers plein de lumière et d'étoiles. Finn se raidit, grogna, la bouche contre sa chair, tandis qu'elle le tenait comme si elle avait plus besoin de lui que de nourriture, d'air ou de feu.

Puis elle se détendit contre lui, les yeux mi-clos, certaine dans son cœur qu'elle n'avait jamais été plus heureuse que dans les bras de cet homme.

Aucun d'eux n'avait remarqué que le trou dans le mur, en face du lit, n'était plus bouché.

— Gilbert, je ne peux pas ! Je ne peux plus courir !

Helewyse, pantelante, luttait pour rester à la hauteur de son mari. Elle trébuchait sur ses jupes, bien qu'il ait passé un bras autour de sa taille pour l'aider à courir à travers la forêt ; ils glissaient dans la boue, des ronces s'accrochant à eux.

— Laissez-moi et continuez ! Sauvez-vous !

— Non !

Elle trébucha de nouveau sur la racine d'un chêne et serait tombée s'il ne l'avait pas rattrapée.

— Je suis tellement navrée ! sanglota-t-elle. Vous seriez loin maintenant, sans moi…

Elle était très pâle et paraissait vraiment harassée. Elle avait été élevée comme une dame, et elle était de constitution délicate. Qui pouvait dire quel mal cette course folle sur un terrain inégal pouvait causer à sa santé ?

Gilbert s'arrêta, et elle s'affala contre lui, aspirant l'air comme quelqu'un resté trop longtemps sous l'eau.

Il prit l'outre qu'il avait emportée et en ôta le bouchon.

— Buvez…

Elle avala goulûment l'eau fraîche.

— Je crains d'avoir tout bu, dit-elle d'une petite voix inquiète en lui rendant l'outre.

— Ce n'est pas grave. Nous trouverons un ruisseau pour la remplir.

Elle hocha la tête, s'accrochant toujours à lui, mais le regardant avec des yeux qui n'étaient plus aussi effrayés. Elle avait enduré leur captivité avec plus de courage qu'il ne s'y serait attendu.

Un peu d'eau avait coulé de la gourde et mouillé le corselet de sa cotte, attirant le regard de Gilbert sur ses seins.

Il sentit son membre se durcir, bien que ce ne soit pas

le meilleur moment pour une telle réaction. Mais depuis qu'il était marié à Helewyse, il ne l'avait jamais trouvée plus séduisante et plus désirable.

Il lui caressa la joue, s'étonnant de n'avoir jamais remarqué auparavant combien sa peau était douce ou comme ses lèvres étaient bien dessinées. Il avait été un sot aveugle, l'épousant seulement pour sa dot alors qu'elle valait tellement plus!

— Helewyse, murmura-t-il, quand nous serons en sécurité…

— Ne bougez pas, messire! ordonna alors une voix malheureusement familière, tout près d'eux. Vous nous avez fait courir, mais vous êtes pris, maintenant, alors à moins de vouloir une flèche dans la jambe, vous allez tous les deux revenir avec nous.

Helewyse se tourna brusquement, faisant face au jeune homme qui apparaissait sur le chemin. Elle écarta les bras pour protéger son époux, prête à risquer sa vie pour lui.

— Je mourrai avant de vous laisser le blesser!

Bonté divine, mais c'est qu'elle le pensait! Il avait été sot, vraiment sot, de la sous-estimer… Ce fut alors à ce moment précis, tandis qu'Helewyse offrait de se sacrifier pour lui, devant le noble courage et le caractère bien trempé de la femme qu'il avait épousée par ambition et cupidité, que messire Gilbert de Fairbourne tomba amoureux de son épouse.

Il essaya aussitôt de l'écarter de la trajectoire de la flèche pointée sur eux, mais elle refusa de bouger.

— Helewyse, mettez-vous de côté! ordonna-t-il.

La jeune servante anxieuse apparut à son tour sur le sentier.

— Si vous revenez avec nous sans causer d'ennuis,

messire, personne n'aura besoin d'être blessé. De grâce, revenez juste avec nous!

Rougissant de frustration, Gilbert serra les mâchoires. Dire qu'il était à la merci de ces deux... ces deux paysans!

— Laissez partir mon époux et je viendrai volontiers avec vous, offrit Helewyse.

Mais Gilbert la contourna, écartant les bras pour l'empêcher d'aller vers leurs jeunes ravisseurs.

— Non, prenez-moi et laissez partir mon épouse!

Le jouvenceau fronça les sourcils, mais la fille, bien que ne semblant pas très contente, les dévisageait avec une certaine sympathie.

— Vous devez revenir tous les deux avec nous, dit-elle. Nous ne pouvons risquer que l'un ou l'autre d'entre vous ne cause des problèmes à Finn et à ma dame.

Elle marqua une pause et reprit :

— Sincèrement, nous ne vous voulons pas de mal. Finn et ma dame ont juste besoin d'être vous un peu plus longtemps, afin de libérer le demi-frère de Finn et d'essayer de découvrir pourquoi messire Wimarc a envoyé des hommes pour attaquer notre cortège et emmener ma dame dans son château.

Gilbert battit des cils, troublé.

— Wimarc a essayé d'enlever Lizette?

— Oui, et comme elle n'avait jamais entendu son nom auparavant, elle a voulu savoir pourquoi. Le meilleur moyen auquel elle a pensé a été de se rendre au château et de le découvrir par elle-même.

— Bon sang, dit Gilbert dans un souffle, tandis qu'il considérait le danger et ce qui pourrait arriver à Lizette si l'imposture était découverte. C'est de la folie!

— Non, répondit Keldra en haussant le menton. C'est ma dame !

— Pourquoi ne me l'a-t-on pas dit plus tôt ? demanda Gilbert.

— Parce que vous n'aviez pas besoin de le savoir, répondit Garreth.

— Par tous les diables, si ! Je ne suis pas un ami de Wimarc. Le comte de Pembroke pense qu'il prépare une rébellion et m'a envoyé voir ce qu'il mijote.

Son épouse le regarda, stupéfaite.

— Vous ne me l'avez jamais dit.

Il se tourna vers elle avec un air de regret.

— Je ne pensais pas que vous viendriez avec moi, et surtout, j'ignorais quelle femme courageuse vous êtes.

Elle rougit, les yeux brillants, tandis qu'il refaisait face aux deux jeunes gens.

— Je peux aider.

Garreth n'abaissa pas son arc, mais continua à le fixer avec méfiance.

— Comment ?

— Libérez-nous et donnez-nous un cheval. J'irai voir le roi et le comte de Pembroke, et je leur dirai que Wimarc a essayé d'enlever une de ses pupilles. Entre cela et les soupçons que le comte nourrit déjà, le roi enverra sûrement une force contre Wimarc.

— Quels soupçons ? demanda Garreth.

— Pembroke est certain que les hommes récemment impliqués dans une conspiration pour renverser le roi n'étaient pas les seuls à faire partie du complot et qu'ils n'étaient probablement pas ceux qui l'avaient orchestré. Le comte a intercepté quelques lettres qui désignent messire Wimarc comme l'instigateur. Je devais essayer de découvrir si c'était le cas, et quels autres nobles pouvaient être concernés, en feignant de vouloir me joindre à la rébellion.

— Nous ne pouvons pas vous laisser partir, pas tant que ma dame est dans son château, protesta Keldra. Messire Wimarc pourrait en entendre parler, et alors il saura que ma maîtresse n'est pas votre épouse.

— Oui, et que Finn n'est pas vous, renchérit Garreth.

— Nul n'a besoin de savoir qui nous sommes jusqu'à ce que j'arrive à la cour. Cela prendra au moins une journée. Sûrement qu'alors Lizette et votre ami seront partis du château de Werre. Sinon, j'aurai le regret de penser que leur ruse a été découverte, auquel cas il est encore plus important que le comte apprenne au plus vite ce qui se passe.

Keldra consulta Garreth du regard, les yeux emplis de peur.

— Vous ne pensez pas… Ils ne sont certainement pas déjà…

— Je les ai vus durant une partie de chasse. Wimarc et les autres pensaient qu'il était messire Gilbert, dit fermement le jeune homme. Il n'échouera pas !

— J'espère sincèrement que vous dites vrai, jeune homme, sinon, vous devez nous laisser partir pour alerter le comte. L'attaque du convoi dame Elizabeth est à elle seule une raison suffisante pour arrêter Wimarc.

— Comment savoir si je peux me fier à vous ? demanda Garreth.

— Je vous donne ma parole de chevalier du royaume.

— Ce n'est pas beaucoup.

— Garreth ! s'écria Keldra indignée. Cette réflexion

montre combien vous en savez peu sur la vraie noblesse ! Messire Gilbert ne nous trahira pas, n'est-ce pas, ma dame ?

Helewyse prit le bras de son époux. Son expression et sa voix étaient assurées lorsqu'elle répondit.

— Non, il ne vous trahira pas. Nous allons aider dame Elizabeth et son compagnon. Je vous en donne ma parole, moi aussi.

Mais Garreth n'abaissa pas son arc. A la place, il fit un geste avec pour que Gilbert et son épouse retournent vers la hutte.

— Il faut que j'y réfléchisse un peu plus, dit-il en leur emboîtant le pas.

Keldra le rattrapa et ne cacha pas sa contrariété.

— Vous vous montrez stupidement obstiné !

— Je suis prudent et je suis responsable, vous vous rappelez ? Finn l'a dit.

— Dans une bataille, vous êtes peut-être le général. Mais ceci n'est pas une bataille. Il s'agit de stratégie. Messire Gilbert peut nous aider, et vous devez le laisser faire.

— Si vous en êtes aussi sûre, vous pouvez aller avec eux.

Keldra s'arrêta brusquement et le regarda comme s'il venait de l'accuser d'être de mèche avec le diable.

— Abandonner ma dame ? Sûrement pas ! S'ils s'échappent cette nuit, elle comptera que je l'attende, et je l'attendrai !

— Qui est obstiné, à présent ? marmonna Garreth.

— Vous allez avec Gilbert, alors.

— Je ne peux pas vous laisser seule dans les bois. Finn aurait ma peau.

— Alors nous devons leur faire confiance et les laisser partir, déclara Keldra, une note de triomphe exaspérante dans la voix.

— Qui a dit que j'allais les laisser partir ?

— Garreth ! Vous le devez ! Le comte et le roi doivent savoir ce qui se passe chez Wimarc pour le cas où… où…

Sa lèvre inférieure se mit à trembler, et elle s'essuya les yeux.

— Ne vous remettez pas à pleurer ! C'est entendu… Je vais les laisser partir, céda Garreth de mauvais gré, car en dépit de ce qu'il disait, il était vraiment inquiet que Finn et Lizette n'aient été démasqués et pris.

Il faudrait l'armée du comte, en ce cas, pour les sauver, avec Ryder.

Keldra se jeta à son cou et l'embrassa sur la joue.

— Assez ! maugréa-t-il, même s'il se sentait soudain haut de dix pieds et capable d'entreprendre n'importe quoi.

Chapitre 21

— Restez encore un peu, murmura Lizette en tendant la main pour ramener Finn sur le lit, à côté d'elle.

Mais il secoua la tête, à regret, et enfila ses chausses, tressaillant lorsqu'il les passa sur sa jambe bandée.

Lizette s'assit, remontant le drap sur ses seins charmants.

— Saignez-vous de nouveau ?

— Non, la plaie est juste un peu à vif…

— Revenez au lit et reposez-vous. Il reste encore du temps avant le souper.

— Même si j'aimerais beaucoup le faire, je dois aller remercier notre hôte pour son présent et essayer de jeter de nouveau un coup d'œil dans les cachots. Je n'aurai pas beaucoup de temps pour libérer Ryder.

Il voulait aussi voir si son frère répondrait de nouveau à son appel, prouvant ainsi qu'il était encore en vie, mais il ne le dirait pas à Lizette, pour ne pas la perturber et détruire l'agréable moment qui suivait leur intimité.

— Alors je suppose que je devrais descendre aussi…

Il lui décocha un sourire de vaurien avant d'enfiler sa chemise.

— Je pourrais dire que je vous ai épuisée. Ou que vous attendez un enfant.

Elle détourna les yeux.

— Je suis désolé, dit-il, regrettant ses mots hâtifs. J'espère que ce n'est pas le cas.

S'enveloppant dans le drap, elle sortit du lit.

— Si je suis enceinte, la seule chose que je regretterai, c'est que vous ne verrez pas notre bébé. Ou bien viendrez-vous un jour à Averette, Finn ?

« Notre bébé »... Leur bébé. Un bâtard comme lui.

Non, ce serait différent... Ayant rencontré Adelaïde à la cour, il pouvait être sûr qu'elle n'abandonnerait jamais sa sœur, contrairement à sa propre mère qui avait été chassée de chez elle, et ainsi que Lizette l'avait dit, leur enfant aurait toujours un foyer.

La prenant dans ses bras, il la serra contre lui.

— Je viendrai si je peux. Mais si je ne viens pas, si quelque chose m'en empêche, je me souviendrai toujours de vous. De tous les jours de ma vie, ceux que j'ai passés avec vous ont été de loin les meilleurs, même quand nous nous sommes querellés.

Elle l'étreignit, et sa voix fut un souffle chaud sur sa peau.

— Et vous, si un jour vous entendez dire que le roi m'a forcée à me marier, sachez que lors de ma nuit de noces et chaque nuit suivante, ce ne sera pas le visage de mon époux que je verrai quand il me fera sienne. Ce ne sera pas son corps que je caresserai. Ce seront les vôtres. Pour toujours, Finn, les vôtres.

Ils s'embrassèrent tendrement, comme s'ils étaient de jeunes mariés avec la vie devant eux.

Jusqu'à ce qu'il s'éloigne d'elle. S'il restait là plus longtemps, il allait la supplier de venir avec lui.

Mais ils seraient pauvres, et elle n'aurait plus les droits et les privilèges de sa naissance et de son rang. C'était de l'égoïsme pur de songer à lui demander de quitter sa maison pour un avenir incertain avec lui.

— Laissez-moi partir, Lizette, dit-il en riant doucement pour masquer sa douleur. Ou je pourrai ne jamais quitter cette chambre.

Elle obéit, à regret.

— Comme vous voulez.

Comme elle paraissait triste et mélancolique ! Aussi bouleversée et malheureuse que lui…

Ils ne pouvaient rien y faire, cependant. Il n'y avait pas d'autre solution. Parce qu'elle était dame Elizabeth d'Averette et que, malgré ce qu'il avait dit à Adelaïde et à Armand à la cour, il n'était que Fingal, hors-la-loi et bâtard, avec pour père un fils de marchand qui n'avait rien fait d'autre dans sa vie que d'engrosser une fille trop naïve.

— Je suppose que c'est bon, dit Dolfe, fronçant ses épais sourcils tandis qu'il considérait messire Gilbert qui venait de le rejoindre dans la salle de garde. Je ne vois pas pourquoi vous ne pourriez pas entrer. Prenez une torche et faites attention aux marches.

Finn remercia d'un signe de tête et sortit une torche d'un anneau, en haut de l'escalier glissant. Gardant une main sur le mur humide, tenant de l'autre la torche qui crachotait, il descendit dans les profondeurs fraîches et suintantes.

Les prêtres décrivent habituellement l'enfer comme fait de feu et de soufre, l'air fétide empli par les cris des damnés, mais alors qu'il atteignait le niveau inférieur, Finn se dit qu'ils se trompaient. L'enfer, c'était le froid, l'humidité et le silence.

Il n'entendait rien à part le crachotement de sa torche.

Il se mit à quatre pattes et ouvrit à la base de la porte l'étroit judas par lequel la nourriture était fournie, quand il y en avait. Il regarda à l'intérieur, mais la seule lumière venait de la torche, et il n'osait pas la baisser davantage de peur qu'elle ne s'éteigne.

— Ryder, tu es là ?

Etait-il mort ?

— Gally ?

C'était à peine un murmure, mais c'était bien la voix de Ryder, rauque et faible.

— Je rêve...

— Non, non ! lui assura Finn. C'est vraiment moi, et je reviendrai bientôt pour te faire sortir.

— Bien sûr, dit son frère, sa voix morne et sans vie.

— Je voulais venir plus tôt, mais nous n'avons pas pu. Cette nuit, Ryder, je te promets.

Il n'y eut pas de réponse. Finn n'osa pas s'attarder, alors il fit demi-tour, plus déterminé que jamais à libérer son frère cette nuit-là.

Avant qu'il ne soit trop tard.

Sans se soucier de ce qui l'entourait, simplement consciente de sa solitude, Lizette se laissa choir sur le banc du jardin de dame Roslynn.

Tant de choses avaient changé depuis qu'elle avait quitté Averette ! Elle avait été heureuse d'assister au mariage de Marian, heureuse par la même occasion de s'éloigner de Gillian, dont les graves yeux gris semblaient toujours la critiquer, d'Adelaïde et de ses sévères sermons sur la façon dont une dame devait se conduire.

Ce n'était pas une grande aventure, avait-elle pensé à l'époque, mais c'était mieux que de se languir à la maison. Et puis Iain — le pauvre Iain! — était venu pour la ramener à Averette. Elle en avait été agacée, et s'était montrée sottement entêtée... Pour quelles conséquences! Des hommes de qualité morts, sa propre vie et celle de Keldra en danger...

Pourtant, si elle n'avait pas été aussi réticente à rentrer, elle n'aurait jamais rencontré Finn, et sans lui Keldra et elle seraient aux mains de Wimarc, utilisées pour faire plier ses beaux-frères et aider les plans félons du seigneur de Werre.

Si elle n'avait pas rencontré Finn, elle n'aurait pas eu en sa possession des preuves de la trahison de Wimarc cachées dans sa manche pour qu'aucune servante ne les trouve; elle ne serait pas non plus en train de l'aider à sauver son frère.

Elle serait encore vierge, se demandant ce que ce serait d'être aimée par un homme merveilleux. Maintenant elle le savait, et son seul regret était qu'ils ne puissent pas rester ensemble.

A moins qu'elle ne s'enfuie avec lui. A moins qu'elle ne retourne pas à Averette lorsqu'elle aurait présenté ses preuves au roi. A moins qu'elle ne s'arrange pour retrouver Finn quelque part, et qu'elle reste avec lui.

S'il était d'accord.

S'il était d'accord, pourrait-elle abandonner son rang, sa maison, sa famille, pour vivre dans le péché avec un hors-la-loi?

Mais il n'était pas obligé de rester un hors-la-loi. Il était intelligent, et quelqu'un de bien. Comme elle l'avait suggéré, il pourrait apprendre un métier, ou devenir marchand. L'idée l'avait tenté ; elle l'avait vu dans ses yeux, et elle avait entendu dans sa voix qu'il n'aimait pas la vie de hors-la-loi quand il lui avait parlé de Ryder.

La réponse était claire et simple si elle écoutait son cœur.

— Quoi, toute seule, ma dame ?

Elle sursauta en entendant la voix de Wimarc. Levant les yeux, elle eut l'impression nette et troublante qu'il l'avait observée pendant un moment.

— Vous paraissez affligée, dit-il avec une sollicitude apparente en s'asseyant à côté d'elle sans y être invité. J'espère que je n'en suis pas responsable.

Il baissa la voix en un murmure intime, et ce fut comme si un serpent sifflait à son oreille.

— Peut-être auriez-vous préféré que je n'envoie pas le cuvier ?

Elle lui coula une œillade, et cela s'arrêta là. La concupiscence qui brillait dans ses yeux la dégoûtait trop pour qu'elle continue à le regarder.

— Mon époux vous en est très reconnaissant.

— Mais pas vous ?

Elle ne répondit pas.

— J'ai jugé préférable de le contenter. Les hommes sont moins soupçonneux de cette façon, même si cela me contrarie de vous imaginer avec lui, en particulier maintenant que mon épouse est partie, murmura-t-il, posant sa main sur son genou.

Lizette eut du mal à ne pas se raidir de révulsion.

— Je ne pense pas qu'il se doute de quoi que ce soit, messire.

— Une telle solennité tombant de si jolies lèvres est désolante, dit-il doucement en se penchant plus près, ce qui rappela à Lizette que le banc était caché par la tonnelle.

Ruse ou pas, avec les parchemins dans sa manche, elle ne pouvait tolérer de le laisser l'embrasser. Elle leva la main pour le repousser.

— Même si nous sommes abrités, ce jardin est un endroit public, et après avoir pris tant de soin pour garder mon époux content, il serait dommage qu'il découvre ce que nous ressentons parce que nous n'avons pas pu nous contrôler, dit-elle.

Wimarc ôta sa main et fronça les sourcils.

— Je vous l'ai déjà dit, ma dame, je ne joue pas à ces petits jeux. Si vous n'êtes plus consentante, dites-le-moi et finissons-en.

Et puis quoi ? Les ferait-il partir le jour même ?

Elle posa une main sur son torse et mit dans ses paroles toute la conviction qu'elle put rassembler.

— Je veux savourer vos baisers, vos étreintes, plus que je ne peux le dire, messire. Mais je crains mon époux aussi. Je ne peux pas risquer qu'il découvre que j'en préfère un autre. Greseld ou un autre serviteur pourrait venir au jardin et nous surprendre.

— Greseld pense — et je suis d'accord avec elle — que vous feriez une meilleure épouse pour moi que Roslynn.

— Une épouse ? répéta-t-elle choquée.

Il lui prit la main, fermement, et son regard soutint le sien.

— Oui. Je peux écarter Roslynn — on peut toujours trouver un prétexte pour annuler un mariage — et vous pouvez faire la même chose avec Gilbert.

— Céder à notre désir est une chose, messire, mais Gilbert n'accepterait jamais une annulation, et la nature de notre relation serait révélée.

Elle secoua la tête avec véhémence.

— Non, messire, cela ne peut pas être.

L'expression de Wimarc ne changea pas.

— Si vous étiez libre, et moi aussi, le considéreriez-vous ?

Elle se leva, agitée et voulant s'éloigner de lui.

— Messire, de grâce, ne me le demandez pas !

Il fallait qu'elle maintienne la ruse. Il fallait qu'elle continue à mentir.

— Ne me donnez pas de tels espoirs !

Il tendit la main et la fit se rasseoir.

— J'aimerais vous avoir pour épouse, et je ne peux nier mon désir pour vous. Je ne peux plus attendre, ma dame. Venez me retrouver ce soir, lorsque votre mari sera endormi. Venez dans ma chambre et laissez-moi vous aimer. Laissez-moi vous montrer ce que serait le mariage avec moi.

Bien qu'elle soit sûre de déjà le savoir, elle hocha la tête.

— Très bien, dit-elle en se levant. Je viendrai vous retrouver ce soir, quand mon époux dormira. Pour l'heure, je n'ose m'attarder ici plus longtemps.

Là-dessus, elle s'éloigna en hâte, laissant Wimarc dans le jardin, se représentant ce qu'il ferait avec elle et imaginant quelle sorte d'accident pourrait bien tuer messire Gilbert de Fairbourne. Et quand.

De retour dans la chambre vide et débarrassée du cuvier, Lizette laissa libre cours à son angoisse. Où était Finn ? Que faisait-il ? Etait-il retourné dans les cachots, comme il l'avait annoncé ?

Ses pas la ramenèrent une fois de plus à la croisée. Cette fois-ci, cependant, sa vigilance fut récompensée : Finn traversait nonchalamment la cour.

Elle s'émerveilla qu'il puisse paraître si calme, alors qu'elle avait l'impression que chaque partie de son corps la picotait sous l'effet d'un mélange de terreur et d'expectative, espérant qu'il viendrait dans leur chambre avant le souper.

Il ne le fit pas. Ce fut Ellie qui vint pour la coiffer et l'aider à revêtir l'une des cottes arrangées de Roslynn.

Elle s'attendait à ce que la servante soit aussi grincheuse que le matin, mais Ellie paraissait contente d'elle. Triomphante même. Comme si elle avait remporté un grand trophée.

— Des tresses autour de ma tête feront l'affaire, dit-elle, estimant improbable que sa bonne humeur ait un rapport avec Finn, surtout maintenant qu'ils avaient fait l'amour.

Elle savait qu'elle pouvait faire confiance à Finn. Qu'elle pouvait le croire quand il disait qu'il ne voulait pas d'Ellie.

— Vous semblez heureuse, reprit-elle tandis que la jeune femme coiffait ses cheveux.

— Vraiment ? répondit Ellie avec insolence. Ce doit être le temps.

Lizette ne le crut pas un instant et elle n'avait jamais souhaité davantage qu'à cet instant avoir un miroir pour pouvoir voir le visage d'Ellie et tenter de jauger la véracité de ses réponses.

Mais l'aiguière ferait l'affaire. Elle donnait à Ellie une tête de cheval — longue et étroite — mais c'était tout ce dont elle disposait.

— Avez-vous vu mon époux dernièrement ?

— Pas depuis ce matin, ma dame.

La réponse était calme et détachée, et il n'y avait rien dans le reflet qui pouvait faire douter Lizette.

Ce fut un soulagement, même si elle se tança intérieurement de ne pas avoir plus de foi en Finn.

Elle ne poserait plus de questions, se dit-elle, ce qu'elle fit, et assez vite elle fut revêtue de sa cotte.

Ellie alla à la porte et la lui ouvrit.

— Le souper doit être prêt maintenant, ma dame.

Puisque Finn n'était pas remonté et qu'il pouvait l'attendre dans la grand-salle, elle suivit la servante hors de la chambre.

Ce fut seulement en refermant la porte derrière elle qu'elle regarda par hasard le mur en face du lit.

Le trou était de nouveau ouvert.

Depuis combien de temps ? Quelqu'un les avait-il observés ? Qu'avait-il pu voir ? Ou entendre ?

— Quelque chose ne va pas, ma dame ? demanda Ellie depuis le haut de l'escalier.

Lizette acheva de fermer la porte et garda le visage le plus impassible qu'elle put.

— Non, rien, répondit-elle.

En entrant dans la grand-salle, elle vit Finn debout à la table haute. Wimarc se tenait à côté de lui. Elle prit sa place et s'efforça de faire comme si rien n'allait de travers, mais elle souhaitait désespérément dire à Finn qu'on avait pu les espionner.

Elle se rassura un peu en se disant que si Wimarc avait compris qu'ils étaient des imposteurs, il ne les traiterait sûrement pas comme des invités honorés.

Avec cette pensée pour doper son courage, elle essaya de manger. Elle prit un peu de ragoût d'agneau et grignota les légumes comme un lapin. Elle parvint à avaler un peu plus de poulet cuit au vin dans un bouillon épaissi avec des miettes de pain. Elle mangea aussi une bonne partie d'une alouette rôtie et un peu de gibier salé. Les croûtons de pain revenus dans du lait d'amande l'achevèrent. Elle fut vaincue par la vue d'anguilles en gelée et prit ce prétexte pour refuser la crème au vin et aux œufs.

Pendant ce temps, comme s'il avait réellement été messire Gilbert, Finn conversait avec leur hôte sur des gens prétendument rencontrés à la cour. La discussion semblait anodine à première vue, mais Lizette se rendit vite compte que Finn tentait aussi de découvrir qui d'autre Wimarc considérait comme ses amis.

— Allez-vous bien, ma dame ? s'enquit ce dernier d'un air soucieux lorsqu'elle couvrit sa timbale d'une main pour refuser plus de vin.

— Tout à fait bien. C'est simplement que vous servez une nourriture si riche, messire. Et je suis un peu fatiguée.

Elle se leva, pensant qu'il valait mieux qu'elle ne reste pas. Finn pouvait cacher son appréhension, mais elle avait moins d'expérience que lui, et si Wimarc avait des soupçons, elle pourrait lui donner des raisons de s'interroger.

— Si vous voulez bien m'excuser, messires.

— De fait, Wimarc, je suis assez fatigué moi-même, déclara Finn en se mettant debout et en décochant un clin d'œil à leur hôte. Avec ma blessure à la jambe et, hum…, l'exercice que j'ai pris ce matin…

— Je pense que nous coucher de bonne heure nous fera du bien à tous les deux, renchérit Lizette en souriant à Wimarc.

Elle prit une carafe de vin.

— Peut-être qu'un peu de vin nous aidera à mieux dormir.

Les lèvres de Wimarc se relevèrent en un sourire rusé et satisfait.

— Eh bien bonne nuit, leur dit-il. J'espère que vous dormirez bien.

Lizette fit une petite courbette en réponse, puis traversa la grand-salle la première, Finn juste derrière elle. Lorsqu'ils furent dans l'escalier, il demanda dans un murmure :

— De quoi s'agit-il ? Pourquoi Wimarc vous regardait-il de cette façon ?

Elle mit un doigt sur ses lèvres.

— Pas ici.

Elle ne pouvait être sûre que quelqu'un ne se cachait pas en haut des marches, écoutant.

Dès qu'ils atteignirent leur chambre, elle posa la carafe sur la table et prit un linge qu'elle enfonça dans le trou rouvert.

Lorsqu'elle se retourna, Finn avait l'air aussi atterré qu'elle quand elle s'était rendu compte qu'il n'était plus bouché.

— Depuis combien de temps était-il ouvert ?

— Je l'ignore. Mais Wimarc ne nous traiterait pas comme des invités s'il savait la vérité, n'est-ce pas ?

Finn s'assit lourdement au pied du lit.

— Par Dieu, j'espère qu'il ne se joue pas de nous, prenant son temps avant de nous jeter dans ses cachots !

Il fixa sur elle un regard qui ne cillait pas.

— Ou attendant d'avoir couché avec vous.

Elle s'assit à côté de lui.

— Il compte que je le rejoigne dans sa chambre cette nuit.

Finn jura.

— Quand avez-vous fait cet arrangement ?

— J'étais dans le jardin et il m'a rejointe. Il dit aussi qu'il veut m'épouser.

Finn souffla avec mépris, lui indiquant ce qu'il pensait de cette probabilité.

— Dieu merci, nous partirons d'ici cette nuit ! Je serai

un homme heureux quand nous serons loin de ce château avec Ryder, qui est encore en vie. Je lui ai parlé et lui ai dit que nous allions venir.

— Quand ? demanda-t-elle, incapable de rester assise. Quand partons-nous ?

Quand nous séparons-nous ?

— Juste avant le changement de garde. Les soldats seront fatigués, impatients de finir leur tour, et de ce fait moins susceptibles de faire attention.

Elle hocha la tête. *Si vite ?*

Il alla à elle et l'enveloppa de ses bras.

— C'est dans peu de temps maintenant, Lizette, et ensuite tout sera fini.

D'une manière ou d'une autre, pensa-t-elle, tout sera fini. Ou bien ils réussiraient et partiraient chacun de leur côté, ou bien ils échoueraient et mourraient.

Elle leva son visage et fixa ses yeux sombres, interrogateurs.

— Quoi qu'il arrive cette nuit, il faut que je vous dise… Je vous aime, Finn, Fingal, Oliver ou quel que soit le nom que vous preniez. Je vous aime de tout mon cœur et si nous réussissons cette nuit, si nous sauvons votre frère et nous échappons de cet horrible endroit, lorsque j'aurai donné la preuve de la traîtrise de Wimarc à mes sœurs, je vous suivrai n'importe où.

Finn s'éloigna en secouant la tête.

— Nous ne sommes pas faits pour être ensemble, vous et moi, ma dame.

Il croisa son regard, ferme et sûr, mais empreint une douleur qui répondait à la sienne.

— Je vous aime, Lizette… Dieu me soit témoin que je

vous aime ! Mais je ne suis rien qu'un voleur, le fils bâtard d'une ribaude, et vous êtes une noble dame.

— Je suis une femme qui vous aime, dit-elle, prenant son visage entre ses mains. Qui vous aime de tout son cœur. Qui vous aimera toujours.

— Non, Lizette, murmura-t-il en fermant les yeux. Ne dites rien de plus. Cela ne peut pas être. Cela ne peut pas être !

— De fait, cela est, objecta-t-elle. Je vous aime et rien d'autre ne compte pour moi, ni qui était votre mère, ni ce que vous avez fait. Je renoncerai volontiers à mon titre et à mon héritage pour être avec vous. Nous pouvons commencer une nouvelle vie ensemble, loin, là où personne ne saura qui vous êtes.

— Vous êtes une pupille du roi. Vous avez besoin de sa permission pour vous marier.

— Nous pourrions disparaître, nous construire une nouvelle vie loin du roi et de la cour, loin de nos propres passés. Mes sœurs peuvent lui dire que je suis morte.

— Vous ne pourriez plus jamais revenir chez vous, à Averette, ni auprès d'elles.

— Ma maison sera où vous êtes, Finn, dit-elle doucement. Et nous trouverons des moyens de leur faire savoir que nous sommes en vie, en bonne santé et heureux.

Il la prit par les épaules et scruta son visage de son regard intense.

— Vous êtes sérieuse, n'est-ce pas ?

— Je n'ai jamais été aussi sérieuse. Je préférerais être pauvre avec vous plutôt que riche avec quelqu'un d'autre. Je veux être avec vous, Finn, même si nous devons vivre comme des bohémiens, en voyageant de lieu en lieu. Je me sens si libre quand je suis avec vous, libre comme je ne l'ai jamais été auparavant et n'ai jamais pensé pouvoir l'être.

Puis elle décocha sa dernière flèche.

— En outre, le roi pourrait vouloir me faire épouser quelqu'un comme Gilbert ou Wimarc. Vous ne me souhaiteriez pas ce sort misérable, n'est-ce pas ?

— Doux Jésus, dit-il dans un souffle en la prenant dans ses bras, la croyant enfin, osant espérer ce qui semblait tellement impossible si peu de temps auparavant. Je suis l'homme le plus fortuné d'Angleterre, et à dater de maintenant, je serai aussi l'homme le plus honnête et le plus honorable du royaume !

Ils s'embrassèrent avec amour, joie et passion, un rêve d'avenir brillant dans leur cœur.

Vêtu de sa seule robe de chambre, Wimarc alla ouvrir la porte et trouva sur le seuil non pas Helewyse, mais Ellie.

— Je ne vous ai pas appelée, dit-il avec rudesse, son sourire de bienvenue mourant sur ses lèvres.

— Vous êtes seul, messire ? demanda-t-elle en regardant derrière lui.

— Comment osez-vous demander une chose pareille ? Partez, ou par Dieu…

Il leva la main, prêt à la frapper pour son insolence.

Mais elle eut l'audace d'arrêter son bras.

— Vous devriez vous réjouir de ma venue, déclara-t-elle. Vous le ferez, quand vous entendrez ce que j'ai à vous dire.

Wimarc étudia son visage. Elle paraissait trop sûre d'elle pour mentir.

Il baissa son bras et s'écarta pour la laisser entrer. Elle passa devant lui d'un pas sautillant, aussi hardie et impertinente que son premier amour — et ce n'était pas un bon point en sa faveur.

— Eh bien ? Qu'avez-vous à me dire de si important ? demanda-t-il en traversant la pièce pour se servir du vin.

— Je ne me suis jamais fiée à ce messire Gilbert, messire, alors ce matin, pendant que son épouse et lui rompaient leur jeûne, j'ai enlevé ce qui bloquait le trou dans le mur de la chambre de votre épouse. Et puis je me suis cachée dans le passage secret, et j'ai entendu des choses, messire... Des choses choquantes. Des choses de prix.

Bien que sa curiosité fût piquée, Wimarc ne laissa rien voir de son intérêt. Pas quand Ellie employait l'expression « de prix » pour qualifier ce qu'elle avait entendu.

Reposant son vin sans le toucher, il s'assit dans son fauteuil et tourna sa bague de rubis autour de son doigt.

— Il vaut mieux laisser estimer le prix de révélations par ceux qui sont plus capables de juger de leur valeur.

— J'ai toujours aimé cette bague, messire..., dit-elle en s'approchant plus près de son pas enjoué.

Il posa les mains sur ses genoux. Par tous les diables, qu'avait-elle pu surprendre qui valait autant ?

— Moi aussi. Je ne m'en séparerai pas aisément.

— Est-ce que le nom de Lizette vous dit quelque chose, messire ?

Wimarc se raidit, puis regretta d'avoir trahi une réaction quand il vit l'éclat cupide qui brillait dans les yeux d'Ellie.

— Combien me donneriez-vous pour savoir où elle est ? Une bague en rubis, peut-être ?

Chapitre 22

Uldun était le seul soldat en poste quand Lizette et Finn arrivèrent à l'entrée des cachots, juste avant le changement de garde. Il leur ouvrit la porte qui grinçait avec un large sourire, et ses petits yeux ronds brillèrent d'un éclat intéressé.

— Je vous avais dit que je reviendrais, dit Lizette, la voix basse et pleine de promesses. Mon époux veut voir les chaînes, ajouta-t-elle en tirant Finn à l'intérieur.

Ce dernier ne fut pas surpris que l'homme croie qu'elle avait des goûts particuliers. Il aurait pu le croire aussi, lorsqu'elle employait ce ton et arborait cet air.

Mais quand elle faisait l'amour avec lui, il ne voyait pas de concupiscence rusée, pas de désirs décadents. Elle l'aimait comme tout homme espérerait qu'une femme l'aime, avec confiance, joie et plaisir, honnêteté et générosité. Comme s'il était le seul homme au monde qu'elle désirerait jamais, comme si elle était la seule femme sur Terre qu'il aimerait jamais.

Il le sentait dans son cœur, dans son âme, et il savait qu'en la perdant il ne serait plus jamais vraiment entier.

Uldun désigna le mur, son regard lascif fixé sur Lizette.

— Je pensais que vous aviez peut-être changé d'avis…

— Oh! Non, dit-elle en s'adossant à la porte fermée, s'efforçant d'ignorer la puanteur de l'endroit et l'odeur rance du corps du garde. Comme je vous l'ai dit, nous aimons jouer avec des anneaux et des chaînes…

Il gloussa.

— Nous en avons un tas, ma dame!

Tandis que l'homme, qui bavait pratiquement comme un chien devant un os, continuait à regarder Lizette, Finn le contourna comme pour examiner les chaînes. Il saisit l'un des tabourets éculés et frappa l'homme à l'arrière de la tête. Les yeux d'Uldun s'élargirent brièvement, il relâcha son souffle, puis s'écroula par terre avec un bruit sourd.

Pendant que Lizette prenait le trousseau de clés à sa ceinture, Finn tira rapidement le garde au pied du mur et ferma une paire d'anneaux autour de ses chevilles.

— Je vous retrouverai avec Ryder aux portes, dit-elle en lui tendant le trousseau avant de lui donner un rapide baiser.

Puis elle se glissa dans l'obscurité.

Le souffle court, Finn descendit en courant les marches humides éclairées par la torche à la poix malodorante qu'il prit dans un anneau.

— Aidez-moi! cria une voix derrière la porte de la cellule la plus proche de l'escalier. Pour l'amour de Dieu, laissez-moi sortir!

S'il libérait les autres prisonniers, ils pourraient difficilement garder leur évasion secrète, même en supposant que Lizette puisse créer la diversion qu'ils avaient prévue, alors Finn continua dans le corridor jusqu'à la cellule de Ryder.

— Je suis venu te faire sortir, dit-il à son frère, essayant plusieurs clés avant de trouver la bonne.

Quand la serrure fut ouverte, il glissa le trousseau à

son poignet et poussa la porte de l'épaule. La puanteur qui régnait dans la cellule le renversa presque. Ryder, dépenaillé, sale, d'une maigreur incroyable et recouvert d'habits qui n'étaient plus que des haillons pourris, était tapi dans un coin comme un chien battu.

— Viens, dit-il en se hâtant de le mettre sur ses pieds. Nous sortons d'ici.

Titubant à moitié, Ryder toucha son visage.

— Gally, c'est vraiment toi ? Je ne rêve pas ?

— Non, tu ne rêves pas. Viens ! Nous n'avons pas beaucoup de temps.

Passant un bras autour de lui pour le soutenir, Finn l'aida à sortir de la cellule. Ils furent aussitôt assaillis par un chœur de supplications, le chœur invisible des damnés.

— Ne me laissez pas ici ! Pour l'amour de Dieu ! Ayez pitié ! Ayez pitié !

Son esprit le pressait de se dépêcher et de s'échapper avec Ryder. Lizette dépendait de lui, aussi — Lizette qui risquait sa vie non seulement pour ses sœurs, mais aussi pour le roi qu'elle détestait, à cause des gens qui souffriraient s'il y avait une rébellion et une guerre.

Pouvait-il faire moins ? Pourrait-il être assez dur, assez égoïste, pour laisser ces pauvres malheureux dans leurs cellules, quoi qu'ils aient fait ?

Il ne le put pas, pas avec l'image des yeux confiants de Lizette, de son cœur généreux, de sa certitude qu'il était un homme bien, même si on lui avait rarement témoigné de pitié.

Tandis qu'il cherchait parmi les clés, essayant d'ouvrir la cellule voisine aussi vite qu'il pouvait, Ryder, affalé contre le mur, n'émit pas un mot de protestation. Peut-être était-il trop faible ou peut-être ne pouvait-il pas non plus ignorer les plaintes. Il savait bien mieux que lui quelle torture c'était d'être enfermé dans cet endroit terrible.

Finn ouvrit la première cellule et trouva le cadavre d'un pauvre diable visiblement poussé à la folie tandis qu'il mourait lentement de faim. Ils arrivaient trop tard pour lui — et ce serait peut-être trop tard pour eux tous s'il ne se dépêchait pas.

Travaillant avec une hâte frénétique, il ouvrit une autre porte et cette fois, une silhouette spectrale se précipita dehors.

— Attendez-moi ! lui ordonna Finn d'une voix rauque et sévère. Nous devons sortir tous ensemble, sinon le premier va alerter les sentinelles et aucun de nous ne pourra s'échapper.

Son visage cadavérique frangé de longs cheveux gris, l'homme le regarda avec des yeux maniaques et désespérés, mais fit ce qu'il lui dit. Et les autres aussi, jusqu'à ce qu'il y ait derrière son frère et lui une troupe d'hommes faibles, malades et affamés.

Restant dans l'ombre, Lizette se faufila vers les écuries. Elle dut attendre pendant ce qui lui sembla être un laps de temps terriblement long que deux soldats se croisant sur le chemin de ronde se saluent et se plaignent en passant de leur ration de cervoise.

Dès qu'ils reprirent leur marche, elle fonça à travers le dernier espace ouvert vers les écuries et la porte qui n'était pas verrouillée. Elle l'ouvrit prudemment et retint son souffle, guettant tout bruit qui pourrait signaler des gens éveillés. Par chance, tout ce qu'elle entendit fut des chevaux.

Satisfaite, elle se glissa à l'intérieur et s'arrêta, respirant l'odeur de foin, de chevaux et de cuir. Au-dessus d'elle, deux yeux brillaient dans le noir. Des yeux de chat. L'animal disparut rapidement, attiré par le léger grattement de souris dans la paille.

Lizette n'eut pas besoin de pénétrer loin de la porte pour faire ce qu'elle avait à faire. D'abord, elle fit un petit tas de paille dans l'allée centrale. Avec une autre poignée, qu'elle trempa dans l'eau d'une auge pour la mouiller, elle dessina un cercle autour du premier tas. Elle voulait obtenir de la fumée plus que des flammes, pour donner aux gens qui se trouvaient dans l'écurie le temps de s'enfuir et de libérer les chevaux.

Elle avisa une bride qui pendait à un crochet, à côté d'autres brides et parties de harnais. Elle la prit et la posa sur le tas de paille. Cela fait, elle s'agenouilla et frappa le briquet qu'elle avait volé dans la cuisine contre la partie métallique de la bride, provoquant une étincelle. Ses mains tremblaient, et elle dut s'y reprendre à trois fois avant qu'une flamme ne prenne.

La paille brûla alors rapidement. Presque aussitôt, un cheval hennit, alarmé.

Lizette retourna à la porte juste comme une voix criait « Au feu ! » dans le fenil au-dessus.

D'autres chevaux se mirent à piétiner le sol, à hennir, à frapper les cloisons de leur stalle de leurs sabots tandis que le feu atteignait la paille mouillée et que de la fumée commençait à emplir l'écurie. Toussant, Lizette ouvrit la porte tandis que l'alarme s'étendait aux sentinelles sur le chemin de ronde et aux bâtiments, dans la grand-salle et dans les chambres.

Elle se glissa dehors, comptant contourner l'écurie

par-derrière, dans l'ombre. Il était prévu que, profitant du chaos, elle prenne trois chevaux — un pour Finn, un pour elle et un pour Ryder s'il était assez fort pour monter tout seul. Sinon, Finn le prendrait avec lui. Tous deux devaient la retrouver aux portes, où ils s'occuperaient des gardes s'ils étaient encore là et non partis lutter contre le feu, puis ils ouvriraient les portes et sortiraient.

A la muraille extérieure, se faisant passer pour messire Gilbert, Finn ordonnerait aux gardes de le laisser sortir. S'ils hésitaient, il les attirerait dans l'ombre des portes, sous le prétexte de leur expliquer ce qui se passait au château, puis il ferait le nécessaire pour les faire taire. Le temps que les sentinelles distraites comprennent que quelque chose n'allait pas, ils seraient déjà partis vers la liberté.

Cela paraissait simple, et pourtant une centaine de choses pouvait aller de travers. Lizette le savait, mais alors qu'elle parvenait à l'arrière des écuries pendant que serviteurs et soldats couraient vers le bâtiment en feu, que palefreniers et garçons d'écurie toussaient, criaient et faisaient sortir les chevaux affolés, et surtout quand elle vit qu'il n'y avait pas de gardes aux portes, elle commença à croire qu'ils réussiraient.

Finn, Ryder et les autres prisonniers montèrent l'escalier. Les plus forts aidaient les plus faibles, Finn aidait son frère, et ils se retrouvèrent bientôt dans la salle de garde. Au-dehors, Finn entendit ce qu'il avait espéré : des cris réclamant de l'eau, les hennissements frénétiques des chevaux et des bruits de course sur les pavés.

— Les écuries ont été incendiées pour couvrir notre fuite, expliqua-t-il aux prisonniers libérés.

Il aida Ryder à s'asseoir sur l'une des chaises des gardes, puis s'adressa au groupe nerveux.

— Vous seriez tous encore emprisonnés sans nous, leur rappela-t-il. Le feu ne suffira peut-être pas pour que nous puissions tous sortir, alors je vous demande, par gratitude pour nous, de nous laisser le temps, à mon frère et à moi, ainsi qu'à une noble dame qui s'est mise en danger pour nous aider, de nous échapper avant de vous enfuir d'ici.

Mais alors même qu'il énonçait cette requête, il en vit toute la futilité, car ces hommes avaient été conduits au bord du désespoir. Ils ne pouvaient plus penser qu'à eux-mêmes.

Presque aussitôt, ils se ruèrent sur la porte, écartant Finn de leur chemin — sauf le dernier prisonnier qui se mit à donner des coups de pieds à Uldun, lui criant des insultes avec ce qui lui restait de sa voix éraillée. Puis il y eut d'autres cris.

Avant que Finn et Ryder n'aient atteint la porte, Draco apparut sur le seuil, une épée ensanglantée à la main et une expression de jubilation sauvage sur le visage. A peine entré, il tua le prisonnier qui s'était attardé pour frapper Uldun.

Finn poussa Ryder derrière lui et empoigna un seau posé sur la table. Il put s'en servir comme bouclier, jusqu'à ce que d'autres mercenaires arrivent en chargeant. Il sut alors que tout était perdu pour eux. Son avenir prenait fin ici, mais peut-être pas celui de Lizette. Elle pouvait encore être libre.

Il lança le seau sur Draco, qui leva son bouclier pour l'éviter. En reculant et en s'accroupissant, sur la défensive, il vit bouger plusieurs hommes dans l'intention manifeste de les cerner, son frère et lui. Il donna un coup au plus proche, mais deux autres hommes lui saisirent les bras par-derrière, l'immobilisant. Deux de plus s'emparèrent de Ryder, qui n'avait même pas essayé de courir à la porte.

Finn lutta pour se dégager, priant en silence que Lizette ne les attende pas mais s'enfuie si elle en avait l'occasion. Qu'elle comprenne qu'il avait été capturé et parte en courant.

Une épée dégainée à la main, Wimarc franchit la porte et poussa les mercenaires de côté. Il frappa Finn au visage d'un revers de main, lui entaillant la lèvre.

— Vous pensiez que vous pourriez me duper ?

Il savait donc... Avait-il arrêté Lizette et l'avait-il obligée à tout avouer ?

Si Wimarc tenait Lizette, s'il lui avait fait du mal, l'enfer serait trop doux pour qu'il y passe l'éternité, et Finn fit une autre prière pour avoir la chance de l'expédier là-bas.

Jusque-là, aussi longtemps qu'il serait en vie, il prolongerait la duperie et tenterait de les sauver tous.

Il croisa fermement le regard furieux de Wimarc en léchant le sang chaud qui coulait de sa lèvre.

— Ce n'est pas une façon de traiter un invité, messire ! dit-il avec l'accent noble qu'il avait eu tant de peine à apprendre.

Wimarc pressa la pointe de son épée sur sa gorge et le força à reculer contre le mur.

— Par tous les diables, qui êtes-vous ?

— Votre esprit est confus. Je suis Gilbert de Fairbourne.

— Pour un homme dont la maîtresse est en mon pouvoir, vous êtes remarquablement stupide !

Les genoux de Finn flanchèrent presque et sa gorge devint aussi sèche qu'une dune de sable. Néanmoins, même si Wimarc avait Lizette, il devait faire ce qu'il pouvait pour la protéger encore.

— Ellie a toujours été en votre pouvoir, comme vous dites. N'était-ce pas votre plan, qu'elle me séduise pour que je me joigne à votre rébellion ? Ou du moins qu'elle soit une sorte de promesse d'autres récompenses à venir ?

— Vous savez fort bien que je ne parle pas d'Ellie. Cette garce insolente gît dans ma chambre, morte, pour avoir osé essayer de me soutirer de l'argent ! Je parle d'Elizabeth d'Averette.

— Qui ?

Wimarc leva de nouveau son épée, plaçant cette fois la pointe sous l'œil de Finn.

— Vous le savez très bien, et maintenant je veux savoir qui vous êtes, et pourquoi elle vous aidait.

— Juste ciel, messire, il me semble que c'est évident. Nous sommes venus libérer ce pauvre malheureux, ici, même si je n'ai aucune idée de la raison pour laquelle vous croyez qu'une noble dame m'aiderait, ni pourquoi cette ribaude serait dame Elizabeth d'Averette.

Au vif soulagement de Finn, les yeux de Wimarc trahirent le doute. S'il pouvait lui faire croire que Lizette n'était qu'une gueuse engagée pour jouer un rôle, il pourrait la laisser en vie. Il la violerait probablement, mais elle serait vivante et libre.

— Elle n'est pas une ribaude, gronda Wimarc.

— Oh ! Je vous assure que si ! Peg, du Cochon et du Sifflet, dans Fleet Street. Très renommée dans certains cercles, car elle peut avoir tout à fait l'air d'une dame si elle le veut.

— Je ne vous crois pas !

— Croyez-moi ou non, à votre guise. Tuez-la si vous

le souhaitez, mais les seules personnes qui pleureront son trépas sont les hommes des quais de Londres.

Finn parlait avec toute l'apparence du calme, espérant en silence que Ryder se rendrait compte que Wimarc ne faisait pas attention à lui. Aucun de ses mercenaires non plus. Son frère pourrait peut-être s'échapper en douce.

Mais à son grand dam, Ryder était soit trop faible, soit trop malade pour remarquer quoi que ce soit.

— Vous mentez! Elle est bien Elizabeth d'Averette! Mais vous? Qui diable êtes-vous?

Finn écarta les mains comme s'il était totalement déconcerté.

— Quelle preuve avez-vous que je ne suis pas messire Gilbert de Fairbourne?

De nouveau, il y eut une lueur de doute dans les yeux de Wimarc; Finn en profita.

— Comme je suis messire Gilbert, je suggère que vous abaissiez votre arme. Sinon, je devrai vous défier en combat singulier sur un champ d'honneur — non pas que vous compreniez la notion d'honneur, mais c'est ainsi que l'on dit quand des nobles se battent pour de telles questions.

Wimarc empoigna la tunique de Finn et le tira en avant, si bien que sa lame érafla son cou.

— Vous n'êtes pas Gilbert de Fairbourne et cette femme que vous avez fait passer pour votre épouse est Elizabeth d'Averette. A présent, dites-moi qui vous êtes réellement et pourquoi elle est venue ici avec vous en prétendant être votre épouse, ou je trancherai votre maudite gorge!

Avant que Finn puisse ouvrir la bouche pour mentir de nouveau, Ryder bondit sur ses pieds. Il attrapa une chaîne qui pendait au mur et, en un clin d'œil, il la passa autour du cou de Wimarc.

— En arrière, vous tous ! ordonna-t-il aux gardes, la voix dure. Lâchez vos épées ! Finn, prends celle de Wimarc.

Les tendons du cou de Ryder se nouèrent et ses bras faibles tremblaient de l'effort qu'il devait faire. Même si la détermination lui donnait de la force, ce ne serait que temporaire ; il était trop faible pour contenir longtemps Wimarc.

Mais avant que Finn ne puisse prendre l'épée de Wimarc, Uldun se leva d'un bond et tira une dague de sa botte qu'il planta dans le flanc de Ryder.

— Lâche-le, espèce de vermisseau !

La chaîne tomba des mains de Ryder. Il jeta un regard chagriné à son frère, puis, avec un soupir qui rappelait un enfant fatigué, il s'écroula par terre.

Ne sachant que faire, Lizette attendait près des portes et regardait à travers la cour emplie de fumée, évitant les chevaux paniqués qui cherchaient instinctivement à s'enfuir.

— Ouvrez les portes de la cour extérieure et laissez sortir les chevaux ! cria alors un homme, exactement comme Finn l'avait espéré.

Des gens arrivèrent en courant, et Lizette se glissa vivement dans l'ombre des baraquements voisins. Deux gardes soulevèrent la lourde barre de bois qui fermait les portes et commencèrent à faire sortir les animaux.

La fumée s'éclaircit un instant et Lizette aperçut Wimarc, l'épée tirée, qui se tenait devant la porte du donjon.

— Trouvez la femme qui prétend être dame Helewyse ! cria-t-il à ses hommes.

Toutes les forces de Lizette semblèrent la quitter. Elle s'appuya contre le mur, ayant besoin de son soutien.

Il savait ! Wimarc savait qu'elle n'était pas Helewyse et s'il le savait, et si Finn et Ryder n'étaient pas encore venus la rejoindre, c'était qu'ils étaient pris, ou sur le point de l'être. Ils ne pourraient pas passer devant Wimarc et ses hommes.

Ils avaient échoué… En dépit de tous leurs efforts, leurs plans et les risques qu'ils avaient pris, ils avaient échoué…

Elle resta là, anéantie, jusqu'à ce qu'un cheval passe près d'elle, la tirant de sa stupeur.

Elle devait partir ou elle serait capturée aussi. Elle devait s'échapper. Aller chercher de l'aide. Puis revenir et les sauver tous les deux. Faire parvenir les preuves de la traîtrise de Wimarc au roi. Sauver sa famille.

Sauver Finn.

Un cheval de bât, vieux, lent et plus petit que les autres, s'approcha d'elle. Il avait les oreilles en arrière, les yeux fous, mais portait encore une bride. Elle réussit à l'attraper. Sous le couvert de la fumée, elle courut à côté de lui, se servant de lui pour se cacher des hommes préoccupés.

Une fois dans la cour extérieure, elle leva les yeux et vit qu'il n'y avait pas de sentinelles sur le chemin de ronde. Otant prestement la bride au cheval de bât et parlant doucement, elle s'approcha d'une jument qui piétinait nerveusement le sol près du mur. Elle parvint à l'apaiser suffisamment pour lui passer la bride. Puis elle sauta sur son dos.

Elle la talonna et chevaucha vers la barbacane. Les sentinelles avaient été alertées par les cris et la fumée, mais n'avaient pas quitté leur poste. Néanmoins, leur attention ne se portait pas sur les portes ou le terrain au-delà du château, mais sur la cour et la fumée qui en montait.

Les habits de Lizette étaient tachés de suie et son visage

aussi devait être noirci ; nul doute qu'elle ressemblait peu à une dame. Toutefois, elle redressa les épaules et s'approcha des gardes.

— Ouvrez les portes et laissez-moi passer ! cria-t-elle, aussi impérieuse qu'Adelaïde.

Les deux hommes échangèrent des regards surpris et soupçonneux.

— Je vous ai dit : ouvrez les portes et laissez-moi passer ! Mon époux a été blessé dans l'incendie et j'ai besoin d'un médecin. Il y en a un au monastère voisin, m'a-t-on dit, et je dois aller le chercher.

— Vous ? demanda le garde le plus proche d'un air méfiant.

— Mon escorte sera là dans un instant, dit-elle.

Puis elle fronça les sourcils.

— Je suggère que vous vous pressiez et ouvriez cette porte. Messire Wimarc ne sera pas content si un de ses alliés meurt parce que vous avez bougé trop lentement, et moi non plus !

Les hommes soulevèrent aussitôt la barre et ouvrirent les portes cloutées.

Avant qu'ils ne puissent changer d'avis et essayer de l'arrêter, elle planta les talons dans les flancs de sa monture et s'élança au galop sur la route.

La force du coup de poing de Wimarc projeta la tête de Finn sur la droite. Du sang emplit sa bouche et la douleur irradia de sa mâchoire meurtrie. Son œil droit était fermé à force d'avoir enflé et sa joue gauche saignait. Il pouvait à peine tenir la tête droite sous la douleur ; seuls les anneaux qui enserraient ses poignets et l'attachaient au mur de la salle de garde l'empêchaient de s'affaisser.

Ryder était affalé à côté de lui, également enchaîné et inconscient, mais au moins il était vivant, malgré ses blessures. Les autres prisonniers étaient soit morts, soit de nouveau enfermés dans leurs cellules.

— Qui vous a envoyé ici ? redemanda Wimarc, empoignant les cheveux de Finn pour lui relever la tête. Dites-le-moi, et je serai généreux : je vous tuerai rapidement.

La seule réponse de Finn fut de cracher un jet de sang sur son surcot.

Tant que cet homme détiendrait Lizette, il ne lui dirait rien, pas même sous la torture !

Wimarc le lâcha, poussant un juron.

— Je devrais vous tuer sur-le-champ !

— Sans découvrir qui m'a envoyé et ce que je suis venu faire ici ? railla Finn. Vous ne pensez sûrement pas que c'était simplement pour sauver un manant ?

Wimarc plissa les paupières et inclina la tête pour examiner son prisonnier.

— Ainsi, vous admettez que vous aviez un autre but ?

— Cela me semble évident.

— Peut-être n'ai-je pas utilisé la bonne incitation…

Il attrapa les cheveux de Ryder et lui releva la tête.

— Qui est-ce, hein ? Qu'est-il pour vous ? Manifestement quelqu'un qui vaut la peine d'avoir un tas d'ennuis.

Il lâcha prise et la tête de Ryder retomba en avant, aussi molle que celle d'une poupée de chiffons.

— J'ai des façons de faire parler même le plus obstiné des hommes, comme vous le découvrirez… Et je pense que je devrais d'ailleurs commencer par lui.

Finn n'allait pas laisser Ryder souffrir davantage. Il

tenait prêt un autre mensonge, un mensonge qui devrait épargner son frère pour un moment.

— Je ne le toucherais pas, si j'étais vous. De fait, je crains que vous n'en ayez déjà fait assez pour vous condamner. Ce jeune homme est le fils bâtard du comte de Pembroke.

Wimarc le fixa, incrédule.

— Vous mentez !

— Quoi ? Vous ne croyez pas qu'un homme de la vigueur du comte ait pu engendrer des enfants en dehors du mariage ? Il l'a bel et bien fait, et il a l'intention de se servir de celui-ci pour enrichir sa famille et conclure une alliance par mariage, comme la fille naturelle de John l'a aidé à s'allier à Llywelyn de Galles.

— J'aurais entendu parler d'un tel plan !

— Vous êtes donc un ami si intime du comte qu'il vous confie ses infidélités et ses projets ?

Il le tenait, comprit Finn en voyant l'expression de ses yeux. Wimarc le croyait — ou doutait suffisamment pour que Ryder soit sauf pour l'instant.

— A supposer que je vous croie, pourquoi ne m'a-t-il pas dit qui il est ? Et que faisait-il à voyager avec seulement deux compagnons ?

— Vous êtes lent à saisir, n'est-ce pas ? La discrétion, bien sûr. Le comte tient à son épouse, et dans son intérêt, il ne fait pas parader ses bâtards devant elle comme certains hommes. Je suspecte qu'il cherchait aussi à garder le jeune homme en sécurité, sans imaginer que sa fierté naturelle le pousserait à attaquer des gredins dans une auberge.

— Alors pourquoi ne pas m'envoyer un messager ?

— Et vous apprendre qui vous aviez en votre garde, pour que vous puissiez demander une rançon ?

— Pourquoi dame Elizabeth était-elle avec vous ?

— Oh ! Dieu ! Combien de fois dois-je vous le dire ? Je ne connais pas cette dame Elizabeth dont vous ne cessez de parler. Cette femme est une ribaude engagée pour jouer le rôle de mon épouse. Je n'allais pas amener Helewyse ici, quand même ! Tout le monde à la cour connaît votre réputation, et sait qu'aucune belle femme n'est à l'abri de votre lubricité. J'ai jugé préférable de la tenir loin de vous.

— Alors pourquoi l'avez-vous appelée Lizette ? Ellie vous a entendu.

— Je ne l'ai pas fait. Ellie a mal entendu, où qu'elle se soit cachée. J'ai dit « coquette ».

— Je ne vous crois pas.

— Si vous ne me croyez pas, qui donc dit être la ribaude ? Ou bien l'avez-vous tellement terrifiée qu'elle est prête à dire n'importe quoi ?

Poussant un juron, Wimarc frappa de nouveau Finn, si durement que sa tête heurta le mur en pierre et qu'il perdit conscience.

Chapitre 23

L'aube pointait à l'est.

— C'est de la fumée, là-bas ? demanda Keldra à Garreth qui descendait du grand chêne dans lequel il avait grimpé. Est-ce loin ou près ?

Garreth atterrit avec un bruit sourd et brossa des feuilles et des brindilles de sa tunique.

— Quelque chose brûle bien. Quelque chose de grand.

Keldra pâlit.

— Je vous avais bien dit que c'est l'odeur de la fumée qui m'a réveillée. Est-ce le village, ou... ?

Elle ne put même pas murmurer le reste de sa question.

Garreth s'efforça de paraître confiant alors qu'il était lui aussi malade d'angoisse.

— Je ne peux pas en être sûr. Cela pourrait être le château. C'est dans la direction, mais même si cela vient bien de là, cela ne veut pas dire... Qu'est-ce que vous faites ?

Keldra avait brusquement tourné les talons et elle partait sur le chemin qui menait plus ou moins vers le château de Werre.

— Nous devons y aller ! Ils ont peut-être des ennuis et besoin de notre aide.

Garreth l'attrapa par le bras pour l'arrêter.

— J'irai, moi.

Les mains sur ses hanches, Keldra le regarda d'un air sévère.

— Je ne vais pas attendre ici comme… comme une enfant !

— Et s'ils ont libéré Ryder et se sont échappés ? Cette fumée pourrait servir de diversion. Finn aime faire ce genre de chose. Cela évite d'avoir à blesser des gens, qu'il dit. S'ils sont en route et reviennent ici et nous trouvent partis tous les deux, ainsi que messire Gilbert et dame Helewyse ?

Keldra se mordilla la lèvre, indécise.

— Est-ce qu'il fait vraiment cela — créer des diversions ? Vous ne le dites pas juste pour me rassurer ?

— Non, répondit Garreth. Il le fait vraiment.

— Alors vous pensez que nous devrions rester ici tous les deux ?

— Pas tous les deux, dit-il en allant à l'auvent pour prendre son arc et son carquois. Je vais m'approcher du château et voir ce que je peux découvrir.

— Quoi, il faudrait que je reste ici toute seule ?

— Vous avez peur ?

— Non, mentit-elle, haussant son menton tremblant.

L'expression de Garreth s'adoucit, malgré ses efforts pour être sévère.

— Je ne serai pas parti plus d'une demi-journée. Vous pouvez vous cacher dans les arbres si quelqu'un vient. Je sifflerai quand je reviendrai, pour que vous sachiez que c'est moi. Vous êtes sous ma responsabilité, alors ne prenez pas de risques stupides pendant que je ne serai pas là.

— Quand ai-je pris des risques stupides ? rétorqua-t-elle, indignée.

— Eh bien, justement, ne commencez pas maintenant !

— Ne faites rien de stupide, vous non plus.

— Je ne le ferai pas.

Ils se regardèrent, puis Keldra tendit la main pour lui caresser la joue.

— Soyez prudent, Garreth…

Il allait répondre, quand ils entendirent un bruit de sabots. Garreth poussa Keldra derrière lui.

— Allez vite à la cabane !

Mais au lieu d'obéir, elle poussa un cri et se mit à courir vers le cheval et sa cavalière.

— C'est ma dame ! Vite ! Je crois qu'elle est blessée !

Lizette leva la tête et remercia Dieu en silence de l'avoir guidée jusque-là. Elle avait chevauché dans l'obscurité, espérant aller dans la bonne direction.

Tandis qu'elle se laissait glisser de la jument, épuisée, Keldra passa un bras autour de ses épaules pour l'aider, promenant un regard anxieux sur ses habits abîmés par la fumée et son visage noirci.

— Oh ! Ma dame, êtes-vous blessée ?

Lizette fit non de la tête. Garreth prit la bride de la jument.

— Où est Finn ? Et Ryder ? demanda-t-il.

— Ils sont encore au château, répondit-elle d'une voix enrouée par la soif, la fatigue et la fumée. Nous tentions de nous échapper dans le chaos de l'incendie, mais ils ont été pris.

Keldra l'aida à s'asseoir sur une bûche, puis lui mit une outre d'eau dans les mains.

— Buvez, ma dame…

Lizette le fit avec gratitude, abondamment. Garreth se tenait près du feu, se mâchonnant un ongle, tandis que Keldra s'était assise à côté d'elle.

— Nous sommes entrés dans les cachots et avons assommé le garde, leur expliqua Lizette, se sentant mieux d'avoir bu et la voix plus forte. J'ai laissé Finn là et je suis allée mettre le feu aux écuries afin de distraire les gardes et les sentinelles. J'attendais à notre lieu de rendez-vous, quand j'ai entendu Wimarc ordonner à ses hommes de me chercher. Quand j'ai compris qu'il savait que je n'étais pas Helewyse, je n'ai pas osé m'attarder. J'ai pris ce cheval et je suis venue directement ici.

Elle secoua la tête, encore toute hébétée de la tournure des derniers événements.

— J'ignore comment Wimarc a découvert la vérité, mais il la connaît.

L'expression de Garreth était sinistre.

— Quand messire Wimarc constatera que vous n'êtes plus au château, il enverra ses hommes à vos trousses.

— Oui, dit-elle d'un ton las. Même s'il ne sait pas encore que je suis Elizabeth d'Averette, il va essayer de me retrouver.

Elle chassa ses larmes d'un battement de cils, car pleurer ne lui servirait à rien. Elle devait croire que Finn et Ryder étaient encore vivants. Wimarc apprécierait sans doute de les faire souffrir, aussi ne les tuerait-il pas rapidement.

Elle jeta un coup d'œil à la hutte. Il n'y avait plus le bâton bloquant la porte.

— Messire Gilbert et son épouse se sont échappés ? Ils ont dû aller trouver Wimarc et…

— Non, la coupa Keldra.

— Ils ont essayé de s'échapper, mais nous les avons rattrapés, ajouta Garreth.

— Alors où sont-ils ? Pourquoi la porte n'est-elle pas barrée ?

— Nous les avons laissé partir, dit Keldra.

— Messire Gilbert n'est pas un rebelle, s'empressa de préciser Garreth. Il allait au château de Werre à la demande du comte de Pembroke pour tenter de découvrir ce que Wimarc mijotait.

Lizette n'en fut pas réconfortée pour autant.

— Et vous l'avez cru sur parole ?

— Pas tout de suite, répondit Garreth sur la défensive, croisant les bras et jetant un coup d'œil à Keldra comme pour obtenir son soutien. Il a fallu qu'il nous convainque, mais nous avons tous les deux fini par le croire et nous les avons laissé partir. Il a dit qu'il irait trouver le roi et qu'il ramènerait des forces pour prendre le château de Werre.

Si l'on pouvait se fier à Gilbert… Mais quoi qu'il fasse ou ne fasse pas, ils devaient sauver Finn et Ryder.

— J'ai un plan…, commença-t-elle.

Puis elle se tut, l'estomac subitement noué au bruit de chevaux qui approchaient.

Garreth encocha vivement une flèche.

— Dans la hutte ! ordonna-t-il. Si ce sont des hommes de Wimarc, je vais les contenir. Si j'ai l'air de perdre du terrain, enfilez-vous dans le trou que messire Gilbert a creusé et partez en courant par-derrière.

— Oh ! Garreth ! s'écria Keldra.

— Allez ! commanda-t-il, aussi impérieux et déterminé qu'un homme de deux fois son âge.

Les deux femmes n'hésitèrent pas davantage. Elles se précipitèrent vers la hutte, jusqu'à ce que Lizette aperçoive un cavalier à travers les arbres — un cavalier qu'elle reconnut à la seule posture de ses épaules.

— Iain ? murmura-t-elle, incrédule.

La tête couronnée de cheveux poivre et sel se tourna comme s'il l'avait entendue, et quand elle vit le visage encore plus familier, Lizette poussa un cri de joie, de soulagement et d'espoir.

— Iain !

Une vigueur renouvelée s'empara d'elle tandis qu'elle courait vers le commandant de la garnison d'Averette. Le ciel soit loué, il n'était pas mort !

Et il n'était pas seul, mais elle prêta peu d'attention à ses compagnons tandis qu'il descendait de cheval et trottait vers elle. Il allait se mettre sur un genou pour la saluer, mais avant qu'il le puisse, elle se jeta à son cou et l'étreignit de toutes ses forces.

— Je vous croyais mort ! s'écria-t-elle, riant et pleurant en même temps.

— Moi aussi, je craignais que vous ne le soyez, ou bien capturée, dit-il en s'écartant pour lui sourire.

Puis il fronça les sourcils, s'avisant de son visage noirci.

— Que diable avez-vous fait, ma dame ?

Elle allait répondre, mais fut distraite par un mouvement derrière lui. Elle regarda par-dessus son épaule et vit une dame noble en train de descendre de cheval.

— Où étiez-vous ? s'enquit-elle, se demandant qui était cette femme et si les soldats qui les escortaient lui appartenaient.

— Je pense que nous avons tous les deux une histoire à raconter, dit Iain. Vous d'abord, ma dame. On dirait que vous avez travaillé dans une forge.

— Cela aurait été plus plaisant, répondit-elle sombrement.

— Et donc, nous devons les sauver, conclut Lizette un moment plus tard.

Elle lui avait brièvement raconté ce qui s'était passé depuis l'attaque du convoi, et Iain lui avait expliqué comment il avait été trouvé et soigné par dame Jane.

— Je n'avais pas le choix, répéta-t-elle. Wimarc est un homme malfaisant ; il doit être arrêté.

Iain se tourna vers dame Jane, qui s'était assise sur le tronc tombé.

— Ne vous avais-je pas dit qu'elle pourrait préparer n'importe quoi ?

Le doux sourire de Jane fut presque aussi bienvenu que celui d'Adelaïde l'aurait été.

— Vous n'êtes pas allé jusqu'à dire qu'elle essaierait de sauver le roi.

— Nous devons sauver Finn et son frère, et vite ! reprit Lizette. Iain, prenez Keldra et rentrez à Averette. Expliquez ce qui s'est passé à Gillian et dites-lui que j'ai besoin d'autant de ses hommes qu'elle pourra libérer. Il faut qu'ils se rendent au château de messire Bernard de Valiese, à trente milles environ au nord d'ici. Je vous y retrouverai.

— Non, ma dame. Vous allez rentrer à la maison avec moi.

— Je ne peux pas. Pas encore. Garreth et moi devons aller chez messire Bernard sans délai.

— Pourquoi ? demanda doucement dame Jane. Qu'a-t-il à voir avec ceci ?

— Je pense que nous trouverons en lui un allié, et peut-être plus d'un.

— Je ne vous quitte plus, ma dame, dit sévèrement Iain. Une fois a suffi.

— Je peux aller à Averette avec Garreth, Keldra et la moitié de mes hommes, proposa dame Jane. Iain et le reste de ma troupe pourront vous escorter jusqu'au château de messire Bernard.

Lizette et Iain se regardèrent, puis acquiescèrent, bien qu'Iain se montrât peu enthousiaste.

Cela faisait trois jours maintenant que ce maudit Irlandais avait ouvert les cellules de ses cachots, songeait Wimarc en contemplant la coupe de vin qu'il tenait entre ses mains, assis près du réchaud plein de braises dans sa chambre à coucher. Trois jours et trois nuits pendant lesquels ce vaurien avait été battu, affamé et promis à plus de souffrances s'il ne révélait pas qui il était, pourquoi Elizabeth d'Averette était venue ici et où elle était allée.

L'homme maintenait qu'il était messire Gilbert de Fairbourne et la femme une ribaude.

Et ce jeune homme, qu'il avait tenté de sauver, était-il vraiment le bâtard du comte de Pembroke ? Quel pion avantageux s'il l'était ! Pour le cas où il le serait, Wimarc l'avait fait mettre dans une cellule plus grande, ses blessures avaient été soignées, et il avait reçu de la nourriture et de l'eau en abondance.

Mais pas Gilbert, ou qui qu'il soit d'autre. Lui se trouvait dans la plus petite cellule et n'avait eu droit ni à boire ni à manger depuis qu'il avait été pris.

Et la femme ? Où se cachait-elle ? Ses hommes ne l'avaient toujours pas retrouvée. Ils étaient tous aussi inefficaces que ce sot de Lindall ! Par tous les saints, il n'était entouré que de bons à rien et d'imbéciles !

Quelqu'un gratta doucement à la porte fermée.

— Messire ?

Reconnaissant la voix tremblante de Greseld, il cria :

— Quoi ?

— Messire, il y a un messager qui vous attend dans la grand-salle.

Wimarc posa sa coupe et se leva. Peut-être ses hommes avaient-ils finalement trouvé quelque chose ou quelqu'un. Peut-être étaient-ce des nouvelles de ses alliés à la cour, ou des hommes qu'il avait envoyés à Fairbourne.

Il tira le verrou et ouvrit brusquement la porte.

— Un messager de qui ?

— De… de votre épouse, messire, balbutia Greseld. Au sujet de dame Elizabeth d'Averette.

Une épithète grossière jaillit de ses lèvres. Qu'est-ce que Roslynn avait à voir avec dame Elizabeth d'Averette ? A moins qu'elle aussi ne soit allée se réfugier chez messire Bernard. C'était possible, vu la façon dont cette peste avait pris le parti de Roslynn contre lui.

Il aurait dû y penser et envoyer un de ses hommes au château de messire Bernard, ou y aller lui-même. Il poussa Greseld pour passer et chargea dans l'escalier.

Mais ce n'était pas un soldat ou un serviteur qui se tenait sur l'estrade de la grand-salle. C'était Roslynn elle-même, entourée par des soldats portant les couleurs de messire Bernard.

— Que faites-vous ici ?

Elle tressaillit, mais ne détourna pas les yeux.

— J'aurais pensé que vous seriez content de me voir. J'ai des nouvelles de dame Elizabeth d'Averette.

Wimarc grinça des dents et serra les poings.

— Eh bien ?

— Vous l'avez connue sous le nom de dame Helewyse, votre invitée récente.

Maudit soit ce scélérat, ce menteur ! Il lui arracherait la langue pour cela ! Puis il le tuerait lentement, en savourant chaque instant.

— Elle est venue trouver messire Bernard et nous a conté maintes choses intéressantes sur vous, messire. Des choses troublantes.

Wimarc lutta pour contenir la rage qui montait en lui et se concentrer sur Roslynn, qui naguère aurait fait tout ce qu'il lui aurait demandé.

— Alors elle a admis son imposture et sa duplicité, à savoir qu'elle est venue ici en prétendant être quelqu'un d'autre dans des buts sulfureux ? Vous ne pouvez croire un mot de ce qu'elle dit.

— Je la crois pourtant, et vous m'avez fait courir de grands risques avec vos manigances. Par bonheur, je suis innocente de tout crime. Une fois que Lizette m'a parlé de votre trahison, elle m'a offert la protection de sa famille si je l'aidais, ce que j'ai bien l'intention d'accepter.

— Quelles manigances ? Même si je préparais quelque chose, comment le saurait-elle ? Bon sang, Roslynn, si je ne vous ai jamais confié ces choses-là, pourquoi les dirais-je à une étrangère ?

— Je n'ai jamais prétendu que vous lui avez dit quoi que ce soit. Elle a trouvé des preuves par elle-même. Entre cela et certaines choses que j'avais remarquées moi-même, je crois volontiers que vous êtes un traître.

Il avait toujours supposé qu'elle était trop stupide et ignorante pour comprendre le sens des amitiés qu'il nouait, ou des lettres qu'il écrivait.

Néanmoins, il n'allait pas admettre le moindre forfait, et certainement pas à elle.

— Comment savez-vous qu'elle est réellement dame Elizabeth ? Son compagnon prétend que c'est une ribaude de Londres.

— Il doit avoir ses raisons, répondit Roslynn, montrant plus de ressort qu'il ne lui en aurait jamais attribué. Et vous oubliez que je me suis rendue à Averette avec mon frère et que j'y ai rencontré les dames. C'était il y a longtemps, mais quand elle m'a dit qui elle était, j'ai compris pourquoi elle me semblait familière. J'ai également présenté les preuves qu'elle a fournies à messire Bernard, et il les a trouvées très intéressantes. Très intéressantes, vraiment...

Ses paroles frappèrent Wimarc au cœur, et il dut lutter pour ne pas révéler son désarroi.

— Des preuves ? Quelles preuves ?

— De la correspondance entre vous et vos complices conspirateurs. Elle se trouvait dans le compartiment secret d'un petit coffre, dans votre chambre de jour. Dame Elizabeth et son compagnon l'ont volée.

Le petit coffre... Là où il gardait précisément les lettres les plus compromettantes, celles qu'il prévoyait d'utiliser pour s'assurer que ses alliés ne le trahiraient pas auprès du roi dans l'espoir d'une récompense.

Si elles étaient entre les mains de ses ennemis, si Bernard les avait vues, il était vraiment en grand danger. Bernard était un homme riche et important et de nombreux barons l'écouteraient ainsi que le roi.

Sa peur devait se lire sur son visage, car Roslynn parut plus confiante quand elle reprit la parole.

— Pensez-vous que Lizette elle-même soit sans ressources ? Oubliez-vous les hommes que ses sœurs ont épousés ? Ne pensez-vous pas qu'elle les a prévenus de ce que vous avez fait et de ce que vous prévoyez de faire ? Heureusement pour vous, vous détenez quelque chose que Lizette convoite beaucoup, alors nous vous proposons un marché… Vous lui donnez les prisonniers de vos cachots — tous ceux qui vivent encore — et elle vous remettra les lettres. Vous pourrez alors quitter l'Angleterre avec la fortune que vous possédez ici, sous peine de mort si vous revenez.

Se rendre à une femme ? Laisser une femme lui dicter ce qu'il devait faire ?

— J'ai des amis, moi aussi, qui me soutiendront et nieront ces allégations, quels que soient les bouts de parchemin qu'elle puisse produire.

— Vous pouvez en effet tenter votre chance et espérer échapper à la justice du roi malgré les preuves…

Elle marcha jusqu'à lui, le regard plein de mépris.

— Toutefois, dame Elizabeth m'a assuré que si vous n'acceptez pas, ou si l'Irlandais et son demi-frère sont déjà morts, elle n'aura aucun repos tant que vous ne serez pas exécuté, même si elle doit vous pourchasser à travers toute l'Europe.

« Son demi-frère » ? Sacrebleu, ce vaurien d'Irlandais était-il aussi un bâtard du comte de Pembroke ? Non, il était trop âgé pour ça…

Et lui, on l'avait pris pour un idiot. Le jeune homme n'était pas un bâtard du comte.

La rage gronda en lui, brûlante, plus puissante que ce qu'il avait jamais ressenti. Il ne les laisserait pas gagner ! Il trouverait un moyen de vaincre ces scélérats menteurs et calculateurs.

Dissimulant son courroux comme il l'avait fait tant de

fois dans sa vie, que ce soit vis-à-vis de son de père ou de sa pathétique mère, il dit :

— Et tout ce que dame Elizabeth vous offre pour cette assistance est une vague promesse d'amitié ? John est plus versatile qu'une femme. Aujourd'hui, les Boisbaston jouissent de ses faveurs. Demain, ils peuvent tout aussi bien tomber en disgrâce. Quel bien vous fera leur soutien, alors ?

Il vit une lueur de doute dans les yeux bleus de Roslynn.

— Que pourront-ils faire pour vous, vous qui ne leur êtes même pas apparentée ?

Il marqua une pause avant de continuer, tandis qu'elle le regardait en silence :

— Je ne suis pas le seul à être mécontent de John. Nombreux sont ceux qui sont avides de se joindre à ma cause — si nombreux que même si je suis emprisonné et exécuté, la rébellion se produira de toute façon. Si vous vous mettez du côté des Boisbaston, que vous arrivera-t-il alors ?

Le doute s'accrut dans les yeux de Roslynn, et il s'approcha lentement d'elle, déployant chaque once de charme persuasif qu'il possédait.

— Je sais que je ne vous ai pas traitée comme vous le méritez et je le regrette sincèrement. J'implore votre pardon et vous supplie de me donner une autre chance. Vous êtes la seule femme que j'aie jamais aimée, Roslynn.

La certitude de Roslynn semblait diminuer à chaque mot qu'il prononçait.

— Vous êtes toujours mon épouse, et si la rébellion réussit — elle réussira sûrement — je serai richement récompensé par Eleanor, la véritable héritière du trône, quand nous l'installerons dessus.

— Eleanor ?

— Oui. En tant que fille de Geoffrey, elle a de meilleures prétentions au trône que John. Pourquoi, sinon, la garderait-il emprisonnée ?

Roslynn scruta son visage.

— Et vous cherchez à vous emparer du trône pour Eleanor, pas pour vous-même ?

— Pour moi ! Quelle idée ! Je n'ai aucun droit de régner, et je ne voudrais pas de cette responsabilité. Je cherche seulement à redresser un grave tort, et à sauver notre pays d'un usurpateur cupide et lascif. Alors vous avez le choix, ma mie : vous joindre à des gens qui n'ont aucun lien avec vous et prétendent être vos amis, ou rester au côté d'un époux qui est sur le point de redresser un tort majeur et de recevoir une belle récompense.

Il laissa retomber sa voix et se servit de son intonation la plus charmeuse, celle dont il lui avait parlé lorsqu'il l'avait convaincue qu'il l'aimait, tout en attirant tant d'autres femmes dans son lit.

— De grâce, Roslynn, ne m'abandonnez pas, car nous vaincrons le roi, mon amour. Il a volé le trône d'une façon inique et a trop d'ennemis qui le veulent mort. Et ce jour-là, je serai plus puissant que le comte de Pembroke lui-même et mon épouse aussi, une épouse que j'ai fort sottement jugée trop jeune et trop ignorante pour être digne de partager mes plans.

Il s'arrêta un instant.

— Mais je vois mon erreur à présent, et j'implorerai votre pardon chaque jour de ma vie si vous restez avec moi. Je comprends que vous méritez toute la fortune et le pouvoir que je peux vous donner.

Il lui caressa la joue, et elle ne se détourna pas. Son visage s'empourpra. Il s'approcha plus près.

— Si nous devons débarrasser notre pays de cette sangsue de souverain, j'aurai besoin de votre aide, et de récupérer ces lettres…

Elle ferma les yeux et appuya sa joue sur sa paume tandis qu'il effleurait sa bouche de son pouce.

— C'était la jalousie qui m'a mis en colère contre vous, lui murmura-t-il à l'oreille. Je tiens si fort à vous, alors quand j'ai cru que cet imposteur vous prenait à moi… Quand j'ai pensé qu'il essayait de vous séduire…

Il réprima une exclamation comme si cette idée venait de lui traverser l'esprit.

— Peut-être que vous séduire faisait partie de leurs plans!

Roslynn rouvrit brusquement les yeux.

— Vous croyez?

Il devait avancer avec précaution. Sa fierté ne devait pas être blessée trop vivement, juste assez piquée pour qu'elle soit vulnérable à ses excuses et à ses promesses.

— Peut-être. Mais quels qu'aient été les motifs de cet homme, je n'aurais jamais dû vous frapper… Je ne recommencerai jamais.

— Ai-je votre parole?

Il touchait presque au but! A présent, il s'agissait de la ramener complètement à lui.

— Vous avez ma parole, promit-il en l'attirant dans ses bras et en l'embrassant avec toute l'apparence de la passion. Faites savoir à Lizette que j'accepte ses conditions. Dites-lui de venir ici et que je lui remettrai l'Irlandais, son frère et tous les prisonniers. Dites-lui aussi que je quitterai l'Angleterre pour ne jamais revenir.

— Et quand elle viendra?

— Vous verrez alors combien votre époux est intelligent.

Chapitre 24

Gilbert guida leur cheval à travers le muret en pierre qui entourait la cour de l'auberge. L'enseigne au-dessus de la porte, qui représentait un gobelet, les soldats assis sur un banc dehors et les palefreniers qui s'activaient, conduisant des chevaux vers une écurie indiquaient qu'il s'agissait de ce genre d'établissement.

Il glissa à bas de la monture et aida son épouse fatiguée à descendre. Puis, lui prenant la main, il conduisit le cheval à un palefrenier.

— Assurez-vous qu'il soit nourri, abreuvé et étrillé, ordonna-t-il.

— Montrez-moi votre bourse et je le ferai, répondit rudement le palefrenier en promenant un regard sceptique sur les habits tachés et boueux de Gilbert et sur ceux d'Helewyse, également sales et déchirés.

L'expression de Gilbert se durcit.

— Je suis…

— Gilbert ? Doux Jésus, est-ce bien vous ?

Helewyse et lui se tournèrent en même temps. Une jeune femme se tenait debout à la porte de l'auberge.

— Adelaïde ! s'écria-t-il, en serrant la main fine de son épouse.

Il s'arrêta un instant et jeta un coup d'œil peu amène au palefrenier.

— Je suis messire Gilbert de Fairbourne. Prenez soin de ma monture.

S'empourprant, le serviteur tira sur sa frange, et Gilbert se dirigea vers Adelaïde, qui le regardait d'un air soucieux.

— Avez-vous été attaqués ?

— Quelque chose comme cela… J'ai des nouvelles de votre sœur Elizabeth, répondit-il en la suivant à l'intérieur.

Le plafond bas de la salle commune était soutenu par des poutres en chêne vieillies que la fumée avait noircies. Une cheminée centrale prodiguait de la chaleur, de la lumière et pas mal de fumée qui s'échappait par les croisées, dont les volets étaient grands ouverts. Néanmoins, il faisait assez sombre dans la pièce et Gilbert posa instinctivement la main sur le pommeau de son épée. Helewyse se serra craintivement contre lui.

— Qui est-ce ? demanda un grand homme aux cheveux bruns, vêtu d'un haubert et d'un surcot, en se levant d'un banc près d'une table installée dans un coin.

Il tenait son heaume sous le bras et portait un baudrier autour de la taille.

— Qui êtes-vous ? répondit Gilbert d'un ton méfiant.

— C'est mon époux, messire Armand de Boisbaston, dit Adelaïde, l'inquiétude inscrite sur son ravissant visage.

Tandis que ses yeux s'habituaient à la pénombre, Gilbert s'aperçut qu'il y avait un autre homme en cotte de mailles dans la salle, qui se tenait de l'autre côté de la cheminée. Près de lui se trouvait une femme qu'il reconnut aussitôt — Gillian d'Averette, qui lui parut moins sévère que dans son souvenir.

— Je suis Bayard de Boisbaston, déclara le deuxième

homme en s'écartant de l'âtre pour s'approcher de lui. Je vous ai entendu dire que vous aviez des nouvelles de Lizette ?

— Elle est en danger, et le roi aussi. Je vous expliquerai tout pendant que vous fournirez à mon épouse de la nourriture et de la cervoise.

— Où nous emmènent-ils, Finn ? demanda Ryder d'une voix faible tandis qu'ils traversaient la cour en chancelant dans la faible lumière de l'aube.

Il marchait péniblement, une main pressée sur son côté blessé.

Ils nous emmènent à notre mort, pensa Finn alors que tous traînaient les pieds vers les portes. Leurs poignets étaient menottés et liés par des chaînes et on ne lui avait rien donné à boire ni à manger depuis des jours, même s'il n'aurait su dire exactement combien de temps il avait passé dans cette cellule.

Néanmoins, il essayait de garder espoir, de croire qu'ils seraient sauvés, même s'il ne voyait pas par quel miracle.

S'ils avaient simplement voulu nous tuer, ils auraient pu le faire depuis longtemps, se disait-il en regardant le dos de messire Wimarc et de son épouse qui chevauchaient devant eux dans la cour extérieure. Il avait été choqué de revoir Roslynn au château et plus choqué encore qu'elle semble contente de chevaucher à côté de son époux.

Qui connaissait vraiment l'esprit d'une femme ? Ou le pouvoir de l'amour ?

Mais peut-être Roslynn avait-elle quelque chose à voir avec ce qui se passait. Peut-être avait-elle intercédé pour eux, même si cela lui semblait bien peu probable.

Il s'efforça de ne pas trébucher et tomber tandis que le

groupe, qui avançait lentement, franchissait la barbacane et les portes extérieures pour déboucher dans une prairie. Sa jambe blessée était douloureuse et les chaînes presque aussi lourdes que son désespoir, jusqu'à ce qu'il voie un groupe important de soldats en armes qui attendaient, portant des couleurs qu'il ne reconnut pas ; une femme était à leur tête, vêtue d'une cotte de drap bleu et d'une mante doublée de fourrure.

Lizette ! Dieu miséricordieux, elle était vivante et non pas prisonnière de Wimarc ! Ce scélérat menteur... Elle était saine et sauve, et revenue avec une petite armée pour la soutenir.

— Qui est cette femme ? demanda doucement Ryder.

— Dame Elizabeth d'Averette.

Finn lui avait tout dit au sujet de Lizette, sauf à quel point il l'aimait. Il ne voulait pas que Ryder se sente coupable qu'il ait perdu son amante en tentant de le délivrer.

Lizette paraissait anxieuse et semblait ne pas avoir dormi depuis qu'ils s'étaient quittés, ce qui ne le surprit guère.

Il détacha son regard d'elle, pour examiner les soldats derrière elle. Ils étaient au moins cinquante, bien armés, portant des hauberts, des heaumes et des écus avec des armoiries qu'il ne connaissait pas.

Mais il y avait un homme qu'il reconnut aussitôt — l'Ecossais qu'ils croyaient mort. Par quelque miracle avait-il survécu et retrouvé Lizette ? Peut-être par le même miracle pourrait-il les aider maintenant.

— Ma dame, déclara Wimarc, comme vous le voyez, j'ai fait ce que vous avez demandé. Voici les prisonniers, y compris votre ancien époux et son hors-la-loi de frère.

Il savait donc que le comte de Pembroke n'était pas le père de Ryder, manifestement.

Lizette — la magnifique, la hardie, la courageuse Lizette — fit approcher son cheval et lui montra un rouleau de parchemins.

— Voici vos lettres, comme promis. Otez leurs chaînes à Finn et aux autres, et elles seront à vous.

Elle échangeait la preuve de la traîtrise de Wimarc et la possible sécurité du royaume contre son frère, ces autres pauvres malheureux et lui-même ?

Elle ne devait pas ! Elle ne le pouvait pas !

Il ouvrit la bouche, prêt à lui crier d'arrêter, mais elle lui lança un drôle de coup d'œil. Alors il sut. Comment, il n'aurait pu le dire exactement — que ce soit quelque chose dans ses yeux, ou au coin de ses lèvres, ou encore un autre détail subtil —, mais il sut que ce marché ne profiterait pas à Wimarc.

— Oui, votre amant vit toujours, dit Wimarc, les yeux sur les documents qu'elle tenait dans sa main gantée. Il est un peu plus sale que la dernière fois où vous l'avez vu, mais il est vivant.

Il lança un ordre et deux de ses hommes entreprirent d'ôter les chaînes et les menottes des prisonniers, commençant par Finn qui frotta ses poignets meurtris tout en regardant le seigneur de Werre d'un air méfiant.

— Tiens-toi prêt, dit-il à son frère à voix basse.

— A quoi ? murmura Ryder.

— A tout.

Quand tous les hommes furent déliés, Lizette dit :

— Qu'ils viennent à nous et nous ferons cet échange.

— Comment savoir que vous le ferez, ou que ces lettres sont authentiques ? demanda Wimarc.

— Parce que j'ai donné ma parole, répondit-elle avec une hauteur dédaigneuse, comme si elle était une reine.

D'un geste brusque, Wimarc fit signe à Finn et aux autres prisonniers de rejoindre Lizette et les soldats qui l'accompagnaient.

Elle les regarda approcher, un sourire sur ses ravissantes lèvres, et le cœur de Finn s'emplit d'appréhension et d'espoir.

— Vous semblez avoir grand besoin d'un bain, dit-elle tandis qu'il s'approchait de son cheval.

Même maintenant, même au milieu de sa terreur, elle rendait son cœur léger.

— Une idée tentante, répondit-il en s'inclinant. Ma dame, puis-je vous présenter mon demi-frère, Ryder. Ryder, voici dame Elizabeth d'Averette.

— Ma dame, marmonna Ryder tandis qu'elle hochait la tête pour le saluer.

— Allez-vous me remettre ces lettres, oui ou non ? demanda Wimarc.

— Bien sûr. J'ai donné ma parole, répéta Lizette, la mine résolue tandis qu'elle chevauchait vers Wimarc sans jeter un coup d'œil à Roslynn qui se tenait à côté de lui.

Lorsqu'elle lui mit les parchemins dans les mains, il les étudia avec soin avant de lever les yeux vers elle.

— Une sage décision de me rendre ceci, ma dame, sinon j'aurais dû vous tuer sur place.

— Sage décision aussi de libérer ces hommes, ou j'aurais attiré le courroux de ma famille et du roi sur votre tête, rétorqua Lizette. Suivrez-vous de même mon conseil et quitterez-vous l'Angleterre ?

— Vous pensez que j'ai peur de John et de sots comme vos beaux-frères qui lui restent loyaux ? Que j'ai si peu d'alliés, ou que nous ne sommes pas assez puissants pour renverser le roi dès maintenant ? Si oui, alors vous êtes une sotte, et plus sotte encore de croire que vous pouviez me vaincre !

Il regarda par-dessus son épaule.

— Draco ! cria-t-il.

Des mercenaires lourdement armés sortirent en courant par les portes. Ces hommes avaient dû se rassembler dans la cour extérieure une fois que les prisonniers étaient sortis.

— Lizette ! cria Finn tandis qu'elle faisait volter son cheval si brusquement qu'il s'assit.

Pendant ce temps, Iain s'avança, glissant sa monture entre elle et leurs adversaires pour la protéger.

Le reste des soldats de son escorte tirèrent leur épée et s'élancèrent pour affronter leurs attaquants. Mais des volées de flèches fusèrent des remparts du château, frappant plusieurs hommes qui tombèrent, morts ou blessés. Les lames se heurtaient, on entendait des cris, des hurlements, des gémissements. Les prisonniers, pris entre les deux forces, essayèrent de se protéger. Certains y parvinrent, courant le long de la route ; d'autres, trop faibles ou trop effrayés pour bouger, moururent sur place.

Finn courut vers un des soldats tombés et prit son épée.

— Cours dans les arbres, ordonna-t-il à son frère. Tu es trop faible pour te battre.

— Non, Finn, je…

— Fais-le !

Et cette fois, contrairement à la nuit fatidique dans la taverne, Ryder lui obéit.

Déterminé à sauver Lizette, Finn pirouetta et vit, stupéfait, dame Roslynn se séparer des troupes de son époux et rejoindre celles de Lizette. La jeune femme regarda alors par-dessus son épaule et cria :

— Traître !

Puis Lizette et son cheval furent près de lui.

— Prenez ma main ! lui cria-t-elle.

— Ryder d'abord, répondit-il en désignant de son épée son frère qui fuyait. Je ne veux pas qu'il meure maintenant.

— Finn !

Il donna une forte tape sur la croupe de sa monture pour l'envoyer au galop vers Ryder.

— Revenez quand vous aurez mis Ryder hors de danger !

Lizette arrêta un instant son cheval pour regarder en arrière, mais comme il l'espérait, elle talonna les flancs de sa jument et se dirigea vers Ryder.

Il tourna alors les talons, bien décidé à tuer Wimarc.

Lizette arrêta son cheval à quelque distance, le long de la route.

— Descendez et cachez-vous dans les arbres, dit-elle à Ryder qui était assis derrière elle, serrant fermement sa taille. Il faut que je retourne là-bas pour aider Finn.

— Je pensais qu'il allait venir avec nous, que vous aviez un cheval pour lui à proximité, sinon je ne serais pas monté sur celui-ci, répondit Ryder, la voix faible et pleine d'angoisse et de frustration. Je ne veux pas qu'il meure ! J'aurais préféré qu'il me laisse mourir de faim dans ces cachots plutôt que de risquer sa vie pour moi.

— Il ne le pouvait pas, dit-elle avec sympathie mais résolution. Il vous aime. Si vous deviez mourir maintenant, après tout le mal qu'il s'est donné pour vous, quelle récompense serait-ce pour tant efforts dictés par l'affection ? De grâce, Ryder, faites ce que je demande. Vous être trop faible pour être utile, et nous avons très peu de temps. Descendez et cachez-vous dans ces bois. Restez-y jusqu'à ce que nous venions vous chercher, et si nous ne venons pas avant la nuit, ou si vous voyez des hommes de Wimarc à la place, cachez-vous et fuyez demain matin.

Dieu merci, il ne protesta pas davantage.

— Je ferai de mon mieux pour sauver votre frère, lui promit-elle, le regardant dans les yeux — des yeux qui ressemblaient à ceux de Finn. Je vous en donne ma parole. Je l'aime, vous savez…

— Moi aussi, ma dame, dit Ryder, sa voix se fêlant. Alors que Dieu vous accompagne et sauvez-le.

Maudissant en silence la faiblesse de ses membres, Finn n'avait pas de force en trop pour combattre d'autres hommes ou se défendre contre eux. A la place, il se courbait et contournait les combattants en marchant vers Wimarc avec une détermination sinistre.

Quelle que soit sa faiblesse et quoi qu'il fasse d'autre ce jour-là, il allait s'assurer que Lizette et sa famille n'aient plus jamais à craindre le seigneur de Werre et qu'aucun autre homme ne souffrirait plus dans ses cachots.

— Wimarc! cria-t-il.

Frappant le soldat qui tentait de le tirer à bas de sa monture, Wimarc leva les yeux pour voir qui avait crié son nom. Cette distraction d'un instant suffit pour permettre au soldat de mieux saisir sa jambe, et au prix d'un puissant effort, il le fit glisser de sa selle.

Malheureusement, dans son zèle, l'homme avait mal calculé et Wimarc lui tomba dessus, l'écrasant de son corps, de sa lourde armure et de son bouclier. Le soldat agita les bras et les jambes telle une tortue sur le dos, impuissant, son épée arrachée de sa main. Wimarc roula sur lui-même avec plus de rapidité et d'agilité que Finn ne s'y serait attendu et, se remettant debout, plongea sa lame dans le cou de son assaillant. Pendant ce temps, son destrier s'éloigna au trot de la bataille, renâclant et agitant son énorme tête.

Occupé à tuer son assaillant, Wimarc tournait le dos à Finn — un dos couvert d'une armure —, et bien que Finn ne fût pas chevalier, il savait que son haubert, son heaume et sa coiffe qui protégeaient l'arrière de son cou rendaient presque impossible de le tuer par-derrière. Pas avec une épée en tout cas, surtout une épée maniée par un homme affaibli.

— Wimarc! cria-t-il de nouveau, pour que son ennemi se tourne et vienne à lui.

Le seigneur de Werre retira son glaive du cou du soldat mort et, sa lame couverte de sang, se retourna. Finn ne pouvait voir son visage, caché par sa visière, mais une arrogante confiance émanait de toute son attitude.

Et pourquoi pas? Il était bien entraîné, bien armé, bien nourri et reposé, et ses mercenaires abattaient les soldats que Lizette avait amenés. Mais pas Iain Mac Kendren. Cette fois, il était préparé à l'attaque et, malgré la grave blessure qu'il avait récemment subie, il se battait comme un possédé.

Wimarc ne fit pas attention à Mac Kendren ni à personne d'autre, se concentrant uniquement sur Finn qui tenait son épée si basse que la pointe touchait presque le sol, afin de conserver la vitalité qui lui restait.

— Ainsi, l'imposteur affamé veut me tuer, persifla Wimarc en levant son bouclier et en marchant sur Finn. Vous pouvez toujours essayer, et quand vous mourrez, vous pourrez penser au plaisir que j'aurai quand dame

Elizabeth sera en mon pouvoir, car elle le sera, mon ami, elle le sera.

— Non, se contenta de répondre Finn.

Il ne voulait pas gaspiller sa vigueur en réagissant à des provocations, et même s'il était tristement ignorant des meilleures tactiques pour se battre à l'épée, il en savait assez pour garder les yeux sur son adversaire et ne jamais, jamais abaisser sa garde.

— Je devrais peut-être vous accorder une mort rapide, dit encore Wimarc en enjambant un corps qui bloquait son passage. Il y a peu d'hommes qui peuvent me duper comme vous l'avez fait. Mais la leçon m'a servi, et je serai plus prudent avec le prochain homme qui cherchera à être mon allié.

— Il n'y aura pas de prochaine fois, dit Finn en haletant un peu tandis qu'il attendait, étudiant l'armure de Wimarc, se demandant où il pouvait y avoir un point faible, sachant qu'il n'aurait probablement qu'une seule chance de porter un coup fatal. Aujourd'hui est le dernier jour de votre vie.

Wimarc rejeta la tête en arrière comme s'il riait de son rire silencieux, pendant que Finn s'avançait d'un pas et levait son épée à deux mains, plus pour se défendre que pour frapper. Il n'avait toujours pas décelé de faiblesse.

Wimarc leva également son glaive et le lança avec force. Sa lame frappa Finn avec une telle violence que ce dernier tomba sur un genou, les bras tremblants, parvenant tout de même à garder son épée haute pour essayer de repousser l'attaque.

Mais Wimarc abaissa sa lame et marcha dessus, la cassant en deux. Du même pied, il donna un coup dans la mâchoire de Finn. La douleur l'aveuglant presque,

Finn tomba en arrière. Il réussit à se redresser et vit que Wimarc relevait la visière de son heaume, exposant son visage tout baigné de sueur.

— C'est terminé, rustre que vous êtes ! Vous allez mourir mais pas aujourd'hui, et pas vite. Vous mourrez de faim dans une cage suspendue aux murailles de mon château !

Il avait oublié que son adversaire n'était pas un chevalier entraîné au combat honorable et habitué aux belles armes ; Finn avait appris à se battre dans les rues, les allées et caniveaux de divers villages et villes, et pour lui l'honneur était un luxe qu'il ne pouvait se permettre. Il se faisait une arme de tout ce qui lui tombait sous la main.

Y compris une épée cassée.

Il leva alors son bras derrière sa tête et lança la lame brisée comme Jacapo aurait lancé un couteau, l'envoyant voler dans les airs.

Elle se ficha directement dans l'œil gauche de Wimarc qui lâcha son épée en hurlant de douleur.

Son bouclier glissa de son bras et il tomba à genoux. Il saisit le pommeau de l'arme cassée et avec un autre hurlement, la retira et la jeta de côté. Puis il couvrit sa blessure de ses gantelets, le sang jaillissant entre ses doigts.

Finn se laissa retomber sur le sol, haletant et épuisé. Maintenant il pouvait mourir en paix, il avait sauvé Lizette et ses sœurs.

Un cri de guerre déchira soudain l'air.

Durant le court moment de silence ébahi qui suivit, rompu seulement par les plaintes de Wimarc qui se remettait debout en chancelant, deux chevaliers vêtus d'armures étincelantes surgirent du bois de l'autre côté de la route. Derrière eux venait une troupe de soldats, et des archers prenaient place.

Qui étaient-ils et d'où venaient-ils, Finn l'ignorait et ne s'en souciait pas, à partir du moment où ils arrivaient pour combattre Wimarc et ses hommes. Une flèche atterrit près de son pied et il se détourna pour voir Garreth accourir vers lui, son arc à la main.

— J'arrive, Finn!

Qu'il soit ou non avec ces nouveaux alliés n'importait guère. Finn fut content de le voir et heureux de son aide, en particulier quand les hommes de Wimarc se ruèrent dans le château.

Tandis que Garreth apportait son soutien à Finn et l'écartait de la bataille, les archers nouvellement arrivés envoyèrent volée de flèches sur volée de flèches sur les rangs des mercenaires. Plusieurs tombèrent, mais certains arrivèrent aux portes qui commencèrent à se fermer.

Pas Wimarc. Titubant et trébuchant sur des cadavres et des armes, il arriva trop tard. Le temps qu'il atteigne les portes, elles étaient fermées, et personne à l'intérieur ne voulut les rouvrir pour lui. Il hurla et cria, mais elles restèrent closes.

Finn entendit alors une autre voix appeler son nom. Une délicieuse voix féminine, familière et aimée. Lizette l'attendait à une courte distance sur la route.

Il se dirigea vers elle, transporté de bonheur, mais une flèche tirée des remparts vola directement sur le passage de son cheval. L'animal hennit et se cabra, et Finn vit avec horreur Lizette tomber par terre.

Chapitre 25

Sa faiblesse instantanément oubliée, Finn se dégagea de Garreth et courut vers Lizette comme un homme poursuivi par cinquante sangliers.

— Lizette ! Oh ! Mon Dieu, Lizette ! cria-t-il en se jetant à genoux à côté d'elle.

Si elle était morte, s'ils l'avaient tuée…

Mais elle cligna des paupières et lui sourit comme un ange ayant une vision.

— Finn ?

Elle vivait ! Dieu soit loué, elle vivait !

— Etes-vous blessée ?

Elle secoua la tête.

— Je serai meurtrie, mais je n'ai jamais été aussi heureuse de ma vie !

Riant et pleurant à la fois de soulagement et d'épuisement, il la prit dans ses bras et captura sa bouche en un baiser farouche et passionné.

— Je suis désolé d'interrompre ce qui semble être de délicieuses retrouvailles. Hélas, j'ai bien peur qu'un champ de bataille ne soit pas le meilleur endroit pour de telles démonstrations d'affection, dit une voix grave quelque part au-dessus d'eux.

Une voix familière…

Finn s'écarta et reconnut les armoiries sur l'écu du chevalier qui les dominait. C'étaient celles des Boisbaston.

Armand de Boisbaston en chair et en os — Armand à qui il avait dit un mensonge monstrueux, que maintenant Lizette allait entendre aussi.

Mais quand le chevalier ôta son heaume et le mit sous son bras, révélant de fort beaux traits, des sourcils noirs et des cheveux sombres qui tombaient souplement sur ses épaules, ce n'était pas Armand.

Finn se sentit soulagé.

— Je suis messire Bayard de Boisbaston et j'ai été envoyé chercher ma belle-sœur, dame Elizabeth. A moins que je ne me trompe beaucoup, ma dame, vous devez être elle. Mon frère Armand et moi sommes à votre service — bien que vous sembliez avoir trouvé par vous-même un champion de valeur!

Tandis que Bayard de Boisbaston parlait, l'expérience de Finn le pressait de garder son secret et de ne pas révéler la vérité, même à Lizette. Mais il ne voulait pas lui mentir. Il l'aimait et elle méritait de savoir ce qu'il en était.

Déterminé à tout confesser sans délai, il se mit debout et tendit une main pour aider Lizette à se relever, bien qu'il ne soit lui-même pas très stable. Sa tête se mit à le lancer, et sa jambe blessée par le sanglier lui sembla en feu.

— Je suis bien dame Elizabeth, dit Lizette avant qu'il ne puisse parler. Je suis très heureuse que vos hommes et vous soyez arrivés, car cela aurait pu aller très mal pour nous. Comment êtes-vous venus si vite d'Averette?

— Ah, ça, c'est là une histoire intéressante! répondit messire Bayard tandis que Finn luttait pour ignorer la douleur. Nous avons rencontré un seigneur et sa dame dans une auberge non loin d'ici, et ils nous ont pressés de nous rendre sans délai au château de Werre. Nous l'avons fait, et en route nous sommes tombés sur un jeune homme extrêmement insolent qui a insisté pour que nous venions tout de suite à votre secours. La jeune fille qui se trouvait avec lui semblait très agacée par son ton, elle aussi, mais nous nous sommes rendu compte que c'était l'urgence qui le rendait impertinent.

Le jeune insolent ne pouvait être que Garreth, et la jeune fille Keldra. Quant au seigneur et à sa dame, ce devaient être Gilbert et Helewyse de Fairbourne.

Même si Bayard ressemblait à Armand et si leurs voix étaient identiques, il y avait des différences. Armand n'avait jamais paru aussi joyeux lorsqu'ils étaient à la cour… et qu'il avait dit son monstrueux mensonge.

Finn était heureux d'apprendre que tout le monde était sauf, très content que Bayard et ses hommes soient arrivés au bon moment, mais son besoin de dire la vérité à Lizette avant qu'elle l'apprenne de quelqu'un d'autre faisait paraître tout le reste moins important, même si la fatigue semblait le submerger comme des vagues sur le rivage.

— Lizette, il y a quelque chose…

— Vous êtes exténué, déclara-t-elle en étudiant anxieusement son visage. Vous devez vous reposer tout de suite !

Elle se tourna vers Bayard en passant un bras autour de la taille de Finn.

— Il y a une auberge non loin d'ici, disiez-vous ?

— Oui, et vos sœurs vous y attendent.

— Mes sœurs ? s'exclama-t-elle. Elles sont donc avec vous ?

Si ses sœurs étaient là, s'avisa Finn en s'efforçant d'ignorer les lancements de sa tête, il devrait peut-être attendre de faire sa confession à l'auberge. De cette façon, il pourrait en finir en une fois. Il fallait espérer que les sœurs de Lizette comprendraient, et Lizette aussi.

Il tressaillit quand Lizette bougea. Il ne pensait pas avoir déjà été aussi fatigué de sa vie. Ou avoir été aussi assoiffé.

Puis Armand de Boisbaston apparut devant eux, fixant Finn comme s'il voyait un fantôme.

— Bon sang… Oliver ? Que diable faites-vous ici ?

— Tu le connais ? demanda Bayard, sa voix semblant venir de très loin.

— Oui. C'est l'individu qui se faisait passer pour messire Oliver de Leslille, à la cour.

— Il a aussi sauvé le royaume de la rébellion et du désastre ! s'insurgea Lizette.

Il devait lui dire. Maintenant. Mais sa tête lui faisait si mal…

— Je suppose que vous êtes Lizette, dit Armand. Adelaïde pensait que vous seriez dans la mêlée, même si à mon avis elle ne pensait pas exactement à une bataille.

— Je devais découvrir pourquoi Wimarc voulait m'enlever, et ensuite trouver des preuves de sa traîtrise pour les porter au roi.

Elle glissa la main dans son corselet et en tira des parchemins.

— Et je l'ai fait.

Un instant ! Ce n'était pas… Comment pouvait-elle encore avoir les lettres ?

— Vous avez rendu les missives à Wimarc, marmonna Finn, essayant de se concentrer malgré sa douleur.

— Des copies, annonça-t-elle avec une immense satisfaction. Roslynn et moi avons fait des copies. Elle m'a été très utile. Nous devons faire tout ce que nous pouvons pour que John le sache, et sache qu'elle est innocente de toute trahison.

Il y avait autre chose d'important — le mensonge qu'il avait dit. Il ouvrit la bouche pour parler…

Mais ses yeux partirent en arrière et il devint aussi mou qu'un linge mouillé.

— Finn ! s'écria Lizette en chancelant sous le poids de son corps inerte. Finn !

Les frères de Boisbaston se ruèrent à son aide et l'aidèrent à allonger Finn par terre. Elle s'agenouilla à côté de lui, cherchant anxieusement des blessures.

Par bonheur, elle n'en trouva pas, même si du sang frais suintait à travers le bandage de son mollet, dont l'étoffe était sale et croûtée de sang séché.

— Nous devons l'amener à Gillian, dit-elle en levant les yeux vers les deux hommes. Elle saura que faire.

L'auberge était à quelques milles de là, sur la route, mais ils n'osèrent pas chevaucher rapidement. Finn était sur le cheval de Bayard, toujours inconscient et maintenu par son bras fort, et Lizette chevauchait près d'eux, son regard plus souvent sur Finn que sur la route.

Bayard essayait de la garder de bonne humeur, lui racontant ce qu'Armand avait dit du séjour de Finn à la cour, et lui demandant si ce dernier lui avait parlé de son aventure. Elle secoua la tête sans un mot, son attention rivée sur Finn, priant en silence qu'il se remette.

Enfin, ils arrivèrent à l'auberge et dès que leur groupe fut aperçu, plusieurs personnes se précipitèrent à leur rencontre. Il y eut d'abord Keldra, puis dame Jane, puis…

Lizette se dressa sur sa selle et agita le bras avec frénésie.

— Adelaïde ! Gillian !

— Lizette ! Lizette ! cria Adelaïde en courant vers eux, suivie de Gillian silencieuse, mais qui arborait un grand sourire.

Dame Jane se hâta d'aller au côté d'Iain, tandis que Keldra regardait anxieusement ceux qui arrivaient derrière eux.

— Garreth est parti chercher Ryder, lui expliqua Lizette en sautant à bas de son cheval.

— Nous craignions de ne jamais te revoir ! sanglota Gillian, d'ordinaire si réservée, en l'étreignant.

Lizette enlaça ses sœurs avec ferveur et gratitude, et s'avisa qu'Adelaïde devait être enceinte. Comme c'était merveilleux pour elle — et si un jour elle pouvait avoir ce bonheur… Mais ce n'était pas le moment d'y penser.

— Gillian, Finn a besoin de ton aide, dit-elle tandis que deux palefreniers aidaient à le descendre du cheval de Bayard.

— Doux Jésus ! s'exclama Adelaïde en le fixant comme si elle n'en croyait pas ses yeux. C'est…

— Je sais qu'il a prétendu être messire Oliver de Leslille et qu'il ne l'est pas, mais c'est un homme honorable et de qualité, Adelaïde, dit Lizette. Il m'a sauvé la vie et celle de Keldra, et il a aidé aussi à sauver le royaume. J'expliquerai tout cela plus tard. Pour l'instant, il a besoin des soins avisés de Gillian.

— Bien sûr, bien sûr, s'empressa de répondre Gillian, et aussitôt Lizette et elle emboitèrent le pas des hommes qui portaient Finn dans l'auberge.

Une expression soucieuse sur son beau visage, ses yeux passant d'un homme à l'autre, Adelaïde s'adressa à son époux et à son beau-frère tandis qu'ils la rejoignaient.

— Elle ne sait pas encore, n'est-ce pas ?

— Non, je ne crois pas, répondit gravement Armand.

Quand Finn ouvrit les yeux, la première chose qu'il vit fut Lizette qui lui souriait, les yeux brillant de bonheur. Derrière elle il y avait des murs en torchis et une petite croisée au volet ouvert par laquelle il pouvait voir le coucher du soleil.

Elle lui pressa la main.

— Nous sommes au premier étage d'une auberge non loin du château de Werre et Ryder est sain et sauf en bas, avec Gillian qui s'occupe de lui comme une mère poule. Garreth et Keldra sont ici, aussi, ainsi que mes sœurs et leurs époux. Quant à Wimarc, il est emprisonné dans ses propres cachots en attendant le jugement du roi.

Finn lutta pour s'asseoir. Dieu merci sa tête ne le lançait plus, et même si sa jambe lui faisait encore mal, la douleur était supportable. Lizette ôta un linge d'un petit plateau posé sur la table de chevet, révélant du pain frais, du fromage et une pomme.

— Gillian dit que vous devez manger frugalement pour l'instant, jusqu'à ce que votre estomac s'accoutume de nouveau à la nourriture.

— Adelaïde m'a-t-elle vu, aussi ?

— Oui. Tout le monde était très impatient d'apprendre votre vrai nom.

Nul doute qu'ils l'étaient !

— Lizette, il y a quelque chose…

— Il est réveillé ?

Adelaïde et Gillian se tenaient sur le seuil, leurs époux derrière elles.

Voyant qu'il l'était, les deux couples n'attendirent pas que Lizette ou Finn répondent. A la place, ils entrèrent dans la petite pièce, Armand et Bayard courbant la tête pour ne pas heurter le plafond incliné.

Même si Finn leur savait gré de leur aide, il aurait aimé qu'ils le laissent seul avec Lizette un peu plus longtemps. Mais s'il devait se confesser en public, il le ferait ; en outre, son mensonge concernait la famille d'Armand et de Bayard, alors cette humiliation publique était juste.

Armand et Bayard l'étudiaient tous les deux d'un regard intense, cherchant la ressemblance, sans doute, ce qui le poussa à parler.

Mais ce fut Lizette qu'il regarda et à elle qu'il s'adressa pour se confesser.

— Lizette, j'ai dit beaucoup de mensonges dans ma vie. Je n'ai pas honte de la plupart, puisque je mentais pour survivre, mais il y en a un dont j'ai honte — une si grande honte que je préférerais ne pas vous le dire. Toutefois, je ne veux pas de mensonges entre nous.

Il plongea les yeux dans les siens, interrogateurs, confiants et aimants.

— J'ai dit à Armand et à votre sœur Adélaïde que j'étais un bâtard de Boisbaston, mais je ne le suis pas. Je ne suis pas du tout parent avec eux.

Armand se redressa et, oubliant le plafond bas, se cogna la tête.

— C'était un mensonge ?

— Oui, admit Finn, soulagé que le pire soit passé, et plus soulagé encore que Lizette tienne toujours sa main et le regarde toujours avec amour.

— Je suis sûre que vous aviez une bonne raison de dire cela, dit-elle.

Il rougit et secoua la tête avec regret.

— Non, je l'ai fait par dépit.

— Alors ce n'était pas votre mère qui est venue à notre château et a dit à notre père que le garçon qui était avec elle était son fils ?, demanda Armand.

— C'était bien ma mère et j'étais bien ce garçon, répondit Finn, mais elle mentait, essayant d'extorquer de l'argent à votre père parce qu'ils avaient été ensemble et que nous mourions de faim.

Il s'arrêta un instant.

— J'ignore qui était mon père, et elle l'ignorait aussi, mais je suis sûr que ce n'était pas Raymond de Boisbaston. Je suis né un an avant qu'elle ne rencontre votre père, qui n'est pas le père de Ryder, non plus. Il est né un an après leur liaison. Ma mère a aussi menti sur mon âge.

— Mais la ressemblance…, murmura Adelaïde avec étonnement.

— Ma mère disait que c'était un hasard et une chance, c'est tout. Il y a beaucoup d'hommes aux yeux et aux cheveux bruns.

— Pourtant, vous vous ressemblez bel et bien, fit remarquer Gillian. J'ai du mal à croire qu'il ne s'agisse que d'un pur accident.

Finn haussa les épaules.

— Peut-être que si nous pouvions le demander à ma grand-mère ou à sa mère, il y aurait une explication — une liaison ou un adultère gardés secrets par honte. Je n'en sais rien. Tout ce que je sais, c'est que je ne suis pas le fils de Raymond de Boisbaston, et que j'étais en colère et amer de penser que vous aviez tant et que j'avais si peu.

Il marqua une pause.

— Quand je vous ai rencontré à la cour, Armand,

ce sentiment est revenu, aussi fort que si j'avais été au château de Boisbaston la veille. Je voulais vous choquer, vous blesser, vous faire sentir aussi mal que je l'avais été. Alors j'ai menti, reprenant l'histoire que ma mère avait inventée pour avoir de l'argent, et j'en suis vraiment désolé.

Une fois qu'il se tut, Lizette lui pressa la main et, ainsi qu'il l'avait espéré, elle ne lui parla pas avec déception, mais avec compréhension et sympathie.

— Je sais ce que c'est que d'envier quelqu'un, Finn. Je sais combien il peut être tentant de dire un mensonge. Je l'ai fait moi-même, et des hommes sont morts pour cela, comme Iain a failli le faire.

Oubliant qu'ils n'étaient pas seuls, il l'attira à lui et murmura :

— Ce qui s'est passé sur cette route n'était pas votre faute, Lizette. C'était celle de Wimarc.

Il l'embrassa tendrement, l'adorant, stupéfait que, parmi toutes les femmes du monde, il en ait trouvé une qui pouvait vraiment comprendre son histoire.

— Eh bien, réjouissons-nous que ce soit un mensonge ! déclara Bayard, sa voix résonnant fort dans le silence. Cela facilite les choses.

— Quelles choses ? demanda Lizette, son beau front plissé par la perplexité.

Ce fut Adelaïde qui répondit.

— Le mariage ! Comme Armand et moi sommes mariés, si Finn était vraiment son frère, l'Eglise vous considérerait comme des parents. Le mariage serait interdit.

— Vous voulez bien vous marier, n'est-ce pas ? demanda Gillian, en insinuant clairement qu'ils le devaient.

— Rien ne me rendrait plus heureux, répondit

sincèrement Finn, en reprenant la main de Lizette. Si elle veut de moi.

— Je le veux certainement, et il faudrait plus qu'une stupide interdiction pour nous arrêter, même s'il était un Boisbaston, déclara-t-elle avec la hardiesse qu'il admirait tant.

— Ça n'aurait pas été une situation sans espoir, cependant, observa Bayard. Pas pour un menteur aussi accompli que vous. Nous aurions simplement gardé le secret entre nous six.

Bayard de Boisbaston avait confessé être un enfant échangé à la naissance, pas le vrai frère d'Armand, et maintenant il était marié à Gillian. Etait-ce la vérité, ou une histoire dite pour contourner le droit canon ?

Finn était assez sûr de connaître la réponse, et du fait que Lizette et lui n'étaient pas les seuls menteurs accomplis dans la chambre.

Mais tout n'était pas réglé pour autant.

— Lizette est la pupille du roi, alors il y a encore la question de sa permission, dit sombrement Armand.

— Vous pouvez lui dire que j'ai péri d'une maladie contagieuse, suggéra Lizette, et qu'il a fallu m'enterrer en hâte et en privé.

— Ou nous pourrions le soudoyer, proposa Bayard. Lui dire que Finn est un riche marchand, prêt à bien payer pour avoir le privilège d'épouser dame Elizabeth.

— John peut avoir les terres qui me reviennent s'il me laisse épouser Finn, dit Lizette. Il peut même avoir tout mon héritage.

— Et de quoi vivrez-vous, alors ? demanda la toujours pratique Gillian. Comment cet homme a-t-il l'intention de gagner sa vie une fois que vous serez mariés ? Tu ne peux pas être l'épouse d'un hors-la-loi.

— Je ne serai plus un voleur, répondit aussitôt Finn. Je trouverai un moyen de gagner ma vie honnêtement.

— Messires ? Mes dames ?

Ils se tournèrent tous et virent Iain et dame Jane debout sur le seuil.

— Si je pouvais dire un mot ? demanda l'Ecossais.

Lizette se rapprocha de la tête du lit, tandis que les deux chevaliers et ses sœurs allaient vers la croisée.

— C'est bon de vous revoir, messire Ol… Finn, dit Jane avec son gentil sourire.

Iain salua d'un signe de tête et s'adressa d'un ton bougon à Finn.

— Vous avez bien lancé cette lame brisée. Je l'ai toujours dit à mes hommes : dans un combat à la vie à la mort, servez-vous de ce que vous pouvez quand vous le pouvez. Je ne l'ai jamais vu mieux faire qu'aujourd'hui. Dommage que vous n'ayez pas tué ce scélérat !

— Je suis content de ne pas l'avoir fait, répondit Finn. Je suis sûr qu'il peut nous révéler bien des choses sur ses complices conspirateurs.

— Oui, c'est certain…, répondit Iain.

Dame Jane lui donna un coup de coude.

— Oh ! Oui, très bien, dit-il en lui jetant un coup d'œil penaud avant de regarder les autres. Nous avons pensé vous le dire pendant que vous êtes tous ensemble. Jane et moi allons nous marier…

— Vous marier ? s'exclama Adelaïde comme si une telle chose était impossible.

— Vous marier ? répéta Gillian comme si elle n'avait jamais entendu ces mots auparavant.

— Vous marier ! s'écria Lizette avec joie, en contournant le lit pour enlacer l'Ecossais.

Rougissant comme un jeune garçon surpris à embrasser la laitière, Iain lui tapota maladroitement le dos. Jane rayonnait de fierté et de bonheur.

Adelaïde prit bientôt la place de Lizette pour étreindre le vétéran, commandant de sa garnison, puis ce fut le tour de Gillian, qui le serra le plus fortement et le plus longuement contre elle.

Lorsqu'elle s'écarta, elle dit :

— Je suis contente pour vous, Iain, même si je suppose que cela signifie que vous ne resterez pas à Averette.

— Non, ni sur le domaine de dame Jane, sauf pour une visite annuelle afin de lever les dîmes, je pense.

Il porta la main à sa ceinture et en sortit un parchemin, puis les regarda avec un grand sourire étonnamment intimidé.

— Il semble, mes dames et messires, que je sois moi-même un seigneur…

Il déroula le parchemin, et Lizette se rappela l'avoir vu regarder un tel document sur la route avant l'attaque de Lindall.

— Apparemment, je suis le dernier des Mac Kendren, ce que je n'aurais jamais pensé être, et cela fait de moi le chef de clan.

Il prit la main de Jane.

— Je suppose que je devrai faire un riche cadeau au roi pour avoir son consentement au mariage, mais je lui donnerai tout ce que je possède à partir du moment où il me donnera Jane.

Il jeta un regard ému à sa promise.

— Et nous avons pensé, Jane et moi, que nous pourrions

avoir besoin d'un homme intelligent pour m'aider à gérer les domaines. Nous sommes d'avis que cet Irlandais est le genre d'homme qu'il nous faut. Je peux commander une garnison, Dieu le sait, mais contre un marchand retors, je serai probablement aussi impuissant qu'un nouveau-né. Qu'en dites-vous, Irlandais ? Ça vous dit d'essayer de gagner honnêtement votre vie comme mon intendant ?

C'était une offre tentante, mais Finn dut avouer :

— Je peux compter des centaines dans ma tête, mais je ne sais ni lire, ni écrire.

— Je peux vous apprendre, dit Lizette avec un sourire qui le réchauffa et dirigea ses pensées loin des chiffres et de l'Ecosse. C'est une offre merveilleuse, Iain, si l'on considère en particulier que je vous ai presque fait tuer avec mes caprices égoïstes !

Des larmes montèrent aux yeux de Lizette et ceux d'Iain devinrent humides aussi.

— Pas besoin de devenir sentimental ! Il me faut un homme comme lui, et il vous faut une maison. Et de cette façon, vos sœurs sauront qu'il y aura toujours quelqu'un pour s'assurer que vous ne faites pas de bêtises.

— A mon avis, ce serait le rôle d'un époux, dit Finn, l'expression grave mais le cœur aussi léger qu'un cœur pouvait l'être.

Il était plein d'une joie qu'il n'avait jamais éprouvée. A présent, comme jamais auparavant, son avenir semblait lumineux, merveilleux et empli de promesses, avec Lizette à son côté.

— Je pense que vous ne serez pas trop de deux, déclara Adelaïde.

— Et moi, je pense que c'est sans espoir, commenta Gillian.

— Je ne pense pas avoir besoin de quiconque pour m'empêcher de faire des bêtises ! protesta Lizette.

Elle s'assit près de Finn et lui décocha un sourire joyeux, tandis que ses yeux brûlaient d'une émotion très différente.

— Je crois que je serai trop occupée par ma maison.

— Dieu soit loué ! s'exclama Armand de Boisbaston avec un vif soulagement.

Plus tard ce soir-là, Lizette était blottie contre Finn dans le lit de la chambre d'auberge. Adelaïde et Gillian étaient parties avec leur époux et la majorité de leurs hommes d'armes au château de Werre, afin de le tenir pour le roi. Celui-ci le donnerait probablement à l'un de ses amis une fois que Wimarc serait condamné comme traître. Ils espéraient tous que, même si John réclamerait probablement aussi tout bien apporté par Roslynn dans le mariage, ils pourraient le persuader de lui laisser ses possessions meubles. Après tout, elle était une jeune dame noble qui pouvait espérer se remarier et elle aurait besoin d'une dot.

Ils espéraient aussi que, quoi que pensent Wimarc et certains hommes de son ambition, les excès et la cupidité du souverain pourraient être réfrénés par des hommes comme le comte de Pembroke.

Finn prit une mèche de ses cheveux et la baisa. Gillian avait bien protesté qu'il devrait dormir seul pour se reposer, mais c'était tombé dans l'oreille d'un sourd. Après tout ce qu'ils avaient traversé, Lizette n'allait pas passer un moment de plus loin de son bien-aimé !

— Dire que nous devrons notre futur bonheur à Iain, dit-elle avec un soupir de regret. J'ai été tellement horrible avec lui ! Je me plaignais qu'il me considérait comme une enfant gâtée, mais je ne me rendais pas compte que j'agissais comme telle. Et découvrir ensuite qu'il est gentilhomme et amoureux! Il se montre si doux et attentionné avec Jane qu'il est difficile de croire que c'est le même homme.

— Je doute qu'il le soit, dit doucement Finn en lui caressant la joue. L'amour change un homme. Regardez comme il fait de moi un homme honnête et honorable.

— Vous avez toujours été honorable, répondit-elle, mais vous deviez survivre. Maintenant, vous pouvez laisser s'exprimer l'homme honnête et droit que vous étiez destiné à être.

Après une pause, elle ajouta :

— L'amour m'a changée aussi. J'aurais pu continuer à être égoïste et gâtée si je ne vous avais pas rencontré.

Il perçut du regret dans sa voix et chercha à la taquiner pour l'arracher à sa culpabilité et à ses remords.

— Quoi, vous ne pensez pas que je vous gâte? Je le fais certainement. Je vous cède bien trop souvent!

— Seulement parce que vous savez que j'ai raison, répondit-elle en le gratifiant d'un petit sourire impertinent et d'une caresse hardie.

— Comme je ne veux pas me quereller avec une femme nue qui fait des choses aussi intéressantes avec ses doigts, je ne discuterai pas — et cela revient aussi à vous gâter, acheva-t-il en posant un baiser sur le bout de son nez.

Puis il soupira d'un air mélodramatique, avec une étincelle amusée dans les yeux.

— Lorsque ma jambe sera guérie et que nous serons mariés, je devrai être plus strict avec vous.

— Le pensez-vous vraiment?

— Eh bien, j'espère que vous me laisserez imposer mon

autorité masculine de temps à autre, ma dame, ou bien comment les gens respecteront-ils l'intendant que je serai ?

— J'aimerais que vous ne m'appeliez plus « ma dame », dit-elle en jouant avec une de ses boucles. C'est si formel ! Et je ne veux pas être formelle…

— Lizette, mon amour, ma chérie. Ma future épouse, suggéra-t-il.

— Beaucoup mieux, dit-elle, promenant ses lèvres sur sa mâchoire.

— J'ai presque peur de croire à ma bonne fortune, murmura Finn avec quelques caresses hardies de son cru. Une épouse à aimer, une place d'intendant dans le Nord, mon frère en vie et sauf, Wimarc dans un cachot.

Lizette traça du bout du doigt le bord de son mamelon.

— Une épouse qui vous aime, qui vivrait n'importe où avec vous, ses sœurs et le royaume sauvés des machinations d'un vilain qui va payer pour ses crimes. Nous sommes bénis, Finn. Et je suis si contente que Garreth et Keldra viennent avec nous, aussi.

— Même si je suppose que nous devrons les entendre s'asticoter le reste de nos jours !

Lizette rit doucement.

— Ils étaient très bien l'un avec l'autre dans un coin, tout à l'heure. Je ne serais pas surprise qu'ils veuillent se marier un jour, eux aussi.

Elle devint sérieuse, et sa main s'immobilisa.

— Et Ryder ? Pourriez-vous le convaincre de venir avec nous dans le Nord, également ?

— Non, répondit Finn à regret. Il dit qu'il veut aller quelque part où il fera toujours chaud et sec, et je ne peux pas dire que je l'en blâme.

Elle perçut la déception dans sa voix et chercha à le réconforter.

— Je sais combien vous aimez votre frère et vous souciez de lui, mais il doit suivre ses propres désirs et chercher son propre bonheur. Après tout, c'est ce que j'ai fait et regardez où cela m'a conduite — à vous.

Elle fit glisser sa main au-dessous du nombril de Finn.

— Est-ce que vos désirs vous guident quelque part, maintenant ?

Il ferma les yeux et s'adossa aux oreillers.

— Ils me guident bien quelque part, mon amour. Vais-je vous emmener avec moi ?

— S'il vous plaît, chuchota-t-elle. Vous savez que j'irai volontiers n'importe où avec vous.

— Et moi avec vous, pour toujours et à jamais, promit-il avant ce sceller ce vœu d'un baiser.

À partir de juin, retrouvez vos
romances historiques françaises préférées
dans la collection

Victoria

Anna Campbell
Irrésistible piège

Yorkshire, 1828

Par vengeance, Nell est prête à tout. Le marquis de Leath est un scélérat de la pire espèce, qui a provoqué la mort de sa demi-sœur, et elle compte bien exposer au monde entier quel monstre il est. Qu'importe s'il lui faut ruser, mentir, et se faire engager comme femme de chambre sous une fausse identité pour mieux approcher l'aristocrate et dérober les preuves dont elle a besoin ! Elle ne reculera devant rien, sa détermination sera sans failles... du moins, c'est ce qu'elle croit. Il suffit d'un regard, d'un geste esquissé, pour qu'elle se retrouve prise au piège du charme ravageur de James. Soudain, les convictions de Nell vacillent. Est-il vraiment le séducteur égoïste qu'elle s'imaginait ? La passion qui l'envoûte à chaque baiser est-elle sincère... ou un plan élaboré pour la faire taire à jamais ?

Christy Carlyle
Un duc à défier

Cornouailles, 1894

La réputation de Will Hart, duc d'Ashmore, n'est plus à faire : homme froid, sans cœur et désespérément pragmatique, il sait faire fuir d'un seul regard glacial quiconque ose s'opposer à lui. Et être forcé de retourner au manoir en ruines de son enfance au fin fond des Cornouailles n'est pas pour améliorer son humeur ! C'est donc avec un tempérament orageux et des paroles acerbes qu'il accueille Madeline Ravenwood, petite-fille de vicomte et jardinière de renom. Déterminée et sûre d'elle, la jeune femme tient à ce qu'il restaure le manoir, point d'orgueil du village et du futur festival floral auquel elle concourt. Les enjeux sont de taille : la princesse royale est attendue, et son aval pourrait infléchir la carrière de Madeline. Dans ses yeux bleus envoûtants brille la flamme du défi, qui attise un désir brûlant en Will. Cette adversaire à sa hauteur pourrait-elle être celle qui réveillera son cœur ?

La romance historique n'a jamais été aussi moderne.

À partir de juin, retrouvez vos
romances historiques françaises préférées
dans la collection

Victoria

Penny Watson Webb

La dame de son désir

Série : La pierre des cathédrales – Tome 2/2

Paris, 1250

Nièce d'évêque et veuve de croisé, Flavie de Rocheval est revenue d'Orient avec un but précis : faire construire un hospice au cœur de Paris afin d'accueillir les guerriers blessés. Son propre frère, et nombre de ses hommes, ont perdu la vue sous la torture et elle désire plus que tout les aider. Par décret royal, un architecte lui est assigné : Eudes de Montreuil. Ce génie bâtisseur compte autant de succès que de scandales : on dit de lui qu'il défend les prostituées et défie l'Église à la moindre occasion... Pour ne rien arranger, son sourire insolent et ses invitations à peine voilées déstabilisent Flavie chaque jour un peu plus. Elle pensait avoir perdu tout désir et tout espoir d'amour aux portes de Saint Jean d'Acre. Se pourrait-il que son cœur et son corps reprennent vie sous la passion brûlante d'Eudes ?

Mérida Reinhart

Envoûtante séduction

Derbyshire, 1820

Depuis l'arrivée de Trevor Ashmore-Manners, nouveau propriétaire du domaine de Haddon Hall à la mort de son père, Lenore est bouleversée. Le charme ténébreux du lord, dont personne n'ignore la réputation scandaleuse, perturbe au plus haut point l'innocente gouvernante... Lenore a bien songé plusieurs fois à quitter la demeure or elle n'a aucune envie d'abandonner Annabeth, la petite sœur de Trevor, à laquelle elle est si attachée. Ce dernier ne tarde pas à faire des avances à la jeune femme mais elle refuse catégoriquement d'être une domestique dans le lit de son maître ! Or de doux sentiments viennent contrarier sa décision et un troublant désir s'empare d'elle... Saura-t-elle résister à celui que l'on surnomme le démon des Manners ?

La romance historique n'a jamais été aussi moderne.

HARLEQUIN
www.harlequin.fr

À partir de juin, retrouvez vos romances historiques françaises préférées dans la collection

Victoria

Julia London
Indomptable princesse

Devonshire, 1858

Depuis toujours, la princesse Amélia est connue pour ses frasques. De liaisons interdites en situations compromettantes, la sœur de la reine de Weslorie n'échappe au scandale que d'un cheveu à chaque fois, tel un chat retombant sur ses pattes... jusqu'à la bêtise de trop. Envoyée en Angleterre, avec pour mission de s'assagir et de se ranger, la jeune femme fulmine. De quel doit la prive-t-on de la liberté de s'amuser ? Et puisqu'il faut bien qu'elle s'occupe, elle jette son dévolu sur Joshua Parker, duc de Marley : c'est lui qu'elle tourmentera de mille et un tours ! Mais l'aristocrate au lourd passé et aux yeux sombres refuse de se laisser faire, et entre eux, la guerre est déclarée ! De bals mondains en rencontres fortuites en forêt, les étincelles crépitent et s'embrasent entre eux, jusqu'à provoquer le plus dangereux des brasiers : celui du désir.

Lynsay Sands
La protégée du Highlander

Derbyshire, 1820

Lorsque lady Edith ouvre enfin les yeux après des jours de maladie, son monde entier bascule. Non seulement son frère et sa belle-soeur ont disparu, l'abandonnant à son sort, mais voilà qu'elle apprend que son mal est dû à un empoisonnement, et qu'elle a bien failli mourir ! Elle ne doit son salut qu'à l'intervention du ténébreux Niels Buchanan, guerrier du clan voisin... même si elle se serait bien passée de le trouver dans sa chambre à son réveil ! Le Highlander aux yeux brûlants semble déterminé à la protéger jusqu'à ce que la menace soit éliminée, et donc à la suivre comme son ombre. Mais plus que la vie, c'est son coeur qu'Edith risque bien de perdre au nom de la passion...

À partir de juin, retrouvez vos romances historiques françaises préférées dans la collection

Victoria

Sarah Ferguson - *Duchesse d'York*

La lady aux secrets *(Grand format)*

Angleterre, 1872

Aux yeux de tous, lady Mary est une jeune femme discrète, timide et effacée, qui préfère la compagnie des livres à celle des gens. Mais derrière cette façade sans artifices se cache un esprit affûté, un sens du détail et de l'observation sans pareil, qui font de l'aristocrate la détective la plus efficace de toute l'Angleterre. Et c'est vers elle que se tournent ses pairs lorsqu'un vol ou une effraction met leur réputation en danger. Mieux que la police, lady Mary saura faire preuve d'autant de diligence que de discrétion. Du moins, tant qu'elle réussit à se concentrer... Or, le colonel Walter Trefusis, rencontré aux portes de l'Ecosse, est la plus envoûtante des distractions. Cet ex-soldat distingué et séduisant cache bien des secrets lui aussi, et pourrait se révéler être la plus fascinante des énigmes...

Les Historiques

HISTOIRE. AVENTURE. DÉSIR.

Qu'il soit Viking, Highlander
ou chevalier, l'homme idéal change
le destin d'une Belle et brave
les interdits au nom de l'amour.

6 romances à découvrir tous les deux mois.